# 种水仙花的男人

邓笛 编译

上海文化出版社

**图书在版编目（CIP）数据**

种水仙花的男人 / 邓笛编译. —上海：上海文化出版社，
2015.7
　ISBN 978-7-5535-0422-3

　Ⅰ.① 种… 　Ⅱ.① 邓… 　Ⅲ.① 故事—作品集—世界—现代
Ⅳ.① I14
中国版本图书馆 CIP 数据核字（2015）第 168659 号

出 版 人　王　刚
策　　划　熊仕华
责任编辑　周雯君
装帧设计　汤　靖
责任监制　陈　平　刘　学

书　　名　种水仙花的男人
作　　者　邓　笛
出　　版　上海世纪出版集团
　　　　　上海文化出版社
地　　址　上海市绍兴路 7 号
邮政编码　200020
网　　址　www.cshwh.com
发　　行　上海世纪出版股份有限公司发行中心
印　　刷　上海天地海设计印刷有限公司
开　　本　787 × 1092　1/18
印　　张　13$\frac{1}{3}$
版　　次　2015 年 8 月第一版　2015 年 8 月第一次印刷
国际书号　ISBN 978-7-5535-0422-3/I・125
定　　价　30.00 元

**敬告读者**　本书如有质量问题请联系印刷厂质量科
**电　　话**　021- 64366274

## 我就是那个种水仙花的人
## (代序)

多年前，我曾以"西风"为名译过一篇后来被反复转载的文章，题目叫《水仙园法则》，内容大概是：一个女人，凭着一双手、两只脚和一颗不算聪明的脑袋，用了35年的时间，栽种了5万株品种不一的水仙花，让毫无生机的山坡变成了美轮美奂的风景。

记得我当时动手译这篇文章的时候是处于一种亢奋的状态，感觉到文字是从手指间流淌出来，而不是敲着键盘出来的，现在我知道那是因为我当时已经在潜意识中把自己当成了那个栽种水仙花的女人了。

和这个种水仙花的女人一样，我知晓自己有一颗不算聪明的脑袋。我上小学的时候，每门成绩都是在班级平均分以下，所幸的是我的父亲有不少藏书，我得以在那个读书无用的社会环境中也有了一定阅读量。上中学的时候，我的玩伴们都已经开始了不起了，有的进了部队当了特招的文艺兵，有的学习成绩突飞猛进频频在省内外数理化比赛中获奖，有的身手敏捷成了省体操队的队员，而我只有在夏天纳凉时才显得稍稍与众不同，我会摇着蒲扇给小朋友们讲故事。

我是第三次参加高考才考上大学的，读的是英语专业，因为文科不考数理化只需要花死记硬背的笨功夫。工作以后，我的愚钝更是暴露无遗，我不像大多数同龄人那样能够讨得领导的喜欢，因为我缺少八面玲珑的机灵劲儿。有一位领导曾经说："我敢打赌，邓笛连我家大门朝东朝西都不知道！"而且，在以后若干年甚至直到这位领导退休，我仍然不知道他家大门的朝向。

　　我虽然笨，但并不是什么事情都不能做，比如我受过一点点的文学熏陶，有一点点的汉语表达能力，专门学过一点点的英文。把这些小小的能力凑合到一块，我就开始搞翻译了。有一位美国教授是一位作家，我译过他的一篇短篇小说，他通过他的中国留学生介绍后对我的译文大加赞赏，授权我翻译他的所有作品。这是多好的机会！但是，他的作品大多是长篇，语言也深奥，我觉得我的能力达不到那个程度，我委婉地谢绝了他的美意。我能做的是翻译浅显易懂的千字文。别人发财了，我还在译千字文；别人当上大干部了，我还在译千字文；别人读博士了，我还在译千字文。

　　我做的这个事情虽然一个高中生也照样能做，但是能把这件不起眼的事情坚持做了近30年就不是每一个高中生都能做得到的了。虽然30年来，我在其他方面也有收获，但真正能让我自豪的东西只有那一橱子的译文。这也就是"水仙园法则"：目标＋坚持＋热爱＋时间的积累＝了不起的收获。或许过几天，我会在装满自己译作的书橱上挂一块牌子，上面写几行字："一颗不算聪明的脑袋，两只手，30年的坚持，发表译作5000篇（次）。"

# 目 录

CONTENTS.

## 成长历险记

## 动物故事汇

## 亲情暖人心

## 职场正能量

## 人生心感悟

# 奇幻嘉年华

# 附录

成长历险记

# 懂音乐的朋友

里微丝喜欢音乐。她一有空就拉小提琴。她家有一个院子，摆放了许多盆各种各样的花草。她经常面对着这些花草拉小提琴。一天，她拉小提琴的时候，一盆凤仙花引起了她的注意。这盆花紧挨着墙放着，叶子呈淡绿色，似乎缺少日照。她把这盆花端到院子的中央，好让它能接受到充足的阳光。

这时，里微丝有了一个想法。为什么不参加社区几周后将要举行的"最佳花卉"的比赛呢？于是在接下来的日子里，她精心照料这些花草，浇水、施肥、修剪、打药水，花草长得越来越好。

有一回，她对着心爱的花草拉小提琴的时候，注意到那盆凤仙花轻微地摆动起来。它慢慢地摇晃，然后向着她弯了弯花梗。里微丝感到很奇怪，因为这时连一丝风也没有，花儿怎么会动的呢？

第二天放学后，她像往常一样对着这些花草拉小提琴。这是一首抒情的印度拉加，是她最喜欢的曲子。过了一会儿，前一天看到的奇怪的事情又发生了。那盆凤仙花轻轻柔柔地摆动起来，像是随风荡漾，然而这时仍然是一丝风儿也没有。

里微丝换了一首快节奏的曲子。她发现，这盆凤仙花蔫缩起身子，好像不愿意听她演奏似的。于是，她又改拉了那曲印度拉加。她看到凤仙花渐渐地舒展开来，然后冲她点头哈腰。她明白了，这盆花和她一样也喜欢这首曲子。

她把这一发现当着秘密，没有告诉给任何人。这以后，她天天给凤仙花演奏印度拉加，让她惊奇的是，这盆原本有些病弱的花没有多久长得比其他任何一盆花都壮实。它突兀地挺立着，两朵淡紫色的花苞就要吐蕊怒放展示美姿。她想，如果"最佳花卉"比赛时送展这盆花，一准能够获奖。

可是，就在比赛前二天，她发现那盆凤仙花不翼而飞了。家里没有人能说出它的下落。里微丝伤心极了。她伤心的不只是因为她将失去比赛获奖的机会，更因为她失去了一位朋友，一位懂音乐的朋友！

然而，花卉比赛的那天，她找到了她的朋友。那盆凤仙花摆放在众多参加比赛的花卉之中，只是它的标签上注明的花的主人的名字却是另外一个人。她找到比赛的主办人，把情况作了反映。

主办人不相信，说："你凭什么说这盆花就是你的呢？"

是啊，这可让里微丝犯了难。这时，一阵微风吹过，花儿随风摇摆起来。对，有了！她返身回家取来了小提琴。

当人们听说花儿也能听懂音乐时，不禁哈哈大笑起来。里微丝没有因此灰心，她说："这是我和我的花儿之间的一个小秘密。我的花儿和我一样都是音乐爱好者。不信的话，你们可以亲眼看一看，在我拉小提琴的时候，它是怎么反应的。"

人们笑得更厉害了。"难道你的花长了耳朵？"他们问，根本不信她的话。

里微丝一言不发，对着那盆凤仙花深情地演奏起悠扬的印度拉加。她陶醉在自己演奏的曲子里，一时间竟忘掉了花的事情。不过，别的人可没忘。他们惊奇地张大眼睛，看着凤仙花先是挺直了身子，然后缓缓地摇动，接着朝里微丝站的方向弯曲，似乎想要邀她一同起舞。围观的人看呆了。他们相信，这盆花是属于里微丝的。

那个送花参赛的人也在一旁观看，在比赛主办人的追问下，他红着脸承认是自己一时糊涂偷了里微丝的花。

最后，比赛主委会决定将一等奖颁给里微丝的凤仙花，因为它俊美，丰盈，还懂得音乐。

里微丝自豪地捧着奖杯和她的懂音乐的朋友一起回家了。


# 梦想比条件更重要


我从我家厨房的窗户可以看到街对面的一所中学的篮球场。有一个女生特别引我注意。她总是和男生们一起打篮球。在那些高大的男生堆里，她显得那么弱小，惹人怜爱。但是，她丝毫也不逊色男生，一会儿快速运球，一会儿扬手长传，动作干净利落，作风泼辣顽强。

我还注意到，她每天在别的孩子离校后仍然会独自一人留在篮球场苦练，有时一直练到天黑。有一次，我问她为什么要练得这么刻苦。她不假思索地说："我想上大学。我爸爸说，他没有能力供我上大学，唯一的办法就是要我争取获得奖学金。我喜欢打篮球。我要把篮球打好，如果有了这个特长，我就能申请到奖学金。"

　　这是一个勤奋努力、持之以恒的女孩。从中学低年级到高年级，她一直没有放弃自己的梦想，矫健的身影每日都会出现在球场上。我祝福她，关注她。每当看到她和她的队友们在球场上取得胜利，我都会忍不住大声叫好。

　　然而，有一天，我发现她双臂抱膝，把头埋在胸前坐在球场边的草地上。我走过去，关心地询问她的情况。

　　"没什么，"她轻声地答道，"只是因为我的个子太矮了。"她的教练告诉她，任何一个大学篮球队不会录用一个身高只有1.67米的人作为队员的，这样她希望通过篮球特长获取奖学金梦想很难实现。

　　我理解她心中的失望和痛苦，多年的梦想就因为身高条件而不能实现。我问她有没有和她的爸爸谈这件事情。她抬起头，告诉我，她的爸爸认为教练不懂得梦想的能量，如果她真的想获得奖学金，就没有什么能阻止她，除非她自暴自弃，因为"梦想比条件更重要"。

　　她的爸爸说的没错。第二年，在"加利福尼亚中学生篮球锦标赛"中，由于她场上的出色表现，一所大学的篮球教练看中了她。她如愿以偿地获得了奖学金，成了一名大学生。

　　可是，在她上大学不久，她的爸爸患上了癌症，不久就去世了。她又面临新的困难。一方面，她家的经济更为窘迫，她的四个弟妹还未长大成人，最小的弟弟才出生几个月；另一方面，由于花了很多时间在打球上，她的功课也耽误了不少。那些年，她要打球，要学习，要照顾家庭，困难重重。然而，她咬着牙，要实现她新的梦想，那就是获得学位。她时刻记住她爸爸的话："梦想比条件更重要。"

　　哦，忘掉告诉大家了，这个追梦的女孩就是我的女儿！她获得了学位，尽管这一共用了她六年的时间，但是她没有放弃。现在，每当太阳西落，我还会看到她在球场上奔跑，跳跃，投篮，顽强自信，充满活力。她常挂在嘴边的一句话是："梦想比条件更重要。"

# "集体宿舍"的"卫生间规则"

我们是四个大二的学生。我们决定不再忍受学校的集体宿舍，因为我们是成人了，需要有自己的私人空间。我们商量合租一个套间，这样每一个人都可以有一间自己的卧室。当然，我们得共用一间卫生间。一间卫生间四个人用，这也不算什么，对吧？

但是，让我来说一说爱德华。没有人愿意在他用过卫生间之后接着再用卫生间，因为总有一些东西刚好被他用完。不是卫生纸用光了，就是香皂用完了。他似乎永远是这些东西的最后一个使用者。这就使卫生间的价值大打了折扣，然而我们得不到任何补偿。爱德华是一个多占者。这不公平。

查理又如何呢？他也有一个问题，与剃须有关。这么说吧，只要一看到查理走进卫生间，我们就会沮丧起来，因为他一用完卫生间，镜子上、池子里、地板上到处都是剃须膏，不堪入目，脏极了。后面用的人帮他打扫，却得不到任何补偿。查理是一个制造污染的人。这不公平。

安德鲁是一个不错的家伙。他既节俭又整洁。但是，他有一件困难的事情。他一旦走进卫生间就出不来了！我们其他人在卫生间门外，敲着门，说好话，催促他，央求他，然而一点儿用处也没有。他长时间霸占着卫生间不让我们使用，然而我们却得不到任何补偿。安德鲁是一个垄断者。这不公平。

第四个人呢？那就是我。我没有任何坏习惯，也从不污染卫生间，至少你不得不相信我的话，因为你无法与爱德华、查理或者安德鲁对证，因为我给你们的是假名字，而且我也不会把我们的地址说出来。

总之，那一年，我们四个人搞得很不快活。我们陷入了"卫生间纠纷"之中，找不到解决问题的办法。

现在，让我来说一说你以及地球上的每一个人。我们无需共用一间卫生间。但是，我们共用一个地球。地球的自然资源是属于全人类的，就像那个卫生间是属于我们四人共有的一样。可是，让我们看一看，我们的地球发生了什么：我们看到，有些人，犹如爱德华似的，过多地占用了石油、淡水、矿物，而不给别人或组织任何补偿；有些人，犹如查理似的，污染了土地、水和空气，让世界陷于不安全之中，使得别人或组织不得不投入人力和物力净化环境，而这些投入没有使大家得到任何补偿；有些人，犹如安德鲁似的，垄断了土地资源，使得城市建设用地成为稀缺资源，导致农村土地大量流转。

那些多占资源、污染资源、垄断资源的人实际上是让别人为他们买单，所以是不公平的。有没有解决的办法呢？当然有，而且很简单：那些多占资源、污染资源、垄断资源的人应该对别人予以补偿！

如果你经历过类似我们这样的"卫生间纠纷"，你就会认识到一个好的卫生间规则有多么重要。或者说，一个地球资源使用规则有多么重要。

# 收养就是怀在妈妈的心里

一

一群孩子看一张家庭合照。照片里，一个小男孩的肤色和其他家庭成员不一样。于是，看照片的孩子中有人说，这个男孩一定是这家人收养的。

"什么是收养？"另一个孩子问。

"我知道，"一个女孩抢着说，"我就是收养的。收养就是，你不是被妈妈怀在肚子里，而是怀在妈妈的心里面。"

二

当我对生活现状失望时，我常常会想到朋友的儿子拉克萨姆。拉克萨姆上小学的时候，曾想在一个节目里扮演一个角色。因为他的这种想法很强烈，我的朋友担心他是否能经得住落选的打击。定角色的那一天，我和朋友一起去拉克萨姆的学校接他。拉克萨姆看到他的妈妈立刻扑了过去，眼睛里闪烁着激动和自豪。

"妈妈，妈妈，你猜猜看，"他大声说了一句让我终身受益的话，"我被选上了，是给演员们鼓掌喊好！"

## 三

我的女儿的右脚患有一种先天性肌肉缺失症，必须长年套一个脚箍。

一天，她从小学放学回家，告诉我，她参加了学校的田径运动会。考虑到她右脚残疾，我脑子飞速旋转着，试图找到恰如其分的话鼓励她，不让她失去生活的希望。但是，她很快对我说："妈妈，我得了两块奖牌！"

我不相信她的话。

然后，她说："我比别人有一个优势。"

哦，这下我明白。我想，比赛时，肯定是她被允许比别人先跑了。然而，女儿再一次让我意外："妈妈，我没有先跑……我的优势是，我必须比别人更努力！"

## 四

冬天，一个10岁左右的流浪儿，痴迷似地看着鞋店的橱窗。他光着脚，浑身冷得瑟瑟发抖。一位女士走到他的身边，弯下腰，问："你为什么这样看着橱窗呢？"

"我祈祷上帝给我一双鞋穿。"流浪儿答道。

女士拉着他的手，走进店里。她请营业员为流浪儿买十双棉袜，并要了一盆热水和一条毛巾。她把流浪儿带到店的后面，脱下自己的手套，蹲下身子，替流浪儿洗脚。当营业员买来了棉袜，她把其中一双穿在流浪儿的脚上，并为他买了一双鞋，又把另外九双袜子送给了他，亲切地问："现在，感觉舒服了吗？"

当女士转身要走的时候，一直恍若梦中的流浪儿拉住了女士的手，抬起头，眼睛里闪烁着泪花，问："您是上帝的妻子吗？"

# 留 下 你 的 人 生 传 奇

上大学的时候，有一个哲学教授给我留下了很深的印象。他是一个不修边幅的人，总是穿一身洗得发白的蓝色运动服，一副与他瘦小脸盆极不相称的过大的眼镜永远都是架在鼻尖上。与别的哲学教授一样，他也经常与我们一起讨论"生命的意义"这样的话题。大多数讨论我已经忘掉了，但有一个讨论的片段却一直对我的人生有着很大的影响。

"有多少人能够说出你父母的一些事情？"哲学教授说，"能够回答这个问题的同学请把手举起来。"

所有的人都举起了手。

"有多少人能够说出你爷爷奶奶的一些事情？"

大约四分之三的同学举起了手。

"有多少人能够说出你曾祖父曾祖母的一些事情？"

六十个同学当中只有两个人举起了手。

"瞧一瞧，"他说，"仅仅隔了两代，我们几乎所有人就对自己的曾祖父曾祖母一无所知了。也许，有一天，你会从布满尘埃的纸盒子里找出一张发黄的照片看到他们的长相；或者从家族的经典故事中得知他们中某人曾经光脚走五英里路上学。但是，他们是什么样的人，他们有过哪些思想，他们引以为荣的东西是什么，以及他们的恐惧和梦想，你们知道吗？想一想吧，三代内的直系祖辈就已经被我们忘得干干净净了。这样的事情将来还会继续发生吗？

"我们不妨设想一下你们以后的三代。假如，现在坐在教室里的是你们的曾孙子曾孙女，他们谈及你们的时候能说出什么呢？他们还知道你们吗？你们会不会也被遗忘得一干二净了呢？

"你们应该如何书写人生呢？你们应该给后代们留下怎样的人生传奇呢？选择权在你们自己手上。现在下课。"

但是，足足有五分钟，没有一个人从座位上站起来。


# 鸿毛之重


多年前，我和一个朋友站在路边谈话，一个男孩骑了一辆自行车从我们身边疾驰而过。这个男孩将一只油漆桶扔进我的邻居的院子里。顿时，红色油漆四溅，弄得院子一片污迹。

我欲追这个男孩，朋友制止了我，说这是一个有名的小混混，已经几进几出警察局了，如果我追到他，顶多也是将他扭送警察局，可是对这种混混这是不起任何作用的，弄不好他出来后还会找我报复。但是，我没有理会朋友的话，启动我的车子追赶这个男孩。

我追到了他，拽住了他的胳膊，拨打手机报了警。这个男孩看上去十三四岁左右，一脸顽劣不驯的样子。我告诉他警察马上就会赶到，并问到为什么要弄脏别人家的院子？

他回答说："关你什么事？这又不是你家的院子！"

我说："这个城市是我的院子，这个州是我的院子，这个国家也是我的院子！你是人还是动物？只有动物才有领地习性，会在自己的活动范围内留下领地记号！"

然后，我就给他讲了一番道理，告诉他做人要有责任感，不能胡作非为，要遵守基本的道德准则。我还告诉他，如果他今后有苦闷的事或心中有解不开的疙瘩，可以来找我。

这时，警察赶了过来，拘捕了他。他丝毫也没有害怕的样子，说他被捕也不是一回两回了，这只能给他带来荣誉或者炫耀的资本什么的。

面对这样的孩子，我的行为还有意义吗？

警察把他带走了。我想等他被放出来后我的院子或者窗户玻璃或者其他什么地方也会有他留下的记号。但是我没有等到这样的记号，也没有听到他任何的消息。若干年后，我在一个大商场购物，一个穿商场服务人员制服的小伙子不停地看着我，然后他走到我的面前，问："你还记得我吗？"

我说："不，难道我们以前见过吗？"

他说："是的。"

他的样子让我警觉起来，于是我问道："是好事还是不好的事？"

他说："嗯，应该说是不好的事——但也是好事，因为你的话让我反思了我的所作所为，让我思考我应该成为怎样的一个人，这对我影响很大，谢谢你！"

我们的作用或许微乎其微，轻如鸿毛，但是有时多了这鸿毛之重，事情就有了质的变化。

# 四个苹果

数学老师问 7 岁的阿拉乌："如果我给你一只苹果，语文老师给你一只苹果，体育老师给你一只苹果，你一共有几只苹果？"阿拉乌想了一会儿，十分有把握地答道："四只!"

数学老师非常沮丧，原认为这么简单的问题，是不会有人答错的。她想，或许阿拉乌没有听清楚，于是又缓慢而清楚地重复问了这个问题。这回阿拉乌听得很认真。"如果我给你一只苹果，语文老师给你一只苹果，体育老师给你一只苹果，你一共有几只苹果？"

阿拉乌郑重地扳着手指，将这个问题算了又算，然后迟疑地答道："四只。"

数学老师非常失望，但她是一个耐心的人，她想起阿拉乌喜欢吃草莓，于是她想，如果用草莓代替苹果，或许会让阿拉乌注意力更集中一些。她微笑着问阿拉乌："如果我给你一只草莓，语文老师给你一只草莓，体育老师给你一只草莓，你一共有几只草莓？"

数学老师说完看着阿拉乌，她显得比阿拉乌还紧张。阿拉乌很快答道："三只。"

数学老师开心地笑了。她的教学方法获得了成功。她循序渐进，又一次问道："如果我给你一只苹果，语文老师给你一只苹果，体育老师给你一只苹果，你一共有几只苹果？"

阿拉乌这次回答得更快："四只!"

数学老师惊讶得张大了嘴巴。"怎么啦，阿拉乌？"她失去耐心了，声音中流露出不快。

阿拉乌小声答道："因为我的口袋里已经有一只苹果了。"

当别人给你的信息与你知道的信息不符合的时候，先别急忙判断别人错了，有时可能是理解的角度不一样。我们应该学会倾听、理解，而不是先入为主的武断。

# "自由" 实验

记得上小学的时候，艾丽丝老师在一个周末的最后一节课上布置了课外作业：做一项实验。同学们喜欢这种作业形式，因为有助于理解和记忆所学到的知识。这些实验往往都与化学、物理、生物等学科有关，但是这次实验的内容却大不相同，要求阐述"自由"这一概念。"自由"也能通过实验表达出来吗？同学们感到非常新奇。

周一，同学们汇报了各自的作业情况。没料到，同学们的智慧真是无穷的啊，一个个都想出了很好的实验方案，有些还十分有趣。限于篇幅，我只介绍阿曼达、查理和安德鲁三人的实验。

阿曼达拿出了五个颜色不同的盒子，递到老师面前，要她选一个自己喜欢的颜色。艾丽丝老师选择了粉红色的盒子。然后，阿曼达又拿出了五个黄颜色的盒子，让查理选择一个。查理显得很不高兴，漫不经心地选择了一个。艾丽丝老师在一旁笑了起来，问阿曼达这个实验有名称吗？

"有。"阿曼达答道，"这个实验叫'选择'。"她解释说，有了选择，才有自由。理查不高兴，是因为那五个盒子都是同样的颜色，他其实并没有选择的余地，所以在这件事情上他也就没有自由，但是艾丽丝老师是相对自由的，因为她可以从五种颜色中选择到自己最喜欢的颜色。

查理的实验也非常有意思。他让三个人站到黑板前面。这三个人是艾丽丝老师、努克斯（一个大家普遍认为缺少主见的男孩）和帕尔（班上成绩最差的学生之一）。然后，他又把其余同学分成三组。他对第一组说："我将让你们解答一道有相当难度的题目，不过你们现在可以从黑板前的三个人当中选择一个人帮助你们解答题目。解答正确的话，奖励你们一袋巧克力。"第一组的同学毫不犹豫地选择了艾丽丝老师。接着，查理对第二组说："我将要让你们解答同样的题目。你们不要因为艾丽丝老师在第一组就抱怨不公平，因为我已经提前将题目交给了帕尔，而且题目后还附上了标准答案。"在第一组的同学的嘘声当中，第二组一致选择了帕尔。最后，查理对第三组说："现在轮到你们了。不过,我首先要坦白的是,我刚才跟第二组说了谎,题目和答案我并没有交给帕尔,而是交给了努克斯。"在一片笑声中,帕尔张开双手,他的手里的确什么也没有,同时努克斯让大家看到他的手上有一张纸,上面是一道题目和标准答案。当然,这时让三组同时做这道题目,最快也是最准确解答这道题目的当然是第三小组了。

在第三小组的同学分享巧克力的时候,查理解释道:"这个实验叫'没有真相就没有自由'。第一组和第二组虽然都有一定的选择自由,但是他们不知道事情的全部真相,因此他们就不可能有真正自由的选择。如果他们知道了真相,他们的选择就会不同。"

安德鲁的实验也很特别。他带来了他的宠物一只小仓鼠。他首先在桌子上放了一丁点奶酪和一点面包屑。他在奶酪上覆盖了一块玻璃而面包上没有覆盖任何东西。或许奶酪更香一点,仓鼠首先跑向奶酪,但是鼻子在玻璃上撞了几次都未能吃到奶酪后,它只好转而去吃面包。这样的实验安德鲁重复了几次,每次仓鼠总是在尝试奶酪失败后转向面包。最后,安德鲁在桌子上放了一小块奶酪和一小块面包,但是两样东西上都没有覆盖任何东西。仓鼠这一回没有再试奶酪,而是直接走向面包吃了起来。

安德鲁解释说:"这个实验叫'自由的限度'。实验告诉我们,不管我们知道还是不知道,自由总是有限度的,这个限度有时我们能够看到;有时我们看不到,因为它在我们心里。仓鼠后来不去碰奶酪,是因为在它的心里面已经有了这个限度。"

那天,同学们展示了许多有趣的实验,对"自由"有了更深刻的认识,这种认识——我敢打赌——比一些成年人还要深刻。


# 自然科学课引起的麻烦


自然科学课教师里特莫斯先生要求学生任意观察一种动物,并将观察到的情况写一份报告,报告最后要有观察者的结论。在介绍观察到的情况时,学生们有的谈到了狗,有的谈到了马,还有的谈到了鱼……但是,最有趣的莫过于苏菲的介绍,她观察的动物是苍蝇。

"经过我的观察，我认为苍蝇是容易发怒的家伙。"苏菲首先开门见山地介绍了她的结论。

同学饶有兴致地等待她继续讲下去。苏菲说："我花了几个小时在屋子里观察苍蝇。它们正常飞行时，表现很正常，但是当它们遇到玻璃窗挡住去路时，它们就会发出嗡嗡的声音。一开始，我以为这些声音是它们扇动翅膀时发出的；后来我用父亲的双筒望远镜进行了观察，发现这些声音其实是苍蝇在吼叫，在怒骂，在抗议！它们被愤怒冲昏了头脑，完全丧失了理智，变得歇斯底里，根本没有注意到玻璃窗上方还有气窗，而且还是敞开着的。即使有两只蝴蝶通过气窗飞出去，用行为告诉它们还有别的路可走，但是它们仍然不闻不问，固执地一次又一次地用头撞击玻璃。它们只知道发怒，吼叫，抱怨。"

里特莫斯先生被苏菲的介绍逗乐了，他对大家说，苍蝇的这种行为其实与愤怒无关，而与智商和领悟能力相关，不同的动物智商及领悟能力也大不相同。他趁势布置给大家另一个家庭作业，要他们根据自己的理解将所认识的动物的智商及领悟能力由高到低进行排序。

这个家庭作业引起了很大的麻烦，因为许多家长跑到学校表达了心中的不满。这是为什么呢？原来，这些家长的孩子不约而同地将自己的父母排在智商及领悟能力低下的那些动物当中。孩子们的理由是，他们的父母听不见别人的意见，总是不停地抱怨。

为了让这些家长平息心中的愤怒，里特莫斯先生花了不少时间进行了解释。幸好，终于还是有些家长受到了触动，认为孩子们的话并不是全无道理。他们明白，尽管他们并不愚笨，但是有时他们的举动确实说不上聪明。


# 交友"历险"记


我上初中的时候发现通信是一种很好的交友的方式，通过这种方式我交了十几个笔友。我的这些笔友都住在旧金山，而我则住在伯林格姆，两地相距大约十五英里。

他们和我一样都未到拿驾驶证的年龄，所以我们面对面相遇的可能性很小，这非常适合我，因为我是一个羞怯的女孩。

我是从一份报纸的青少年专页的"交友"栏目上认识这些笔友的。我选了一些女孩的名字，并给这些女孩发信，不久我就收到回信，大概一天要有五封。为了筹集邮资，我要求承担我家花园里的修剪花木清除杂草的任务。

"你发这么多信有什么用呢？"一天，我的一位叔叔看到我捧着一叠信要去寄，好奇地问。

"我想当一名作家，"我说，"就得与各种人打交道。"

"那你就必须学会从不同的角度看问题，"叔叔说，"可是我发现你的信全是给女生的，你也应该给男生写信，他们看待生活肯定与你们不同。"

嗯哼，我觉得叔叔的话极有道理。第二天我就给一位叫诺维尔的男生写了信。他回信告诉我，他想成为一名作家和园艺家，将来要有一座带一个大花园的房子。我们志趣相投，一拍即合，从此以后书信不断。

到我上高中的时候，我的文字功夫明显见长，并升起很强的创作欲望。我以一个女孩的身份写起信来已经是得心应手了，可是我能不能冒充男孩来写信呢？我试着这样给一位男生写了一封信，信尾署名"迈克"。很快，"迈克"就与许多男孩通上了信，并在信上谈起了野营、足球、童子军。

我一旦掌握了男孩子写信的素材，下一步就不可抗拒了。我想以男孩的身份给女孩写信。我写了一封男孩味很浓的信，并给自己取了一个阳刚的名字"默顿"，寄给了一位我刚从"交友"栏上发现到的女孩。

几个月来，我与这位女孩主要谈书呀、电影呀、校园趣事什么的。然而有一天她的一封信让我惊惶失措。"默顿，"她信中写道，"你是那种我想托付终身的男孩，就在昨夜的梦里你还吻了我！我想见你，迫不及待。"

我慌了神。我在给这个蠢丫头的信中可从未谈过什么浪漫的玩意儿！我决定不再给她写信，可是她的信件不断，坚持要到我家登门拜访。我第一次意识到我的所作所为要伤及他人了。

一个星期天，我正在家里洗澡，头上满是洗发精泡沫，这时浴室门响了。"快点出来！"妈妈说，"你的笔友来访了。"

我差点晕过去。肯定是那个自作多情的傻丫头要来吻我了。"主啊，"我念念有词，"我让那个女生认为我是男孩了，请宽恕我吧，帮帮我吧。"

我决定待在浴室里不出。但是几分钟后，妈妈又来敲门。"为什么拖拖拉拉？你这样很不礼貌。"

"妈妈，来的人叫什么名字？"

"有三个呢，名儿我忘了。"

"是女孩？"

"不，是男孩。"

哇噻，原来不是那个害相思病的丫头。但是我还可能有麻烦，如果他们登门希望见到的是一个男孩呢？

"妈妈，他们有没有说他们想见谁？"

"当然是见你，不然还会有谁！"妈妈显然没有明白我的意思。

我穿上衣服，想爬窗户逃走，这时听到客厅里有人弹琴，弹的是葬礼中的安灵曲。那个曲调正好确切地描述了我当时的心情。我想，不管来人是谁，他们肯定也跟我一样害羞和胆怯。这样想给了我勇气。

我走进客厅，几个男孩立即从座位上跳了起来，像一串炸响的鞭炮，我想或许是由于我刚洗完澡，头发湿得发亮，看上去有点怪。

我们四个人傻傻地站在那儿，不知说什么，最后那个靠近我的男生打破了沉默。"我是你的笔友——诺维尔，"他说，"这两位是我的朋友。"

他就是那个想成为作家和要拥有一个花园的家伙！"你好！"我非常高兴，也大大地舒了一口气。

"我们来之前应该先通知你一下。"他说，显得有些腼腆，然后指了指窗外。"我刚刚拿到驾照，所以我借了我哥的汽车，你愿意和我们一起兜风吗？"

妈妈一直在门后听我们讲话。"她可以和你们一起去，"她说，"但你们要把你们的名字、家庭住址、电话号码留下。"

我和诺维尔一起玩得很开心，但回到家后我又不安起来。妈妈紧追不舍地问我洗澡为什么用了那么长时间，我知道该是坦白交代的时候了。我把那个傻丫头爱上"默顿"的事说了。

妈妈笑了。"你有麻烦了。"她说。

"我知道，"我说，"我很着急，不知道该怎么办。"

妈妈的表情变得严肃起来。"知道着急就好。我们待人要诚实。现在你要做的，就是向她写信，告诉她你骗了她，请求她的原谅。"

我当天就写了信，几天后我收到了她的回信。"我原谅你，"她信中写道，"其实我也有错，也许我浪漫的爱情片看得太多了。"

几周后诺维尔又带我兜了一次风。他是一个很快活的人，我们很谈得来，他来我家的次数越来越多。他让我感到与人直接交往的乐趣，我变得喜欢参加学校的各项活动，渐渐地我忙得没有时间给笔友们写信。后来他们也不给我写信了——这对给我送信的邮递员来说应该是一件不错的事。

从此以后我不再去欺骗任何人，因为这只会给自己带来麻烦；我也不去做损人利己的事，因为负疚的滋味不好受，只有得到别人的原谅后才能如释重负；还有，我不会再试着去做别人——相信我，遵循了这样的原则，我以后的生活一直很幸福。三年后，我和诺维尔同时考上了大学，他学的新闻，我学的园艺。毕业后，他成了《夕阳杂志》园艺栏的编辑，我担任了《世纪报》园艺栏的编辑。后来，我们结了婚，有了两个孩子。再后来，我们又有了三个孙子，他们对园艺和写作也情有独钟。

# 这张扑克牌是什么花色

我的朋友维特是一名职业魔术师，受雇于洛杉矶的一家餐馆。他的工作是在客人就餐时，穿梭于餐桌之间，给客人们表演一些小魔术助兴。

一天晚上，他来到一张餐桌前。这儿，一家三口正在就餐。自我介绍后，维特拿出一副扑克牌准备表演。他首先面对这家人的小孩——一个约莫10岁出头的小姑娘，要求她选一张牌。不料，小姑娘的父亲说，曼迪是盲人，看不见扑克牌。

"这不要紧的，"维特说，"她可以与我配合玩一个魔术，而且会玩得很好。"接着他又转身对曼迪说："曼迪，愿不愿意和我合作玩一个魔术？"

曼迪有些迟疑，然后面露腼腆地说："那就试试吧。"

维特在曼迪对面坐了下来，说："我手里有一副扑克牌，扑克牌有两种颜色，要么是红的，要么是黑的。现在，听着，我希望你运用你的特异功能，说出我所展示的每张牌是什么颜色——红的还是黑的。你懂了吗？"

曼迪点点头。

维特于是举起一张梅花 K，问："曼迪，这张牌是红的，还是黑的？"

曼迪试探地答道："黑的。"

她的父母开心地笑了起来。

接着维特又举起一张红桃 7，问："这一张是红的，还是黑的？"

曼迪说："红的。"

维特举起了第三张牌，这是一张方块 A，问："红的，还是黑的？"

这回，曼迪不假思索地答道："红的！"

她的父母又一次开心地笑了起来。

后来维特又试了三张牌，曼迪仍是全部说对了。这真是不可思议了！如果是凭运气的话，一连说对六张，那么也真是太幸运了！

维特抽出的第七张牌是红桃 5。这次，他说："曼迪，我们该增加点难度了。请你更详细地告诉我，这张牌的花色以及数目。是红桃、方块、黑桃，还是梅花？"

曼迪略加思考，然后把握十足地答道："红桃 5。"

她的父母听了简直有点目瞪口呆了。她的父亲问维特："这是真的，还是魔术？"

"这你可要问曼迪。"维特笑着说。

"你是怎么做到的？"父亲问他的女儿。

曼迪咯咯地笑道："天机不可泄露。"

维特与这家人握手道别。很显然，他给这家人创造了一个神奇难忘的时刻。

现在的问题是，维特在此之前从未见过曼迪，不可能提前告诉她将要出的牌的颜色。此外，曼迪是盲人，也不可能偷看到牌的花色与数目——那么，这一切究竟是怎么回事呢？

奥妙尽在维特的脚上：

维特坐在曼迪的对面，说："我手里有一副扑克牌，扑克牌有两种颜色，要么是红的，要么是黑的。"当他说到"红的"的时候，他用脚在餐桌下碰一下曼迪的脚，说到"黑的"的时候，他又用脚碰一下曼迪的脚。为了确保曼迪理解他的意图，他又说道："现在，听着，我希望你运用你的特异功能，说出我所展示的每张牌是什么颜色——红的（脚碰）还是黑的（脚碰）。"以后的六张牌，他根据事实情况，要么在说到"红的"的时候碰一下，要么在说到"黑的"的时候碰一下。

那么，曼迪又是怎么知道具体的红桃 5 的呢？道理同样简单：维特用脚在曼迪脚上碰 5 下，让她知道是一个 5，然后他提到红桃、方块、黑桃、梅花，当说及红桃时，他再次用脚碰一下曼迪的脚。

这个小魔术对曼迪一家可以说是意义重大的，不仅给曼迪带来了快乐，使她在父母面前显得不同寻常，而且还使她成为了家里的一颗明星，让全家的亲朋好友都在琢磨这一件不可思议的事情。

事情过去几个月之后，维特收到了曼迪寄来的一个包裹，里面有一副为盲人特制的扑克牌和一封信。信中，曼迪感谢维特让她在那个神奇的时刻"重见光明"，让她在这段时间里"光彩倍增"。她说，尽管别人不断追问其中的奥妙，但她迄今仍守口如瓶。最后，她请求维特研究她寄来的这副扑克牌，希望他能为盲人创造出许多"重见光明"的神奇和快乐。


# 17 岁 的 礼 物


我快 17 岁的时候，有了一个男友。他的名字叫泰德。泰德高大、英俊、潇洒，是我心中的白马王子。我们经常秘密约会。我没有向任何人谈起过我们之间的恋情，除了我的妈妈。妈妈是开明的人，没有像大多数当妈妈的那样，把我的爱情说成是早恋而横加干涉。

17 岁生日那一天，妈妈送给我一件礼物。我打开一看，是一只挂在项链上的金属小盒。这只金属小盒我看着非常眼熟，因为我以前不止一次见到过它。它放在妈妈用来存放纪念品的箱子里，箱子里的其他东西都是爸爸认识妈妈以来送给她的首饰、信件和卡片。

"可是，妈妈，"我不解地问，"这是你的私人物品，你为什么要送给我呢？"

"是的，"妈妈说，"它对我确实有着非凡的意义。但是，我早就决定在你17岁的时候将它当礼物送给你了。"

"为什么是在17岁呢？"

"因为我就是在17岁得到这个礼物的。17岁是一个青涩的年华。"妈妈说着眼神里透出某种遥远的遐思。

我并不完全明白妈妈的话。不过，我喜欢这个金属小盒，它小巧漂亮，配有一条细细的金链，非常可爱。除掉妈妈的这个金属小盒，我还收到了一个更让我怦然心动的礼物——是泰德送给我的一条镶着金边的蓝色围巾。

我和泰德相处得非常好，如胶似漆，难分难舍，直到有一天，他考上了远在外地的一所大学。

泰德上大学去了。一开始，我们频繁书信往来。然而，渐渐地，书信越来越少。感恩节他也没有回来。圣诞节他回来的时候，我又偏偏得了风疹。我们再见面的时候，已经分别近一年了，虽然他还是那么高大、英俊、潇洒，但是我总觉得他有了某种说不清的变化。我想，是我们的共同语言少了。

终于，有一天，他给我来了一封信。他在信中说，他已经有了新的女友，是他的同班同学。他说他对不起我，但是希望我能理解。我看完信犹如五雷击顶，彻底绝望了，仿佛世界走到了尽头。妈妈看到了我失常的表情，关心地走到我的身边。我将信往她手里一塞，然后上楼将自己关进了房间。

不知过了多久，妈妈走进了我的房间。我知道她要跟我说些什么了。

"除了泰德，天下还有好多优秀的男孩。"果然，她这么对我说道。"也许你现在不信，不过你早晚会相信的。"

"也许如此，"我说，"但是泰德只有一个！我再也不会爱上别人了！"

妈妈沉默了片刻，然后说："你身上还戴着我送给你的17岁的礼物吗？"

"那只金属小盒？是的，我戴着呢。"

"你看，"妈妈抚摸着金属小盒缓缓地说，"这是他，我心中特别的人，送给我的定情物。"

我看着金属小盒，想到了爸爸妈妈美满的婚姻。爸爸妈妈一直爱着对方，过着幸福的生活。

"他高大、英俊、潇洒。"妈妈继续说，"可是，他出车祸死了，就在他送给我这个定情物三周之后。"

"等一等！"我叫道，"你说的不是我爸爸？你是说在你爱上爸爸之前还爱过别人？"

"是这样的。如果我和那个人结了婚，我想我们也会很幸福。但是，三年后，我和你的父亲结了婚。我们十分相爱。我们的婚姻美满无比。"

"我不理解。"我说。

"让我慢慢对你讲，"妈妈说，"世界上能让我们幸福的人不会只有一个。这样的人有好多。对你来说，泰德就是其中一个，只是他出现得太早了。"

听到这儿，我又要哭了，因为我想到心中的白马王子永远离开了我。

接着，妈妈轻柔地说："以后，还会有一个同样能给你带来幸福的人。他会在恰当的时候，出现在你的面前，走进你的生活。"

妈妈说完，悄悄离去，让我一个人留在房间。

看着妈妈关上房门，我想到了另一扇门——那是妈妈帮我打开的希望之门。


# 把朋友当作一个朋友


我迫不及待地想到学校去见到我的朋友们。我不知道他们看到我时会有什么样的反应，但是肯定不会像三年前的那一天他们与我初次见面时的那个样子。

那一天是我从别的学校转到这个学校的第一天。爸爸将我送到学校门口时，我真不愿意下车。我感到自己十分丑陋。我的身上绑着支架，走起路来像僵尸一样，显得滑稽可笑。我真希望还在原来的那个学校，因为那里有我的朋友，他们在我绑着这个支架之前就认识我了，知道我其实并不是现在的这副怪兽模样。

我坐在自己的座位上，心里知道大家都在看我。我能够明显地感觉到。然而，这怎么能怪他们呢？谁叫我是他们看到的最奇怪最丑陋的人的呢？让他们看去吧。我不去看他们。我的眼泪夺眶而出，我赶忙将它们擦掉。我多么想找一个无人的地方躲起来呀！

我垂下头自我打量。我的衣服非常好看。但是，支架毁掉了一切。这个奇怪的装置是用钢和皮革做成的。我的腰部被宽宽的皮带束紧，两根钢条从后背向上延伸，其中一根由肩部弯曲，然后支撑脖子，固定住了头部，使我如果想掉头的话就必须要转动整个身子。

不过，我根本就不想掉头。我不愿意看到那些好奇的眼神，不愿意听别人问这问那评头论足。那一天是多么的难熬呀！以后的日子，我也好似度日如年。直到我认为大家都习以为常见怪不怪了，我才开始试着和同学们交朋友。然而，我仍时常有自卑感，觉得自己有碍观瞻。我盼望支架能够早一天从我身上拆除下来。

这一天终于到了。我是多么开心呀，支架一拆下来，我就激动地抱住了医生。本来我想把这个好消息打电话告诉给班上与我处得最好的同学丹丽艾尔，但我改变了主意，我想让她大吃一惊。我想同学们看到我没了支架，一定都会大呼小叫的。下了爸爸的车后，我跳跳蹦蹦地往教室里走去。

上第一节课时，没有人提一个字。他们怎么啦？难道他们没有看出我有了变化了吗？也许他们惊讶得说不出话了吧。第二节课的时候，还是没有人注意到我的变化。我耐心等待。可是，仍然无人提这件事。我心中有些担心。也许没了支架我依然很丑！或者我的朋友们并不像我想的那样关心我？又是一节课，我还在等待。

到了下午放学，我既感到困惑，又感到受到了伤害。连我最好的朋友丹丽艾尔都没有对我拆除支架的事发表一句评论，她明明知道我有多么讨厌那个支架了。我不知道这一切是为什么。我决定要搞清楚。我打算晚上到丹丽艾尔家去做作业，如果她再不提这件事，我就自己说出来。

可是，我在她家都快有三个小时了，她居然还是只字不提我的变化。我走出她的房间，悄悄地问她的妹妹娜芬。"娜芬，你看出我有什么变化了吗？"我问。

"是你的发型变了吗？"她问。

"不，不是发型。"我不耐烦地说，"是支架，我的支架拆除了！"我说着转了一个圈子，还夸张地摇了摇头。"看到了吗？支架没了！"

娜芬看了我一眼。"怪不到我看你好像有什么变化，原来是支架不在了。"

直到后来，我才意识到，当我的朋友接受了我这个人之后，他们就不再注意我的支架了。无论我有支架还是没有支架，他们看到我的时候，只是看到了一个朋友。

# 我想向你买下那把刀

迪安兹每天都走一个固定路线上下班。

一天晚上，像往常一样，他回家很迟，出了地铁口后准备去一个餐馆吃一点夜宵。然而，这一天，他的平静的日子突然被打破了。出了地铁口后没走几步，一个十几岁的持刀少年逼近了他。"钱！"这个少年说。

迪安兹掏出钱包交给了少年。"钱全在里面，现在归你了。"他说。

少年拿了钱包转身欲走。"等一等。"迪安兹说，"你穿得太少了，如果你晚上想去抢劫的话，你可以穿上我的外衣御寒。"

少年看着这个遭他打劫的人，不解地问："你为什么要这样做？"

迪安兹说："如果你为了一点票子就甘愿冒着失去自由的危险，我想你可能是太需要这些钱了。也许我还能给你更多的帮助……呃……比如我现在正准备去吃夜宵，如果你想去的话，欢迎你一块儿去。"

少年迟疑了一会儿，然后跟着迪安兹走进了餐馆。见到迪安兹，餐馆经理迎上来打招呼，洗碗工迎上来打招呼，服务员也迎上来打招呼。在一个包间坐定后，少年问迪安兹："这里的每一个人都认识你，你是这儿的老板吗？"

"不，我不是老板，只是这儿的常客。"迪安兹答道。

"可是，我发现你对洗碗工也那么客气。"

"难道没有人教过你要善待别人吗？"迪安兹问。

"可是，没有多少人善待过我。"

"那么，你自己善待别人吗？"迪安兹问。

少年无言以对，或者是不想回答。

结账的时候，迪安兹对少年说："瞧，我的钱全给了你，所以我想这顿饭该由你请客。当然，如果你把钱包还给我的话，我会很高兴请你吃这顿饭。"

少年毫不犹豫地把钱包还给了迪安兹。迪安兹从钱包里抽出20美元，交给了少年，说："我想向你买下那把刀。"

少年把刀交给了迪安兹。

迪安兹是一个社会工作者，他常向别人讲述上面这则故事，以阐明社会工作者在帮助弱势群体时应遵循的价值理念——助人自助，即唤起需要帮助的人的自助意识，引导他们不再跪着，启发他们用自己的意志慢慢站起来，让他们自主决策，减少依赖性，增强独立性自主性，从而从无助走向自助。

# 沉默的过路人

小的时候我性格腼腆，而我的小伙伴们个个粗鲁顽皮，因此与他们在一起时，我更喜欢看着他们玩。

每天我们在操场上玩的时候，都会看见一个老人从那儿经过。这个老人长着一双大耳朵，光秃秃的脑袋，手里总拿着一把雨伞。我的伙伴们见到他，就会一起冲他大声喊道："喂，聋哑人，现在几点了？"他们告诉我，这个老头既不能讲话也听不到别人讲话。

一天傍晚，我站在家门口，看到这个老头走了过来。因为只有我一个人，伙伴们都不在身边，所以他没有受到通常的"礼遇"。

但是，我怎么能看着他从身边走过却一句话也不说呢？所以，我第一次说出那句话："喂，聋哑人，现在几点了？"只不过，由于性格问题，我的话又轻又柔，听上去一点也不粗鲁。

老人看了看我，又看了看手表，答道："五点半。"

我跑进家里。从那个时候到现在，我对每一个人说话都彬彬有礼。

# 我 是 谁

我是谁？一年来我一直问自己这个问题，但我始终没有找到答案，因为像我这样的人我的身边到处都是。

2006 年 5 月 20 日，这一天是我第一次主动介入人生命运的一天。我搭乘姐姐珍妮的车子去她家时，我们的话题从我的学业转到了我即将到来的暑期生活。在暑期，我打算和朋友们玩玩电脑打打球，还要和家人一起度假，当然也会像别的 14 岁的少年一样在家门口闲逛。

然而，珍妮没有把我当成"别的 14 岁的少年"。她让我重新思考"我究竟是谁"这个问题。她首先和我讨论了我的爱好和潜力，然后提到了一个我从 7 岁起就与表哥迈克尔一起参加的自愿者组织。这个组织是为奥德赛冒险跑做服务工作。奥德赛冒险跑在东海岸举行，是一种非常艰苦的运动，包括各种极端的项目，如攀岩、泅水、山地骑车、定向识途、越野跑和混合地形穿越等。奥德赛冒险跑有多种类型，比赛时间从六个小时到一周不等，赛程短的有 400 英里（1 英里 =1.6 公里），长的有 5000 英里。奥德赛冒险跑是强者的运动。

姐姐告诉我一个叫"奥德赛一天"的比赛将在七月举行。这个比赛是针对奥德赛冒险跑的初学者的，要在 24 小时内走完 80 英里。但这对一般人来说也是一种对极限的挑战。现在只剩下一个问题，我要说服迈克尔成为我的队友。

在我极具鼓动性的劝说下，迈克尔同意与我一起参加比赛。接着的两个月就是各种艰苦的训练。在我们训练期间，珍妮做了一些有关"奥德赛一天"赛的研究。她发现，如果我完成了这项竞赛，我将成为有史以来最年轻的完成这项竞赛的女选手。珍妮把她的发现告诉了我，也告诉给我认识的所有人。

2006 年 7 月 22 日比赛即将开始。比赛于下午 1 时开始，次日下午 1 时结束。两公里的越野跑完成得还不错，虽然与在公园里跑步不完全是一回事。接着是穿越 21 至 25 英里的混合地形。这段路程中我一直在问："结束了吗？"但是总是没有。然而，也就在那个时候，我第一次感到我内心有了某种变化，但这是什么变化？泅水的前6英里进行得还算顺利，但后3英里遭遇到倾盆大雨。泅水结束后，我浑身潮湿，不住颤抖，而这时太阳已经落山了。我们继续进行定向识途项目。这时，天黑了下来。我们运用训练中学到的技能发现了第一个标识点。时间一个小时又一个小时地过去了，我们经历了恐惧、焦虑和挫折，才找到其他的标识点，到达攀岩地点。上午4时，我们爬了30英里后，开始借助于绳索。我和迈克尔配合默契，一个人攀爬时，另一个必须作送绳或拉绳的保护工作。保险绳的固定工作一点也马虎不得，固定绳索必须被安放到绝对安全不易松动的地方，不然一旦绳索脱落，出现的将是生命危险。有好多次，由于找不到合适的受力点，我累得手脚哆嗦，吓得胆战心惊。

最后一个项目是山地骑车，我们在光秃秃的山区骑了一段路后，竟不知道自己身处什么位置了！四周是陌生的茫茫一片。当时我想："人生还有比这更糟糕的吗？"我们在这样的险峻之地，时而心惊肉跳地下坡，时而要应付崎岖的地形。尤其是布满小石块的地形，控制自行车和刹车都很困难，必须掌握相应的控车技巧。

终于，离目的地只有10英里了，但是我们已经累得快要死了，双脚发软，眼皮快粘起来了，只有亢奋的大脑还在提醒我，到达终点线，我就能获得胜利，赢得称号，找到自我。当我到达终点的那一刻，我终于找到了内心深处的那一个变化，那就是愿意为某一个目标付出比别人多得多的努力。

你可能会问："参加一次比赛真的能够对我的人生有很大的改变吗？"对于这样的问题，我会反问你："你参加过冒险跑吗？"今年夏天，我终于知道我是谁了。我的名字叫劳拉·费尔普斯，世界上最年轻的完成了"奥德赛一天"冒险跑的女选手！

# 男童神功

有一次乘火车，我坐在座位上等火车启动。我的对面有一个小男孩。像别的小男孩一样，他对一切有着极大的好奇心，一直不停地缠住他妈妈问这问那。他问他妈妈："火车什么时候开？"

我看小男孩可爱，就想逗他玩，于是抢着回答道："这辆火车需要我们推一推才会开动呢。"

小男孩惊讶地睁大了眼睛："真的吗？""当然，"我说，"我们不推它，它就不会开走的。"

"那咱们就推吧。"他有了兴致。

"不过要等一等，"我说，"你瞧，还有许多乘客没有上车呢。等推车的时候到了，我来叫你。"

过了一会儿，我看到了车站亮起了信号灯，听到了工作人员吹起了哨子。这时，我对小男孩说："现在，咱们可以推车了，你可得使劲哟。"

我和他开始朝火车头的方向推车子。我们双手抵着座椅的后背，推呀，推呀……忽然，小男孩脸上绽开了笑——火车启动了！火车先是缓行，然后越来越快。

我向小男孩祝贺道："成功了！我们成功了！"

"太棒了！"他欢呼起来，脸上露出了极大的满足和成就感。他离开座位，在火车里的过道里又蹦又跳，为自己的神功和壮举得意不已。

我没有告诉他火车启动是因为装在火车头上的发动机，因为我知道他总有一天会自己明白这个道理的，但是他却让我明白了一个道理：我们有时把成就归因于自己其实只是出于幼稚。


# 一 个 数 字 的 和

在我上的第一节代数课上，老师站在黑板前，说："请你们在面前的纸上写出一个数字的和。"

全班35个13岁左右的少年瞪大眼睛看着她。她扫了大家一眼，威严地重复道："写出一个数字的和！"

我记得我握笔的手沁出了汗。有几个同学低下了头，开始写了起来。我很想知道他们究竟在写什么。我看到过道对面与我同一排的那个女生伸直脖子偷看前面男生写的内容。然后，她飞快地写出一个数字，并马上用手盖住。

老师在过道里来回巡视，粉笔在她的手指间转动。我猜不出她过一会儿会在黑板上写出什么数字。此刻只有我一人还没有动笔。我把背靠在椅子上，扭头问后面我的朋友："是多少？"

"7。"她小声地告诉我。

于是，我在纸上写下了"7"这个数字。我低着头，装出还在反复思考的样子。

老师开始问大家的答案。大部分人都说是"7"。她不紧不慢地走到黑板面前，写了大大的一行字："根本就不存在一个数字的和！"

我早知道这样。

那你为什么还写"7"呢？

因为萨娜说是"7"。

那你为什么要问她呢？

因为、因为我不知道。

你不是不知道，而是不习惯独立思考。好了，从现在开始，要学会独立思考。

我和老师的这番对话留给我终生难忘的印象。当然，我不赞成她这种羞辱学生的教学方式，因为一个好老师如果鼓励学生独立思考，则应该给学生提供一个宽松、友好的氛围，使学生有一种安全感，降低他们的过度焦虑，敢于表达自己的观点，不惧怕权威。不过，至少，她让独立思考的概念引入了我后来的学术生活。

# 送 给 妈 妈 的 礼 物

佳丽是一个无忧无虑的女孩，整天开开心心，像一只快乐的小燕子。不过，最近她也有一个心思——妈妈的生日快到了，她想给妈妈一件礼物，却不知送什么才好。

虽然妈妈总是说女儿好好学习就是送给她的最好的礼物，但是佳丽觉得只有送一个用彩色塑纸包装的并扎着绸带的礼物才能表达自己的心意。

可是，送给妈妈什么才好呢？佳丽想了好几天，直到一次她看到妈妈用一只普通的盘子装小甜饼的时候她终于想到了一个好主意。妈妈经常制作小甜饼，如果送给妈妈各种各样精美的盘子放这些小甜饼，妈妈该有多么高兴啊。想到这里，佳丽的脑海里浮现出木盘子、瓷盘子、银盘子、玻璃盘子……

下面的问题就是要筹集到足够多的钱。她给伯曼太太看护宝宝，给加兹太太整理杂货店，给希利太太打扫院子，这些工作都可以得到一些报酬。后来，积少成多，她的储蓄罐就装满了硬币。

她捧着储蓄罐来到了弗朗克先生的小卖部。可是，她所有的这些钱只可以买几只普通的盘子，而她看中的那些精美的盘子她连一只也买不起。

"等一等，"弗朗克先生了解到她买盘子的意图后说，"也许我能为你这个懂事的小姑娘找到点什么。"

弗朗克先生走到店后，过了一会儿他拿来一只大大的漂亮的白色瓷盘子。"这种盘子只剩下最后一个了，我想把它当着一个小小的礼物送给你，然后你可以将省下来的钱给妈妈买别的东西。"

佳丽非常开心。但是，怎样才能使这只白色的瓷盘子变成一个特别的礼物呢？佳丽想呀，想呀，终于想到了一个办法。她拿出画笔和颜料，在瓷盘子上画了好多的图画。

在妈妈生日的那一天的早晨，佳丽怀抱着用彩色塑纸包装了的扎着绸带的礼品盒来到妈妈面前。她有点羞怯，用细小的声音说："妈妈，生日快乐！"

妈妈的脸上立即有了幸福的红晕。她搂住佳丽，亲了又亲。"哦，谢谢，是什么礼物？"

妈妈拆开礼品盒的时候，佳丽紧张得几乎不能呼吸。

"多美呀，"妈妈激动地说，"你的画使这个漂亮的盘子显得更加地特别！世界上不会有第二个与它相同的盘子了。生日宴会上，我就用它来装小甜饼！"

这时，门铃响了。妈妈把盘子放在桌子上，然后去开门。许多亲朋好友走了进来。他们有的带来了水果，有的带来了酒和饮料，还有的带来了蛋糕。家里顿时热闹起来了。但是，没有人注意到由于桌上摆的礼物越来越多，佳丽的盘子被挤到了桌子的边缘。

突然，哐啷一声，佳丽的盘子……掉落到地上，摔成了许多红红绿绿的彩色小碎片！

佳丽先是怔怔地看着地上的碎片，然后眼泪刷刷地直往下流。

"哦，佳丽，这只是一次意外。"妈妈抱着佳丽安慰道，"我知道你很伤心，但是，妈妈已经看到了你的礼物，妈妈会永远记住你给我送过一个特别漂亮的礼物的。"

佳丽还是不停地流泪。"佳丽，"妈妈说，"任何不好的事情发生后，我们总是有办法改变它，甚至还能发现它好的一面。比如，妈妈知道了佳丽的心意，这就是好的一面。"

晚上，佳丽躺在床上无法入睡。她的眼泪已经把枕头弄湿了。窗外，幽幽的天幕上缀满了灿烂的星辰。她想到了妈妈的话。

怎样才能把破碎的盘子变成一件好事呢？佳丽想呀，想呀，想出了一个很好的计划。她脸上挂着笑进入了梦乡。

第二天，她第一个起床。她在厨房的柜子里找到了一个空玻璃瓶，然后开始实施她的计划了。

当妈妈起床后，佳丽来到妈妈面前，说："妈妈，你说的对。我发现摔碎的盘子也有好的一面。我能改变它，把它变成特别的礼物。"

佳丽说完给了妈妈一个特别的礼物。你知道这是什么礼物吗？佳丽把所有的彩色的盘子碎片放进了玻璃瓶子。这些碎片在瓶子里显得多么漂亮呀！它们有紫的，有蓝的，有金黄的，像天上耀眼的美丽星星。妈妈摇摇瓶子，它们在里面跳跃着发出哗啦啦的响声。妈妈幸福极了。但是更幸福的是佳丽。她终于送给了妈妈一个特别的礼物。


# 天 使 小 熊 的 祝 福


圣诞节快要到了，可是我心中再也没有了对男人们的祝福，尤其对即将成为我的前夫的男人的祝福。那个男人几乎在和我结婚的第一天就开始欺骗我，让我从此生活在怨艾之中。

结婚时我辞掉了我在航空公司的职位，现在我又回到了这家公司担当空姐。机场大厅挤满了等待回家团聚的旅客。我刚登上班机的舷梯，一个修女带着一个小女孩走了过来，请我一路上照看这个小乘客。

我有义务照看这个小女孩，因为航空公司在对待没有大人陪伴的未成年的乘客方面有严格的规定，我并不想忽视这些规定。

"可怜的孩子，"修女说，"她的父母在一次意外事故中遇难，我们花了一个多月的时间才找到她的一个亲戚，这下好了，圣诞节她可以享受家的温暖了。"

我俯身打量这个孩子，心中感到一阵寒意袭来。这个小女孩不过六七岁，可是她的脸上没有期待，也没有兴奋，只有一种混合了戒备、焦虑、等待的神情。她似乎不再会相信任何人了。一个如此小的人就有这样绝望的神情，这让一直陷于婚姻破碎后自怜自艾中的我深受触动，心中不禁对她生出了特别的怜悯之情。

我领她坐在后座，因为乘务员在偶尔有闲暇的时候也会在后面的空位上坐一坐。然后，我去照应别的乘客，但是我始终留意着她。

她坐在那儿，双手不停地绞着衣角，过不了一会儿就将头扭向飞机的小窗户。尽管她看上去显得很平静，但是她那软软的红唇的轻微颤抖暴露出她的担忧。她看上去脆弱得就像我给姐姐买的那个进口瓷娃娃。

飞机起飞后，我来到她的身边坐下。"我叫格温，"我问她，"你叫什么名字？"

"我叫莎拉，"她说，"莎拉·卡密斯金。我的——"

她突然停下来不说了。我感到她原准备要说一连串熟稔的地址以及父母的名字，但突然意识到这些都没用了。她眼中似乎有扇窗砰然关上了，她的脸也因痛苦而绷得更紧了。

"我不想一个人到别的地方去，"过了一会儿，她说，"我怕，我害怕，只有我一个人，我要妈妈，可是妈妈没有了。修女说，妈妈和耶稣在一起。但是我比耶稣更需要妈妈，虽然圣诞节是他的生日。"

我一边听，一边飞快地思考，想到了放在旁边柜子里的箱子。箱子里有我打算送给姐姐和她的孩子们的圣诞礼物。我起身，从柜子里拿出箱子，翻出了一只玩具小熊和两条小手绢。我想我还有别的礼物送给姐姐和她的孩子们，而莎拉比他们更需要圣诞礼物。

我用大头针在小熊的背上别住这两条小手绢，使它们看上去像小熊的翅膀，然后送给莎拉。"现在，不只是你一个人了，"我说，"这是一个天使小熊。她想和你成为朋友。如果你感到害怕，你就抱紧她，和她说话。"

"谢谢你，格温阿姨。"她点点头，虽然她没有笑，但是看得出她紧绷的脸松弛了许多。

后来，我有许多事要忙，不能和她坐在一起，不过我会时不时地看她一眼。我看到她抱着她的朋友，窃窃私语。

飞机到了丹佛，我要换班下机了，但是莎拉还要继续她的旅程飞到菲尼克斯。我将莎拉拜托给简。简是一位负责而热心的空姐，我感到非常放心。莎拉和我分手时，腼腆地吻了一下我的面颊，又把小熊在我脸上蹭了蹭。"圣诞节快乐。"她低声说，"还有新年快乐。"

我拥抱了她，尽量忍住不让眼泪流下来，心中祈祷她的亲戚会善待她，给她一个温暖的家。

新年的第一天早晨，天刚亮，我忽然被一阵敲门声弄醒。谁会这么早找我呢？我披上衣服，来到门前，从窥视孔往外看。我看到了一个男人的身影。这个男人还挽着一个小孩。我想坏人不会带着小孩一起来作案的，所以我打开了门。

我还没来得及把门完全打开，一个小身影就飞快地投入到我的怀里。是莎拉。她后面的那个男人高高的个子，正笑着看着我们，脸上稍微显得有些尴尬。

莎拉拉着我的手又蹦又跳。"格温阿姨，我想来感谢你送给我天使小熊，感谢你对我的照顾。我们找呀找呀，好不容易才找到你！"

"请原谅我们的唐突，"那个男人说，"莎拉坚持让我一定要找到你。她说——"他停顿了一下，脸忽然红了起来。

"她说我也会喜欢上你的。我很想给莎拉一个家，可是我的未婚妻刚刚和我解除了婚约，你知道，一个单身男人要想收养她是很难的……她是我姐姐的孩子，我们俩都没有别的亲戚了。我不想把她交给陌生人抚养，但是我的情况又很难办下领养手续。也许，我不该当着莎拉的面说出我的担心。"

未等我言语，莎拉抢着说了起来。"舅舅只有一个人，"她说，"我想——呃，是天使小熊告诉我的，你也是一个人。我们到处找你，非常难，但是还是找到了，一切都会是顺利的。"

我请他们进屋。我飞快地洗漱完毕，吃了早饭。那一天，我们大多是在谈话中度过的。谈话非常愉快，我发现我与莎拉的舅舅斯蒂文·霍根先生竟有许多共同之处。

我们喜欢同样的音乐、同样的诗人和同样的书，我们都向往在一个小城镇过简便的生活。他是菲尼克斯的一个电脑工程师，但是他想去一个小城镇，尤其是收养莎拉以后。我也厌倦了大城市的生活，但是我还不知道要去哪里。

那天晚上，斯蒂文带着莎拉回菲尼克斯了。但是从此以后，我们几乎每天都互通电话或者电子邮件，我们还越来越频繁地见面。很快我们决定结婚了。我们的婚礼是在情人节那天举行的，参加我们婚礼的有我们双方的朋友，还有一个抱着一只长着翅膀的玩具小熊的小女孩，我高兴地看到她和小熊的脸上都挂着俏皮温情的笑容。

我再也不会自怜自艾了，因为我得到了天使的祝福，我不但有一个爱我的丈夫，而且有一个名叫莎拉的懂事的养女，一年以后我又添了一个儿子。莎拉和她的小弟弟相处得很好，她是一个很好的姐姐。

在莎拉的床上，天使小熊始终占有很特殊的一席之地。它被放在莎拉的枕头边，那两条小手绢已经有点破损，但是要拿掉或换掉它们是不可能的。"天使必须要有翅膀，"莎拉说，"天使小熊的翅膀破了，是因为它总是不停地工作，给许多人带去美好的祝福。"

动物故事汇

# 失去伴侣的鹅

一只鹅站在我父亲的卡车后面，全神贯注地看着铬合金的保险杠上自己的映像。间或，它整理几下羽毛，或者伸直颀长的脖子，侧着脸对自己的映像"呱呱"地"讲话"。我被眼前这一幕逗乐了。

不过，四个小时后，当我注意到这只鹅还站在那儿时，我就感到事情有点蹊跷了。于是，我就这只鹅的奇怪行为向父亲请教。

"爸爸，"我说，"那只鹅整天都站在你的车后面，你知道为什么吗？"

"哦，我知道。"父亲不假思索地答道，"那是一只公鹅。一年前，它的'相好的'死了，它从此就孑然一身。整整有一个月，它每天都到处找那只母鹅。后来有一天，它经过我车后的保险杠时，看到了自己的映像。我猜，它准认为它看到的是那只母鹅。这以后，他天天都要与它的'相好的'在一起。"

其实，这只鹅并不是孤独的。父亲的农场里还有十几只鹅。但是，这只鹅总是离其他的鹅远远的，更喜欢与它的'相好的'在一起。父亲的车停在哪儿，它就急巴巴地走到哪儿，然后深情地注视着保险杠上的映像兴高采烈地"说"个不停。

我被这只鹅忠贞的感情打动了。这是多么强烈的感情呀，甚至在伴侣离去后，它还坚定不移地徘徊在与其貌似的映像旁边。

"爸爸，"我好奇地问，"你为什么认定它是思念母鹅呢？"

"这并不神秘，"父亲说，"世上万物生来就都需要有一个伴。生活，因为需要想着别人，因为有人分享快乐、分担忧愁，从而才有了意义。"

父亲的话引起了我的共鸣。当我们遇到伤心事时，我们希望有人听我们倾诉；当我们碰到快乐的事情时，我们也希望有人与我们分享。记得我的女儿刚出生时，我是多么开心呀，但是只有等到我看到我父母的眼里也闪动着喜悦时，这份开心才变得完美。上一周，我已经长大成人的女儿来看望我，给我送来了一束鲜花，热切地等待着我的反应。当我接过鲜花，欢喜之情溢于言表时，女儿的笑脸显得格外灿烂了。给我买花使她快乐，但只有看到我接花时的兴奋才让她的快乐变得完美。

接着，父亲给我讲了另外一个故事。有一次，他驱车进城，在丛林边的一条道上看到了一只躺在地上的母鹿。这只母鹿估计是在过马路时被来往车辆撞了。父亲停下车子，想看一看它是否还有救。还未等他走到母鹿身边，路边的丛林里传出了响声，一只硕健的公鹿赫然闪现。父亲本能地把它恫吓回去。他接着察看了母鹿，发现它已经死了。于是他开车离开，但是他从后视镜中看到，那只公鹿从树丛里走出，来到母鹿身边，嗅着它的面颊，用腿轻推它的身子，似乎想叫它起来好一起回到丛林里去。每隔一会儿，公鹿会昂起头，仿佛是担任警戒的哨兵，然后又把注意力集中在母鹿身上。父亲好奇地停下车，观察了一段时间。大约每过半分钟，公鹿会退回丛林里，但不久又会折回继续哄劝母鹿站起来。父亲办完事回农场时，天已经黑了，然而他发现，在上午看到死鹿的那个路上，公鹿仍然在母鹿身边负责警戒。

我相信，许多动物与人一样也需要有同甘共苦的知音和为之牵肠挂肚的伴侣，也会因为痛失它们而伤心欲绝肝肠寸断。

那只公鹅是把保险杠上自己的映像当着了故去的伴侣，所以生活依然有着幸福和希望。可是，后来情况发生了变化。父亲卖掉了卡车，换成了一辆小汽车。"爸爸，"我向父亲打听，"那只公鹅还会想到你新车的保险杠吗？"

"哦，"父亲答道，"新车的保险杠涂了玻璃纤维，没有光泽，它又一次失去它的'相好的'了。整整一周，它一直寻找不辍，走遍了农场的各个角落，凄惨的叫声不绝于耳。但是，它再也没有能够找到。"

"那么，它有没有试着和别的鹅融洽到一块呢？"我问。

"没有。"父亲说，声音有些苦涩。"它对感情太投入与执着了。它在哀痛中度过了几日，然后就死了，是在我们换了新车后的第七天。"

是的，没有伴，生命就走到了尽头。

# 一只乌鸦叫凯撒

一只小乌鸦从窝巢掉落下来，拍打着翅膀，在马路中央挣扎。它随时有可能被来往的车辆辗死，或者被猫儿当成猎物。于是我把它捡起来带回了家。它的情况很不好，喙上有多处破损，脑袋耷拉着，看样子活不了多久了。但是我和爷爷对它精心照料，医治了它的伤，给它定时喂食物，终于它康复了。

我们还它自由，将它放飞。可是它不愿意离开我家。我的家人、甚至我家的宠物，施尽种种办法，都没有能够将它轰走。我们放弃了努力，默许它和我们同住一个屋檐下。我们不知道它是公是母，但是根据它勇敢和倔强的性格，给它取了古罗马将军的名字"凯撒"。

凯撒不但在我家花园寻食甲虫或各种幼虫，而且在我们就餐的时候也会来吃白食。它在餐桌上跳来跳去，直到我们给它也盛上半碗肉和蔬菜。它总是不安分，行为肆无忌惮，不是将报纸啄成碎片，就是碰翻花瓶，或者追啄狗的尾巴。"这只乌鸦太讨厌了，"奶奶看着被乌鸦糟蹋了的万寿菊埋怨道，"你们难道不能把它关在笼子里吗？"

我们试着将它关进了笼子，但是这可惹恼了它。它不停地扇动翅膀，呱呱喊叫，吵得我们头晕脑胀，精神都快崩溃了。我们只好任它在家里继续横行霸道。我们家屋后的林子里也有别的乌鸦栖息，但是它仿佛不愿与它们为伍。爷爷说，它可能是丛林渡鸦，与这些以腐肉为生的普通乌鸦不属一类。然而我认为，凯撒因为习惯了与人平等相处，过上了优越的生活，所以变得势利起来，瞧不起自己的同类。

渐渐地，凯撒还学会了讲几句人话。它会在屋外的窗台上待几个小时，然后用喙敲击着窗玻璃，叫道："你好！你好！"他似乎还能从开门的声音判断出是谁回家了，如果是我，它就会跳着跑过来热情地用嘶哑的喉音招呼："你好！你好！"我还教会它站在我的手臂上说："亲亲！亲亲！"这时只要我把头朝它伸过去，它就轻轻地用它的喙在我的嘴唇上碰一下。

有一次，姨妈来访我家。凯撒飞到了她的臂上叫道："亲亲！亲亲！"姨妈开心极了，把头伸给了它，得到了温柔的一个吻。但是后来发生的事就不妙了，凯撒对姨妈的那副闪闪发亮的眼镜好奇起来，伸喙去啄，结果眼镜落地，摔成碎片。

越来越多的事实表明，凯撒既不同于宠物，又有别于野生乌鸦。它的行为放荡不羁，甚至危害到我们的左邻右舍。它把邻居的钢笔、梳子、丝巾、牙刷和假牙等偷回家。它尤其钟爱牙刷，我们家的厨顶上堆放着它偷来的各种各样的牙刷。几乎每一个邻居都能在我们家找到自己的牙刷。所以那一年我们街坊的牙刷消费增高了，我奶奶的血压也增高了。

凯撒还跟踪那些上小卖部的孩子。当孩子们从小卖部里走出来，它就抢走他们手中的糖果。它还对衣夹情有独钟。邻居们经常发现晒在院子里的衣服掉落在地上，而衣夹却不见了。当然，这些衣夹可在我们家的橱顶上找到。

凯撒离经叛道的行为也给自己酿成了大祸。它在一次偷食邻居家的大豆时，一根忍无可忍的大棒砸在它的腿上。它伤得不轻，腿也折了。我们对它进行了救治，但这一次它伤得太重了，状况越来越糟，先是脑袋无力抬起来，继而整日发不出声音，最后吃不下任何东西。

一天早晨，我发现它死在沙发上，双腿僵硬地翘在空中。可怜的凯撒！它与其说是死于邻居家的大棒，不如说是葬送于自己不检点的行为。它实在是被宠坏了，不知道这世上每一个生命都有自己的游戏规则。它被我埋在我家的后花园里，随葬品是那些它搜集的牙刷和衣夹。

# 有七个名字的猫

我们家刚搬到基金莱市时，我一个人也不认识，感到很孤独，总是想念以前的朋友。这样，妈妈就给我买了一只猫，想让它陪我解闷。

这是一只脾气温顺的乖乖猫，它从不乱扯窗帘床单，也不抓挠地板家什，更不会把死老鼠拖进家里。我有时揪它的尾巴用力过猛，它也不会冲我发疯，或者又抓又咬。它简直就是一只会跑动的小绒球，给我带来欢乐，让我可以暂时忘却孤独。

我给它起名叫"赫尔曼"。赫尔曼爱好捉迷藏，常常故意躲在床下或者柜子后面让我去找。它的另一大爱好就是喜欢外出串门，往往一去就是几个小时，有时甚至彻夜不归。

一天，赫尔曼"出访"归来时，我发现它的颈圈上缠着一张纸条。我把纸条拿下，展开一看，上面写道："这只猫叫什么名字？"我感到有意思，就紧接着后面写下了猫的名字"赫尔曼"，然后在赫尔曼又要出门时，重新把纸条缠在它的颈圈上。

这一回，赫尔曼又在外面过宿了。到第二天它回来的时候，我发现它颈圈上的那张纸条已经有点破损了。我取下纸条，不禁乐了。这张纸条上又添了一些笔迹不同的字。纸条是这样的：

这只猫叫什么名字？赫尔曼、迈拉、弗雷德、蒂克、达西提、杰罗姆、马克。

我惊奇地望着赫尔曼。我从未听说谁有过三个以上的名字。可是它竟有七个名字！

不过，且慢，让我想想——这是我的猫呀！我只给它起过一个名字。别人凭什么乱给我的猫起名字？他们以为他们是谁呀！

所以我另外写了一张条子：

这是我的猫。它的名字叫赫尔曼。它属于伯奇街 5609 号的黛博拉·莫瑞斯！

第二天，赫尔曼外出时，我把这张纸条缠在它的项圈上。然而，它回来后，我吃惊地看到它的颈圈上密密麻麻缠着许多纸条。一张纸条上写道：迈拉今日访问了伯奇街 5611 号约翰森家。又一张写着：蒂克看望了伯奇街 5620 号琼·马丁女士。

我数了数，所有的街坊邻居都给我送了一张条子，告诉我赫尔曼（他们称为弗雷德、达西提等等）造访过他们的家。最后，我见到了一张我家隔壁邻居格雷戈奶奶写的条子——

亲爱的黛博拉：

我知道马克（也就是赫尔曼）是你的猫，但是我希望你不要在意它有时到我家来看看我。它讲文明懂礼貌，从不乱抓乱蹭，也不缠着人讨食物吃。当然，我有时给它一小碗牛奶，它还是愿意尝一尝的。它总爱跳上我的膝盖，让我梳理它的绒毛，然后睡一会觉。它是一个很好的伴儿，尽管它每次与我待的时间不长。你有马克这样的好猫，真的非常幸运哟。

祝天天开心。

伯奇街 5607 号格雷戈太太

看完了这些条子，尤其是格雷戈太太的条子，我突然感到一阵羞愧，因为长期以来，我一直认为赫尔曼归我所有，与别人没有任何关系。

我觉得赫尔曼身上有值得我学习的东西。

我走出了家门，看望每一个邻居。现在，我和赫尔曼一样，有好多好多的朋友！


# 野 猫 的 裁 决

从前，有一只鹧鸪，在一处山林的草丛里安了一个窝，它的窝不但能遮风挡雨，而且还舒适透气，是一个很不错的栖居之地。

有一天，鹧鸪离开它的窝，去一个很远的地方觅食。这一去就是好些日子。其间，一只兔子来到这里，发现了鹧鸪的窝，就住了进去。可是，过了几天，鹧鸪回来了，对兔子的行为十分生气。

"喂，兔子，"鹧鸪怒道，"你怎么能趁我不在的时候霸占我的窝呢？出来，赶快出来！"

"你凭什么说是你的？"兔子也不甘示弱，"这是一个无主之窝，我占了就是我的，这是森林法则规定的。"

"可是，这并不是无主之窝，在你来之前我就在这儿住了好久了。"鹧鸪据理力争。

"就算你说的是真的，"兔子说，"但是我来的时候这儿是空的，而且我已经实际住了好多天了，所以这儿现在就是我的！"

在它们争执不下的时候，一只体型硕大的野猫走了过来。野猫是一个卑鄙的家伙，但是它总把自己伪装成很神圣的样子。此刻，一个恶毒的计划正在它心中酝酿。不过，它现在首先需要得到鹧鸪和兔子的信任。只见它用后足站立，把一只前足放在胸前，装模作样地祈祷道："哦，我的主啊，生命如此脆弱，又如此短暂，让我们文明地生活，公正地做事，理性地解决争端，共同创造出一个和平美好的世界吧！"

兔子听了野猫的祈祷后觉得野猫既强大又公正，让它充当裁判解决窝之争应该是一个不错的想法。它把这个想法说了出来。鹧鸪表示怀疑，提醒兔子别忘了野猫是他们俩共同的天敌。不过，兔子坚持自己的想法，对鹧鸪说："如果你不愿听野猫的裁决，就是承认你放弃窝的拥用权。"

听了兔子和鹧鸪的对话，野猫心中暗喜，但是它假装犯难地说："你们俩，一个是早就在此居住，一个是现在实际居住……唉，该怎么办呢？"

兔子说："神圣的野猫先生，我们相信你，如果谁不听从你的裁决，你就将谁吃掉！"

"亲爱的朋友，请你别这样说。"野猫说着看了一眼始终与自己保持一段距离的兔子和鹧鸪，"我是决不会做出那种凶残的事情的！不过，既然让我裁决，你们就要让我听明白。我老了，耳朵不好，你们离我这么远，我怎么能听明白呢？来，都靠我近一点。"

兔子和鹧鸪听了野猫冠冕堂皇的言语之后，放松了警惕，往它近前走了走。当它们走到野猫面前时，野猫露出了真面目，它一手抓住兔子，一口咬住鹧鸪，然后将它们全部成为自己的盘中之餐。坏人总喜欢打着神圣的幌子行骗，我们要提高警惕，切勿上当！

# 贝贝噎住了

今晚7时我要会见一位重要的客户。我计划回到家，洗一下澡，然后换上一件既性感又得体的晚礼服。

到我住的小区时，已经是6点钟了。我将车子停靠在门前，急匆匆地往家里奔。我打开家门，差点儿绊在贝贝身上。贝贝是我养的一条宠物狗，体形高大，性格温驯，给我的单身生活增添了许多乐趣与生机。

可是，这时我注意到贝贝的样子有些异常。它神情焦虑，脖子不停地扭动，腹部也起伏不已，而且咳嗽得厉害，像是要呕吐。"唉，真是越忙越乱，贝贝偏偏在这个时候生病了。"我说。

但是，贝贝痛苦的样子表明它病得不轻，需要立即治疗，不能耽搁。幸好，离小区不远就有一家宠物诊所。我立即用车子将贝贝送至诊所。

诊所的汤姆医生对贝贝做了检查。"它好像是吃了什么东西被噎住了。"汤姆医生说，"应该没有什么大问题，我几分钟就可以将东西取出来。"

我与汤姆医生很熟，想到自己马上要与客户见面，所以我把贝贝留在诊所请汤姆医生临时照顾一个晚上。然后，我上了车往回赶。我没有时间洗澡了，决定换了衣服就去赴约。我刚进家门，打开厨门，手机就响了。

"我是汤姆医生。"电话里的声音战战兢兢，"你在哪儿？"

"我在家里，发生了什么事？"

"你赶快从家里出来！"汤姆医生说，"现在就出来，什么事也不要做了！一分钟也不要耽搁！我马上就到。警察也会随时赶到。记住，在家门口等我们！"汤姆医生说完将电话挂断。我看着手机发愣，不知道发生了什么事，但是汤姆医生说话的语气让我感到很是不安。我没有换衣服，赶紧走出了家门。

我刚在家门口站好，一辆警车疾驰到我面前不远，嘎的一声刹住了。从车上跳下来两名警察，简单地核实了我是这家主人的身份后，便从敞开着的门闯了进去。警察没有征询我的意见，也没有向我解释原因就闯进了我的家，这让我既担心害怕，又如坠雾里。接着，汤姆医生也赶到了。

"贝贝呢？难道它出了什么事？"我看到汤姆医生劈头就问。

"贝贝不碍事，我已经将噎住它的东西取出来了。"

"可是，这是怎么回事？警察凭什么要闯进我的家？"

这时，两个警察出来了。他们还押着一个脸色苍白、浑身是血的男子。

"天啊！"我失声尖叫。"这人是谁？怎么会在我家里？你们怎么知道他在我家里的？"

"我想，这个人肯定是一个窃贼。"汤姆医生说，"我知道他在你家里，是因为噎住贝贝的是三根手指头。哦，一个人真的不能做坏事，否则倒了霉也不敢声张。"

# 有魔法的青蛙

有一个人身高二米七，生活很不方便，于是他找到医生，希望能将个子矮下来。医生说："对不起，我真的是爱莫能助。不过，我认识一个巫师，他或许能够帮助你。"

这个人按照医生提供的地址找到了巫师。"巫师，我身高二米七，你能帮助我将个子矮下来吗？你是我唯一的希望了。"巫师挠了挠头皮，然后答道："办法倒是有一个。你走进森林，会看到一个水塘，水塘里有一块大石头，大石头上坐着一只青蛙。这是一只有魔法的青蛙。你对他说，你愿意嫁给我吗？青蛙会回答，不，这时你的身高就会减少三十厘米了。"

这人听了很高兴，就走进了森林。他找到了青蛙，问："你愿意嫁给我吗？"

青蛙看了他一眼，断然答道："不！"

果然，这人的个子明显地缩短了。"哇噻，"他激动地叫了起来，"真的矮了三十厘米呀！"但是，他想，二米四的个子还是太高了，所以他又再次对青蛙说："青蛙，你愿意嫁给我吗？"

青蛙转了一下眼珠，没好气地尖声答道："不！"这人感到个子又矮了。"太神奇了！"他欢叫了起来。不过，二米一的个子还是高了一点，一米八才是最理想的身高！于是，他又一次对青蛙说："青蛙，你愿意嫁给我吗？"

青蛙把头摇得像拨浪鼓，说："你还要我说多少次呢？不！不！不！不！不！"

# 我们的"约定"

"妈妈，爸爸的除草机撞死了一只郊狼。"女儿贝基告诉我，"我看见那只郊狼被撞得飞了起来！"

比尔在除草的时候，从没有耐心去留意会不会伤害到一些小动物。有一回，贝基在割下的草堆里发现了一只死鸭子。"爸爸，当心一点，"以后，每回比尔准备除草，贝基都会说，"不要压死了猫，也不要毁了鹌鹑的窝。"

果然，比尔回家后证实了贝基的话。"我知道早晚会发生这件事情。最近一段时期，我的除草机开到哪儿，这只母狼就跟到哪儿。"

"你怎么知道是一只母狼呢？"

"大肚子，"比尔叹了一口气，"怀孕了。它后来跑了，但我估计它活不了几天了。"

从夏到秋，日子一天天地过去，我几乎已经把那只郊狼的事忘记了。然而有一天，我在离家不远的地方看到了一只三条腿的郊狼。它的第四条腿——也就是左后腿膝下部分全部没有了。我想，它可能就是被比尔的割草机撞了的那条狼。可是，它是怎么活下来的呢？它还能捕猎吗？它神态憔悴，体瘦若柴，皮毛枯暗。然而，它显得无畏无惧，不惊不慌。只是它忧郁的表情让我看了有些揪心。

我注意到它的眼睛有些异常，仔细一看，发现它眼球内的晶状体呈浑浊的琥珀色。可怜的家伙，难怪它被比尔撞伤，原来它的眼睛很可能几乎看不见了！

好像要像我证明什么，它忽然咧开嘴，露出尖利的牙齿。我明白，它还有一些光感，所以它在察觉到我后，显出了母亲的本能，要保护自己的孩子。也许，幼狼就在附近。

我感到它快要饿死了。我想帮助它。我是动物保护主义者，而它的自然食物是鸟、兔、鼠和昆虫，不过我听说郊狼也喜欢吃水果。也许，在我家的狗食上放几片苹果，它会乐意去吃的。我不知道迪克会怎么想。迪克是我们家的狗。迪克有时会允许猫吃它的食物，它也会允许这只狼吃它的食物吗？我想试一试。

一天晚上，我听到门前的狗窝传来了奇怪的动静。我走到窗前，定睛一看，那条三条腿的郊狼正小心翼翼地朝迪克的食盆逼近，迪克身子往后缩，身子颤抖，发出呜咽声。最后，郊狼来到食盆前，大口吃着里面的东西。

我把这件事讲给比尔和贝基听。"是你和它的约定？"比尔不无调侃地说。"是的。"我说。"太好了，"喜欢给动物起名字的贝基高兴地叫道，"让我们就叫它'约定'吧！"

在潮湿温暖的春天，甲虫、飞蛾和苍蝇多了起来，比尔在屋旁装了一只灭虫灯，这些飞虫撞在上面就会触电身亡，猫会过来吃掉它们的尸体。

一天晚上，我听到一阵熟悉的狼嚎，我们从起居室的窗户望去，看到约定正在扑食空中刚刚被灭虫灯电焦的飞虫。

比尔嘴角露出了一丝微笑。他越来越怜悯这只有顽强生命力的郊狼了。几天后，我发现他买了一本关于郊狼的书看了起来。从这本书上，我们知道，郊狼是非常聪明的动物，在干旱少食的时候，它能嗅到地下水的位置，然后挖洞取水。当它解了渴之后，它就会埋伏在洞附近，在一些鸟和小动物来饮水的时候，它便乘机捕食它们。

不过，在这之后，约定只出现了一次。我再次见到它的时候，它又怀孕了。它的皮毛有了润泽，尾巴上的毛也很浓密。

从比尔买回的那本书中，我了解到，母狼怀孕后，公狼会一直保护母狼并想法给它弄食物，但是到小狼有独立能力后，母狼又得想法自己弄吃的。

我注意到比尔有了一些变化。他有一次除完草，留着一小块草地未动。"又是一只蠢鸭在那儿安了窝。"他咕哝道。一周以后，它除草时，一只野兔居然挑衅似地坐在它的除草机前。再一次，比尔绕道而行，让那一小块草地留了下来。

后来，十二月的一天，又发生了一件让比尔更惊讶的事。一只三条腿的郊狼带着一只幼狼出现在他的除草机前。是约定和它的孩子。约定迎着除草机走了过来，仿佛想挡住比尔。它一点儿也不显出害怕。

比尔只好停下除草机看着。只见幼狼捕猎着那些被除草机惊跑的老鼠。它一连吃了三只老鼠，而约定一直坐着不动，当幼狼捕到第四只老鼠后，约定这才叼住它的项背，将它带到路边。幼狼让嘴里的老鼠交换到约定嘴里。比尔对看到的一切惊叹不已。

"然后它们是不是睡觉了，爸爸？"在比尔给我们讲了这个故事后，贝基问道。

"没有立即睡觉，"他说，"至少，幼狼没有。"比尔在讲郊狼的故事的时候，声音非常柔软温暖。"幼狼一会儿舔舔约定的鼻子，一会儿轻轻地咬咬它的耳朵。后来，它依偎着约定，安静下来。约定虽然年老体弱，但它显得非常满足，就像你们的妈妈在你们小的时候看着你们睡觉时的样子。"比尔说着冲我笑了笑。

约定让我知道什么是艰难困苦，什么是坚韧不拔，又让我知道这个世界上有许多生命或因为自身条件所限，或因为天灾人祸，日子还过得十分艰难。对生活，他们不敢，也无法有更多的苛求。这时，如果你伸出援手，有时并不需要付出太多，你或许就能让他们暂渡难关，享受温暖。

# 不断重现的故事

从前，跳蚤、蚱蜢和青蛙想比试一下谁跳得最高。他们公开打擂，吸引了众多的观看者，就连国王也携女儿兴致勃勃地赶来了。

"既然是比赛，就一定要有奖励。"国王说，"这样，谁跳得最高，我就把女儿嫁给他！"

跳蚤第一个出场亮相。他风度翩翩，优雅地向观众行礼。他不但身上有贵族的血液，而且又善于与社会各个层次的人打交道，这使得他显得超群出众。第二个亮相的是蚱蜢，他一身绿衣，身材修长，仙风道骨，气度不凡。相比之下，最后一个上场与观众见面的青蛙就显得丑陋多了。他的脑袋肥嘟嘟的，两条腿不雅地蜷曲着朝两边分开。

仪式过后，比赛正式开始。跳蚤的那一跳，出乎观众意料，高度超出了大家目力能及之处。蚱蜢的一跳也让大伙儿叹为观止，虽不及跳蚤，却也有一人多高，最后落在国王的脸上。轮到青蛙时，他沉思片刻，然后才腾空而起，他的高度无法与跳蚤比，连蚱蜢也比不了，只是后者的一半高，最后落在公主的膝盖上。

然而，国王宣布胜者为青蛙。他说："谁也不能高出我的女儿，谁也不能超过你们的公主，因为她是不能被逾越的。可是，只有聪明的青蛙明白这一点。因此，也只有他的高度才是合法的和可以接受的。"

公主嫁给了青蛙。

"这不公平！"跳蚤说，"明明是我跳得最高，却得不到承认，受到奖励的怎么能是技不如我的青蛙呢？"后来，跳蚤从军，遭人所害，最后死在军中帐篷里。

落魄的蚱蜢，开始思考这个世界的法则。后来他行吟江泽，将他的经历通过咏唱传到今天。我们从他的诗中知道了这个故事，并且时常会为人世间一次又一次惊人相似地重现这样的故事而摇头叹息。

# 小情郎

"俊朗！俊朗！"

中村夫妇非常着急。他们的爱犬俊朗从一大早就不见了。"俊朗！"他们一遍又一遍地喊。中村夫妇住在日本的阿卡岛上，这是一个很小的岛，他们搜遍了整个小岛，也没有见到俊朗的影子。

深夜，他们听到家门口有动静，打开门一看，正是俊朗。俊朗浑身湿透了，冷得瑟瑟发抖。

几天以后，俊朗又不见了。它是早晨失踪的，但是夜里又回来了。它回来的时候，同样还是浑身湿透瑟瑟发抖。

从这往后，俊朗时常失踪，而且总是早晨不见了，夜里又回来了；回来时，也都是浑身湿透瑟瑟发抖。

中村夫妇感到十分奇怪："俊朗去哪儿了？为什么回来时总是浑身湿透呢？"

中村先生决定要了解事情的真相。一天早晨，他悄悄尾随俊朗。俊朗来到海边，然后跳进水里，开始向前游泳。中村先生也跳上自己的船，跟在俊朗的后面。俊朗游了两英里后，大概是累了，爬到了一块岩石上。休息了约莫几分钟后，俊朗又跳进水里，继续游泳。

三小时后，俊朗靠近了一个小岛。它爬上岸，抖掉身上的海水，朝岛上的小镇走去。中村先生也靠岸停船，然后继续跟踪俊朗。俊朗来到了一户人家门前。这户人家门前也有一条狗。这条狗显然在等着俊朗呢，与俊朗一见面就亲热地玩耍起来。中村认识这条狗，它的名字叫玛丽莲，是俊朗的"女朋友"。

玛丽莲住的这个岛叫座间味岛，也是日本的一个小岛，中村一家曾经在这个岛上居住。后来，中村一家搬到了阿卡岛。当然，俊朗也要一起搬过去。俊朗十分思念玛丽莲，很想与它在一起，可是也想与中村一家人在一起。所以，俊朗就与中村一家人生活在阿卡岛上，但是经常会游泳去座间味岛看望玛丽莲。

人们得知了俊朗的事迹都非常惊讶，因为阿卡岛与座间味岛之间的距离有近3英里（1英里=1.6公里），而且这段海面波涛汹涌，就连当地渔民也从未有人能够横游过这条线路。

俊朗出名了，人送绰号"小情郎"。许多人到座间味岛去，就是为等着见到热恋中的俊朗从阿卡岛横游而来。在去年日本的男孩节这一天，有3000人在座间味岛的海滩上等着俊朗。

他们没有失望。


# 教 授 家 的 狗


亨利是一条纯种狗。它住的房子非常漂亮，墙体是一块块石头，台阶是白色的大理石，窗帘是红色的天鹅绒。

它的主人叫彭罗斯，是一个大教授，非常有钱。

亨利每天早上跟着彭罗斯教授一起去那所听上去好像叫"填鸭式大学"的地方上班，坐的是那种加长了的豪华轿车。

亨利每天中餐吃的是两块色香味皆佳的烤羊排。

亨利每天晚上睡觉的床是一只柳藤篮，置放在壁炉前，里面铺的是高级毛毯。

星期六，亨利总会被带到宠物美容店，受到精心打扮，然后随彭罗斯教授逛各种专卖店。星期天，教授还会带它到公园去，那儿飘散着草的香浪，还有一支管弦乐队演奏着优雅的古典音乐。

彭罗斯教授常常抚摸着亨利身上的小马甲，说："瞧，亨利，我的宝贝，这才是生活！"

然而有一天一切都变了。是这样的：彭罗斯教授接到一项任务，要到爱达荷州挖掘恐龙化石，需要一年。

但是有一个问题——任务规定：任何人都不允许带宠物同往！

教授家的厨子沃什伯恩太太同意将亨利带到她家代为照料，直到教授返回。

彭罗斯教授不愿意这样。沃什伯恩家既没有大理石台阶，也没有红色的天鹅绒窗帘。但是他没有别的办法，还是替亨利穿上了小马甲，然后送到了沃什伯恩的家。

亨利从车里出来时，对眼前的景象非常吃惊。它的两只耳朵竖了起来，像两扇开着的车门。

它从来没有见过如此的家。它所能做的一切就是尽量保持高贵的尊严。

房前的台阶上东倒西歪地放着一些脏兮兮的玩具，还有三个小孩横七竖八地坐着。亨利只有留神绕着走才不会绊到什么。可是它刚没走几步，一双小手就拦腰将它抱起，未等它反应过来，它已经被扔进了一个满是肥皂泡的浴缸里。

它几次试着想跳出来，可是每次都被一只只小手按了回去。

"轻一点，孩子们。"沃什伯恩太太说，"亨利不习惯你们这样的玩笑。"

还有，那天的晚餐是一根水煮的猪骨头！当孩子们将骨头扔到它面前时，上面还沾着一些菜叶。什么！亨利愤愤地想，连盘子也没有？

它想知道自己今后是否还会吃到烤羊排。

睡觉的时候到了，亨利非常疲惫，可是它的那只铺了高级毛毯的柳藤篮没有带来，它会睡在哪儿？

这时，两个孩子将它带到一间有三张床的房间里。

"亨利和我一起睡！"一个孩子说，并把它抱上一张床。

"哦，不！亨利和我一起睡！"另一个孩子抗议道，把它抢到另一张床上。

第三个孩子也参与了对它的争夺战，结果它从床上跌落了下来。

还未等到它钻到床下躲避起来，一场枕头战又开始了。

噗！一只枕头正击中在亨利的脸上。它叫唤起来，声音非常大。

"怎么啦，亨利！"沃什伯恩太太责备道，"你以前从不大喊大叫的！安静下来，否则孩子们会睡不着的！"

星期天没有公园，没有经典的管弦乐曲，风儿飘过时也没有草的香浪。只有在沃什伯恩太太的后院里，可以见到一丛丛的蒲公英、摇摇晃晃的秋千和用空纸盒做的城堡。

孩子们和亨利翻滚在一起。他们搔抓它的耳朵，在它脖子上扎了一根圣诞节时用来装饰的红色绸缎。他们设法让它追逐隔壁邻居家的猫。最小的孩子还在它的鼻子上亲了一口，哦，它明显感到了湿润的口水和草莓末。

后来，这个最小的家伙还拽它的尾巴，其他两个孩子则"唉唷唷"地喊。

沃什伯恩太太从后门探出头。

"不要伤了孩子，亨利。"

时间一天天、一周周、一月又一月地过去了。

亨利学会了忍受枕头战、口水加草莓末的吻。它学会了不理会隔壁家的猫，学会了从脖子上解开那根红绸缎子。它甚至还学会了喜欢吃水煮猪骨头。

然而有一天一切又发生了变化。彭罗斯教授回来了。

那辆加长豪华轿车带着亨利驶回到教授的石头房子。

临走前，沃什伯恩家的孩子们站在门前的石阶上。他们的脸上挂着眼泪。"再见，亨利。"他们伤心地说，"再见！"

那天晚上，宠物美容店的小姐将亨利打扮一新，彭罗斯教授让它吃了两块油煎羊排（放在它专用的印着它的名字的盘子里），最后它爬进了壁炉前的那只铺着高级毛毯的柳藤篮里。它打了一个哈欠。头搁在前爪上。合上了眼睛。

但是它难以入睡。

它感到有点不对劲。一切都是那么安静，那么平和。太安静，太平和了。

亨利从柳藤篮里爬了出来。它推开门，走出屋子，奔上了通往沃什伯恩太太家的路。开始它走得不紧不慢，就像平常彭罗斯教授训练它要求的那样。后来，它就急急匆匆地奔了起来。

沃什伯恩太太家的门关着，它不断地用前爪在上面抓挠。

沃什伯恩太太打开了门。"哦，亨利，是你呀。欢迎你来！"

亨利匆忙爬上了楼，进了孩子们的卧室。里面漆黑一片。

噗！一只枕头击中了它的头。

亨利钻进了一张床下。它嗅到了淡淡的草莓的味道。在它准备睡觉的时候，它对自己说：这才是生活。

# 爷爷和老虎宠物

蒂莫西是我们的宠物。它是一只幼虎。我们住在印度的时候，爷爷在丛林里的一棵大树后面发现了它。爷爷把它带回家，并给它取了蒂莫西这个名字。

蒂莫西最喜欢把沙发当床。它仰躺在上面，像国王一样，无论谁想占它的位置，它都会不满地嗥叫。

它最喜欢的游戏是撵着人跑，尤其喜欢在我后面追逐不休。蒂莫西会悄无声息地接近目标，然后突然扑过去。每次它捉住我时，它就会高兴地在地上打滚，接着四脚朝天地缠住我的腿，假装啃我的脚踝。

后来，蒂莫西大概发现自己能够嗥叫了，就经常练习，并且乐此不倦，吼声越来越响。我们倒不在意，可邻居们就不干了。每到这时，爷爷会用手在它的嘴巴上拍打二下，蒂莫西就能乖乖地安静好长一会儿。

蒂莫西很快就长得有牧羊犬一般大了。我时常带它散步，让它活动活动筋骨。行人见了我们，都躲得远远的。我们走到哪儿，身边都很宽敞，不是像在一个人多的国家。

蒂莫西长到六个月的时候，它那种撵人的游戏就显得十分野蛮了，家里人再也没有谁放心让它追逐。爷爷决定将它送进动物园里。

蒂莫西养得很壮，长得又很漂亮，而且脾气也非常柔顺。动物园非常高兴。他们给了它一个专门的笼子。临别时，爷爷心里有些难过。

为了不让自己触景生情，爷爷说服自己不去动物园看蒂莫西。但他只坚持了半年，就再也控制不了自己了。他带着我去了动物园。一到那儿，就径直跑到蒂莫西的笼前。蒂莫西的变化很大，已经完全是一头大老虎了，身上的条纹也越发明显了。它昂着头，在铁笼里烦躁不安地走着，偶尔张着脸盆似的大嘴吐出一条血红的舌头，或者扫一下他那条钢鞭一样的尾巴，像一个大战在即时的将军。

"你好，蒂莫西！"爷爷说。

他把胳膊伸进了铁笼子。老虎走过来。爷爷双臂搂住了它，然后抚摸它，抓抓它的耳朵。老虎安静了下来，但还是咆哮了几回，声音震得铁笼发抖，每到这时，爷爷就像以前一样习惯地拍拍它的嘴巴。

老虎舔舔爷爷的手，但似乎仍有心事。旁边笼子里有一只豹，也开始吼叫起来了。爷爷以嘘声把豹赶走。

这时有许多游人进了动物园，他们在虎笼周围好奇地看着爷爷和老虎相依相偎的这动人的一幕。一个饲养员拨开人群，走到爷爷跟前，问他干什么。

"我正在跟我的蒂莫西讲话呢，"爷爷说，"半年前我将这只虎送给动物园的时候你在场吗？"

"我不在，先生。我刚来这儿工作不久。"饲养员说，"如果是这样，那你继续跟它谈吧。它的脾气坏极了，别说碰它了，我根本接近不了它。"

爷爷继续抚摸着他的蒂莫西，还时不时地拍打它几下。后来他注意到又有一个饲养员在一旁悄悄地注视着他。

"你肯定还记得我，"爷爷对那人说，"我当时给动物园送蒂莫西的时候，你好像就在场。你为什么不把那头豹子离我的蒂莫西远一点呢？"

"但是……先生，"这个饲养员说，"它不是你的蒂莫西。"

"当然，它不再属于我的了。"爷爷说，"但是你们总可以听听我的建议吧。"

"我清楚地记得你的虎。"饲养员说，"它两个月前死了。"

"死了？！"爷爷失声尖叫。

"是的，先生。他患了重感冒，不知怎么，无论什么方法总治不好它。这是一只新虎，是上个月在山里捕到的。它还没有驯服，很危险的，已经伤了我们好几个饲养员。"

老虎还在舔着爷爷的手，似乎愿意一直这样做下去。慢慢地，爷爷抽回自己的胳膊。他离开笼子，向那只虎投出最后一瞥。"再见吧，老虎——不管你叫什么名字。"他咕哝道。

然后他拉着我快速地走出了动物园。

# 哦，这一切真的很奇妙

小的时候，有一天，我们全家驱车去郊外野餐。我坐在车子后排，在行驶的节奏中酣然入睡。

噗！我忽然醒来，脸撞在前排座位的后背上。原来是父亲来了一个急刹车。

"出什么事了？"我问，"我们这是在哪儿？"

"还有半小时就要到目的地了。"他说，"我不知道发生了什么事，但前面停了长长一排车。我下去看看。"

父亲下了车。我和妈妈、弟弟坐在车里等着。

"肯定是出了车祸。"父亲边说边走。

过了一会儿，父亲回到了车前。"下来，孩子们，"他激动地说，"快去看看，很有意思！"

我首先跳下了车。"是什么？"我问。他笑笑，拉着我的手。"走，看看就知道了。"他说。

我情绪一振，不管是什么，一定都非常美妙，因为父亲兴奋中甚至流露出幸福的样子。我迫不及待地随着他往前跑。我们穿过一辆又一辆停在路面上的汽车，来到前面一个围着一群人的地方。

顺着大家的视线，我看到了一只母鸭，骄傲、自豪而又优雅地走在公路中央，它的后面跟着九只憨态可掬的小鸭子。小鸭子在鸭妈妈后面排成一队，摇摇摆摆地从容行进，毫不理会四周的人和车子。

鸭妈妈和它的九个鸭宝宝们无所顾忌地往前走着，好像这条公路属于它们专用，而开车的和乘车的人也似乎都不在乎花一些时间等待。

我们跟着鸭妈妈一家往前走，大约走了四分之一英里，它们才左拐出了公路，下了公路边的一条小溪，划行在清清的溪水里。

我跟着大人们往回走，听到他们彼此交谈。

"哦，你是密尔沃基人？我也在那儿住过四年！"他们虽然彼此陌生，但却奇妙地在交谈中找到了共同的话题，还会发现某个人是他们共同的朋友。

我默默地跟着他们返回，心里想着刚才看到的事情。后来，当我们到了野餐地点，我坐在一块石头上，双脚泡在清澈的湖水里，忍不住问父亲："爸爸，为什么鸭妈妈知道那些忙碌的人会停下来，让它和它的宝宝们先走呢？"

父亲捡起一块石子，用大拇指和食指摩挲了一会儿，然后往湖的远处扔去，石子蹦蹦跳跳地在水面上向前弹了几下落进水里。"宝贝，"父亲这才缓缓说道，"这确实有些奇妙。照理，这些鸭子看到这么多人和车会拍着翅膀，慌张地逃跑，但是它们从容不迫，丝毫没有惊惶失措。我想，这或许是上帝想通过它们让我们慢下脚步多多欣赏一点这个奇妙的世界，品味生活中重要的东西。"

我坐在那儿，想着父亲的话。这时，妈妈也坐在我的身边，将脚泡在水里。"哦，感觉真好！"她舒服地叹了一口气。

弟弟走过来，依在妈妈的怀里。一阵山风吹过，树涛阵阵，碧波涟漪，我们轻松惬意，心旷神怡。

哦，这一切真的很奇妙！


# 蚂蚁的弱点


一日早晨，我花了一个多小时的时间，在自家的院子里观察了一只蚂蚁搬羽毛的全过程。

与那片羽毛相比，这只蚂蚁的体积要小上百倍，重量要轻几十倍，但是它居然搬着这片羽毛摇摇摆摆地往前走，这不由得引起了我浓厚的兴趣。这绝对是一只不畏艰难勤劳勇敢的蚂蚁，有好几次，它遇到了无法逾越的障碍，它都没有放弃羽毛，而是搬着羽毛绕道而行。这也是一个聪明的蚂蚁，在一个地方，它碰到了一道长长的裂缝，这道裂缝由南向北几乎横穿整个水泥地，看来绕道而行是太费事了，我正替它担心，只见它将羽毛架在裂缝上，通过羽毛走到了对面，然后又搬起羽毛继续赶路。

我想起了《圣经》上说过的一句话："蚂蚁在夏天预备粮食"。蚂蚁在收割时节就四处收集食物。在阳光灿烂、日照很长的美好天气里，蚂蚁们不是无所事事，而是尽其所能收集粮食，藏在洞里。这样，当霜雪落下的时候，蚂蚁们不会挨饿。它们舒服地躺在自己的洞里，有足够的食物可吃。蚂蚁虽小，造物主却赋予它们聪明、勤劳等许多优点。

然而，我很快发现，就像和它们生活在同一个星球上的人一样，蚂蚁也有着和人相同的弱点。当这只蚂蚁费尽千辛万苦搬着羽毛达到它的目的地——院子角落花坛下面的一个洞穴前时，一个问题来了：它怎么才能将这片羽毛弄进洞穴呢？它当然弄不进去！无论它横过来搬，还是竖过来搬，也无论它多么灵巧和不厌其烦，它始终没有能够把这么大的羽毛从小小的洞口弄进去。它最后放弃了努力，丢掉羽毛，钻进了洞里。显然，蚂蚁在搬羽毛时，并没有想到这片颇具诱惑性的羽毛到头来只是一个负担。我不禁哑然失笑，人类的弱点不也正是如此吗？

# 猴子和木苹果

从前，森林里住着一只快乐的猴子。他自由自在，想去哪里就去哪里，饿了就上树摘新鲜的水果吃，累了就找一个舒适的地方休息。一天，他经过一户人家，看到这家的桌子上摆着一只碗，碗里有几只苹果。这些苹果看上去太诱人了，他从未见过这么漂亮的苹果。于是，他一手拿了一只苹果，跑回了森林里。

他把鼻子凑到苹果前嗅了嗅，但什么味也没闻到。他试着咬了一口，却弄疼了牙齿。原来这些苹果是木头做的。不过，这些木头苹果实在是太漂亮了，他可不想放弃，当别的猴子看到它们时，他就把它们紧紧地搂在怀里。

他太喜欢这些木苹果了，走到哪里都骄傲地拿在手上。太阳照在这些木苹果上会散发出耀眼的光彩。他认为这些光彩成了他的一部分，让他与众不同，让他提高了身份，让他更加体面了。他沉浸在这种荣耀中，甚至一时间忘掉了饥饿。

一棵硕果累累的桃树才让他想到了腹中饥。他想摘一只桃子充饥，但是这就要放下他手里的木苹果。他可不能放下木苹果，他知道有许多别的猴子正伺机抢夺它们呢。事实上，他不但不能摘桃子，而且为了防备木苹果在他松懈时易手他必须时时保持高度戒备和警惕。于是，在林间小道里，你就看到一个自豪但并不幸福的猴子不停地奔波。

木苹果在他手中变得越来越沉重，可怜的猴子想到了要将它们丢弃。他精疲力竭，口干舌燥，饥肠辘辘，而他不可能做到手里拿着木苹果爬树摘果子。如果丢下木苹果会怎么样呢？

放弃这么好的东西似乎显得非常愚蠢，可是他不这样做又该如何呢？他太累了。所以，当又一棵硕果累累的桃树出现在他面前时，他丢掉木苹果，爬上树摘桃充饥了。他又变得幸福起来。


# 蛇 和 青 蛙


从前，许多青蛙生活在丛林深处的一个池塘里，这里没有威胁他们生存的天敌，他们和睦相处，日子过得快乐自在。

一天，一条老迈的蛇经过这里，看到了这些青蛙。蛇想："唔，这么多青蛙，足够我余生享用了！只是，我岁数大了，又多日没有吃东西了，浑身无力，怎样才能够吃到他们呢？"

他酝酿了一个计划，然后爬到池塘边的一棵树下装死。

两个年幼的青蛙王子跳出池塘玩耍，看到了趴在树下一动不动的蛇。他们决定拉一下蛇，看他究竟有没有死。蛇在被他们拉了之后，缓缓地动了一下。青蛙王子赶紧离得远远的。但是，蛇没有进一步反应，而是继续趴着不动。

一个青蛙王子说："我听说过蛇是我们的天敌。"

另一个青蛙王子说："不过，它现在这个样子，跟死了也差不多。"

这时，蛇睁开了眼，轻声说道："你们不要害怕。我现在老了，想伤害你们也无能为力了。我中了魔咒，来到这里，是专门为你们青蛙皇室成员服务的。你们跳到我的后背上，我就可以听你们的吩咐，去你们想去的地方。"

青蛙王子开始不信，但好奇心驱使他们试着跳上了蛇的后背。蛇果然驮着他们四处游荡。

晚上，青蛙王子将白天的经历讲给父王和母后听。青蛙王和青蛙王后听了既惊讶又称奇，决定亲自去看一看这条蛇。

第二天，他们在青蛙王子的带领下，来到了池塘边的那棵树下。在青蛙王子的恳求下，蛇再一次驮着他们到处走了走。后来，连青蛙王也骑着他绕着池塘逛了一圈。不少青蛙见状，纷纷提醒青蛙王："请不要这样做。蛇是我们的天敌，它早晚会吃了我们。"

但是，青蛙王觉得骑蛇是一件既享受又荣耀的事情，听不进这些青蛙们的劝告。从此，骑蛇就成了皇室特权的象征。有一天，蛇在驮着青蛙王的时候显得萎靡不振。青蛙王问道："你今天是怎么了？难道不舒服吗？"

蛇答道："我已经为青蛙皇室成员服务了这么多日子，但是一直没有东西吃，我饿得没有力气了。"

青蛙王问："那么你想吃什么呢？"

蛇答道："你的王国里有这么多的青蛙，我只要每天吃一只也就够了。"

青蛙王听了蛇的回答，先是吃了一惊，继而想到池塘里的青蛙也实在太多，而他还希望长期得到蛇的服务呢。他同意了蛇的要求。这样，池塘里的青蛙越来越少，而蛇的体质越来越好，终于有一天，池塘里的青蛙只剩下了青蛙皇室成员。养精蓄锐的蛇先是吃掉了两个青蛙王子，然后又吃掉了青蛙王后，最后吃掉了青蛙王。那个池塘从此再也没有响起过青蛙呱呱的叫声。

与青蛙一样，我们人类如果不洗涤人性中的自私、贪婪、享乐、淫秽，而任其泛滥，也必将自我毁灭。

# 老人和海鸥

每个星期五的傍晚，当落日变成一只大橘子快要被大海吞没的时候，一位头戴褪色旧军帽的老人就会沿着海边走到一个码头上。他的手上总是拎着一只装着许多鱼虾的塑料桶。

老人会走到码头的最前端，凝神远眺，那里仿佛成了他一个人的世界。四周人迹寥寥，人们都已经回家了，或正准备回家。在夕阳橘黄的光辉中，码头上显得格外空寂。老人茕茕孑立，与他的塑料桶相依为伴。

不过，很快，他就不再孤独。远处的天空会突然出现成百上千个白点，这些白点发出呱呱的鸣叫，旋风似地朝老人站立的码头飞来。转眼间，几十只海鸥出现在老人的身边，回旋穿插，拍翅争鸣。

老人从塑料桶里取出鱼虾，抛洒给饥饿的海鸥。此刻，如果你碰巧在他的身边，你会听到他不断地喃喃自语："谢谢！谢谢！"

不一会功夫，塑料桶就空了。但是，老人还没有走。他等待着什么。接着，毫无例外地会有一只海鸥落在他的帽子上。当这只海鸥腾空而去时，他这才缓缓转身，蹒跚离去。总有几只海鸥尾随着他，直到他离开码头。

或许，在你眼里，这似乎是一个不可理喻的怪人。不过，在你下这样的结论之前，还是先请更多地了解这个老人吧。他的名字叫埃迪·里肯巴克尔，是二战著名英雄。在一次飞越太平洋执行任务时，飞机失事，掉进海里。万幸的是，他和他的七名机组成员都没有被摔死。他们从飞机里爬出来，上了一个救生筏。他们在波涛汹涌的太平洋里漂泊了数日，顶住了烈日的炙烤，躲过了鲨鱼的攻击，尽可能节省地食用随身携带的配给食品。但是，到了第八天，他们最后一粒粮食也吃完了。没有粮食，没有水，大海茫茫无边，没有人知道自己的确切位置。他们必死无疑，除非有奇迹发生。

那天傍晚，精疲力竭的埃迪打算小睡一会儿。他把头往后一靠，用帽子遮住了脸。除掉海浪拍打救生筏发出的单调的声音，一切仿佛都静止了一般。突然，埃迪感到有什么落在他的帽子上。是一只海鸥！他竭力控制住内心的激动，运足全身的力气，闪电般地挥手捉住了这只海鸥。海鸥仅惊叫一声，就被他扭断了脖子。他拔掉海鸥的羽毛后，与战友们一起分食。虽然一只海鸥对八个饥肠辘辘的人来说实在是太少了，不过海鸥的肠子给他们带来了源源不断的食物。他们以海鸥的肠子为诱饵钓到了一条鱼，接着鱼的肠子又被当作新的诱饵……他们用这种方法活了下来，到他们被发现时，他们已经在海上度过了 24 天。

现在，当每个星期五的傍晚，你在余晖横照的码头看到一个老头用自带的鱼虾喂食海鸥并不断向它们言谢时，你还会再说他是一个不可理喻的怪人了吗？


# 不死的黄蜂

一个夏日的下午，我在山里平整一块灌丛。忙了几个小时后，我坐在一根原木上歇息。我剥开一只三明治的包装，边吃边欣赏眼前自然的景色。

这里的景色有一种田园诗般的意境。溪谷幽幽，湖水涓涓，夕阳映照着树丛，投下一片斑斓。我放眼观景，渐入佳境。岂料，一只黄蜂绕着我嗡嗡嘤嘤，好不烦人，让我雅兴大扫。我挥挥手，想将其驱逐。可是，这只黄蜂一点也不知道害怕，不停地哼哼地叫，似乎不在我身上降落誓不罢休。我终于失去耐性，照着它用力一拍双手。黄蜂应声落地，我毫不怜惜地伸出一只脚，将它碾入泥土之中。

过了一会儿，我吃惊地发现，我前面有一小块泥土忽然爆炸般升腾起来。原来那只被我踩入土中的黄蜂居然未死，拍打着翅膀破土而出。我可不想让它恢复了元气再来骚扰我。于是，我站起身，一脚踩住它，用我 180 多斤的体重将它再次碾入泥土里。

我坐下来，继续吃我的三明治。几分钟后，我看到那一小块泥土又动弹起来，不一会儿一只严重伤残却依然活着的黄蜂虚弱地出现在我的眼前。

我这时已经被黄蜂表现出的顽强生命力所吸引。我俯下身子，察看它的伤情。他的右翼相对完好，但左边的翅膀变得像一张揉皱了的破纸。然而，它不停地活动双翅，好像在评估自己的伤势。同时，它还开始梳理起被泥土包裹的胸部与腹部。

接着，它蹬腿扇翅，看得出是想重新飞起来。哦，可怜的家伙！我知道它会徒劳无功的。作为一名退役的飞行员，我十分清楚双翼的重要。可是，这只黄蜂似乎无视我的权威，继续扑扇翅膀。过了一会儿，它可能是获得了一点力量与自信，准备尝试飞行了。随着一阵嗡声，它真的升上空中，只是飞行咫尺就重重栽落下来。

可是，黄蜂并不放弃，还在拼命扭动。此时，我不再憎恨它，也不再用我的飞行经验去判断它能否飞行，我唯一关注的是一个生命，一个让我无法不肃然起敬的生命。终于，它又一次升上空中。这一次它飞出了好远的距离，但是还是撞在一棵树上摔了下来。显然，它已经部分恢复了展翅腾飞的能力，只是像一名试飞一架陌生飞机的飞行员一样还需要对飞机的性能有进一步的了解，何况这还是一架破败的飞机呢。

在双翼多次扑打之后，它再一次腾飞起来。这一次它避开了几棵树，绕着一个小土丘转了一圈，然后贴着湖面缓缓飞行，仿佛在欣赏着自己的映像。直到它飞远了，不见了踪影，我才发觉自己在地上已经跪了好久了。

亲情暖人心

# 没空相处

有一天，我的儿子出生了。

他很可爱，但是我没有时间陪他。

我要挣钱养家，我要出人头地。

我不在他身边时，他学会了走路；我知道他会说话时，他已经能说长句子了。他对我说："爸爸，我长得像你。我长大后会像你一样。"

我摸了一下他的脸颊算是回答，然后夹起公文包往外走。他抱住他心爱的猫，抬头问我："爸爸，你什么时候回家？"

"哦，说不准。不过，爸爸有空一定陪你玩，我们一定会玩得很开心的。"

有一天，我的儿子 10 岁了。

我送给他一只篮球作为生日礼物。

他说："谢谢爸爸。我们一起玩吧。你能教我打篮球吗？"

我说："今天恐怕不行。我还有许多事情要处理呢。"

"那好吧。"他说，然后转身离开，脸上没有显出失望。他很坚强。越来越像我了。

有一天，他从大学放暑假回家了。

嘿，他魁梧挺拔，生气勃勃，完全是一个男子汉的模样。我对他说："儿子，你让我感到自豪。你能坐下来和我说一会儿话吗？"

他摇摇头，笑着对我说："暑假长着呢。我约了同学出去兜风，你能把车子借给我用一用吗？谢谢，再见！"

我退休了，儿子也结了婚搬出去住了。有一天，我给他打电话。

我说："如果你不在意的话，我想见见你。"

他说："爸爸，我很想去看你，但是今天恐怕不行。我还有许多事情要处理呢。"

我忽然感到这些话多么熟悉。是呀，儿子长大了，他真的很像当年的我。我抚摸着怀里的猫，最后对着话筒问道："儿子，你什么时候回家？"

"哦，说不准。不过，我有空一定会去看望你，我们一定会谈得很开心的。"

不要让这样的事情在你的生活中发生，因为人生只有一次。

# 真相

列车行驶。车厢里挤满了人，座无虚席。在一个临窗处，坐着一位老人和他的儿子。这位老人的儿子看上去有 30 多岁了，一路上十分兴奋，不时地冲着窗外的景色大呼小叫。

"爸爸，快看，那些绿色的树多美呀！"

这些话从一个 30 多岁的人嘴里说出来有些过于天真，周围的乘客窃窃私语，猜想这个儿子可能智商出了问题。

突然，天开始下起了雨，雨点穿过窗户击落在一些乘客的身上。这个 30 多岁的家伙快乐地喊了起来："瞧，爸爸，雨多漂亮呀！"

有一位女士终于忍不住了，因为她穿了一身新衣服，雨水将它们弄湿了一片。"难道你们没有见过下雨吗？"她说，"这位老人家，如果你的儿子脑子出了问题，你可以带他去精神病医院看看，不要在公共场所给大家带来麻烦！"

老人先是一怔，然后带着歉意低声答道："我们现在是从医院回家。我的儿子是今天早晨出院的。他患有先天性失明，上一周刚刚获得了视力，雨水和大自然的一切对他来说都是新鲜的。请原谅我们给大家带来的不便。"

有时候，我们看到的不都是真相，而是一种对我们看到的进行解释并称之为真相的东西。也就是说，我们对事物的认识可能存在偏见，我们的所言所行可能离正确相去甚远，这些言行会伤害别人，也会伤害自己。

# 母 亲 的 眼 睛

有孩子的女人不一定都是母亲。真正的母亲有一双敏锐的眼睛，这双眼睛能够洞察儿女的一切。我说的是一切，绝对是这样。

我就有这样一个母亲。我的一切都逃不出她的眼睛。我在邻居家吃了巧克力之后回到家，她见到我就说："我跟你说过多少次了，两餐之间不要吃零食，既然这样，晚餐的甜食你就不要再吃了。"

"你是怎么知道的？"我诧异地问。

"没有母亲不知道的，"她说，"一切都在你额头上写着呢。"

我放学回到家，她用手朝卫生间一指。我惊讶得把眼睛瞪得像金鱼眼，问："你是怎么知道我急着要方便的？"

她耸了耸肩："一切都在你额头上写着呢。"

岁数大了一点之后，我开始谈男朋友，晚上约会后回到家，母亲问："知道现在几点了吗？男人不会娶容易得手的女人。"

"我们只是一起散散步。"我撒谎道。

"不要蒙骗我，"她说，"一切都在你额头上写着呢。去用洗涤液洗一洗脸，否则明天早晨你的脸就像西红柿一样了。"

我照镜子看了看，不过是妆稍微破坏了一点。奇怪，我的母亲是一个近视眼，又不戴眼镜，平时到超市买东西连货架上的东西都看不清楚，她怎么能隔着不近的距离一眼就能发现的呢？更神的是，她还能看出我心里想的是什么，因为有的时候我的问题还没有说出口呢，她就开始回答了："你要的东西，在橱子的第二个抽屉里。"类似这样的事经常发生。

我二十岁的时候出了一次车祸。那时我已经搬出家一个人住了。我的母亲看电视新闻时，看到一个画面从屏幕上一闪而过。那个画面上是一副担架，担架上躺的人盖着布，只露出了两只脚。但是，母亲立即把父亲从床上拉起来。"快穿衣服，"她说，

"去医院，女儿出事了！"

岁月没有减弱母亲的直觉能力。随着我的岁数增加，母亲的直觉能力也越来越出神入化了。母亲能看出我的婚姻是否幸福，我工作是否顺利，甚至无需看到我的人也能洞察我的情况。一次，我去乡下办事，遭遇了几个流氓的骚扰，我摆脱这些家伙刚回到我住的地方，母亲就打来了电话。"女儿，"她说，"告诉我，发生了什么事情？"

五年前，母亲因病住院，那时我在离家很远的一个地方工作，我天天给母亲打电话，她没有告诉我病情，我也一直没有回去。一天晚上，我突然有一种感觉我必须要见母亲。第二天，我乘飞机来到母亲身边。我和母亲紧紧地抱在一起。"哦，女儿，"母亲说，"你怎么知道？"

"一切都在你额头上写着呢。"我流着眼泪说。

我在那时才明白，尽管所有的女人都有母亲，但是只有少数幸运的女人才能做真正的女儿。我再次拥抱母亲，说："没有女儿不知道的。"


# 孩子的力量


1995 年 5 月的一天，发生在我身上的一件事情彻底地改变了我的生活。

我在弗吉尼亚州参加马术比赛，我骑的那匹马在跨越第三个障碍时突然收住了马蹄。这样惯性使我的身子前冲，越过马头，摔了下去，然而我的双手不巧缠在了缰绳上，我腾不出手来平衡自己。我头朝下着地——我身高一米九，体重近 90 公斤，就是凭着这样的身子骨，我在电影《超人》中扮演超人而一举成名——然而，这样的分量头朝下着地的后果可想而知。我当即全身失去了知觉，呼吸困难，像一个淹没在水里的人快要窒息而亡了。

五天后，我醒了过来，发现自己躺在弗吉尼亚大学附属医院的病房里，神经外科主任约翰·简大夫告诉我，我的第一第二节颈椎已经折断，能活下来可算是万幸了。他还说，我可能再也不能够正常呼吸了。所幸的是，我的脑干，也就是紧贴受伤的部分，似乎没有受到影响。简大夫说，我的颅骨和颈椎要重新连接到一起。他不能够确保手术一定能成功，甚至不能确保我能活着离开手术室。

我突然意识到，我成了每一个人的负担，我不但毁了自己的生活，也毁了别人的生活。为什么不死呢，我想，这样一了百了对大家都有益。

家人和朋友不断地来医院探望我，我的心情宛如坐过山车一样起伏不定。我心存感激，有些人为了让我振作起来，从远在千里的地方赶到我的身边。但那段日子我沮丧透顶，总是躺在那里，盯着墙壁，想着未来，难以相信还会有什么好的未来。只有在梦中，我才又成为一个完好的人，同妻子丹娜亲热、骑马或拍电影。醒来后我更加感到沮丧，因为梦中的一切我是一件也干不了了，我只是一个占据空间的废物。

一天，丹娜在我床边时，我有话对她说，但我戴着的呼吸器让我不能启口，我用眼睛告诉她："不要救我，让我走吧。"

丹娜似乎明白了我的意思，她哭着对我说："无论你想做什么，我都会全力支持你，但是我要让你知道，不管怎样，我都会永远和你在一起。"

随后她又加上了一句，这句话使我打消了轻生的念头——"你还是你。我爱你。"她说。

随着手术的日期临近，我变得越来越害怕，因为我知道手术的成功率只有50%。大部分时间我都僵直地躺在床上，悲观地胡思乱想。首先我想到自己可能会因窒息而死，因为我依靠呼吸器呼吸，而呼吸器则常常脱位，一旦软管从呼吸器上掉下来，如发现不及时，我就可能会死。

我的3岁的儿子威尔也在给我生活的希望。一次他对丹娜说："妈妈，爸爸的膀子动不了呢。"

"是的，"丹娜说，"爸爸的膀子动不了呢。"

"爸爸的腿子也不能动了。"威尔又说。

"是的，是这样的。"

威尔停了停，有些沮丧，忽然他显得很幸福的样子，说："但是爸爸还能笑。"

6月5日，我接受了手术。手术很成功，医生预测我用不了多久就可以摘掉呼吸器，自己呼吸了。

三周以后，我转到新泽西州凯斯康复中心。我首先接受了全面的体检，但体检的结果让我灰心丧气。要想彻底脱离呼吸器，至少应该有750毫升的肺活量，而我连测试仪上的指针都移不动。

就在这时我接到了通知，艺术界联合会每年一度举办的募捐晚餐将于10月16日在纽约的皮埃尔饭店举行。这个慈善活动我每年都是参加的，今年我要不要去呢？这将是我自五月遭遇事故后第一次在公共场所抛头露面，到时我的肌肉会不会抽搐？我和丹娜反复讨论，最后认为此行心理上的利大于生理上的弊。我掸去晚礼服上的尘埃，在16日的下午强撑着踏上了一条吉凶未卜之路。五个月来我只能依靠轮椅行走，每小时最多走三英里，而现在我被固定在一辆汽车的后部以一小时55英里的速度驶往纽约。当车开到坑坑洼洼的地方时，我的脖子紧张得僵硬，身上的肌肉不停地痉挛。一到饭店，我立即躺在床上休息，整个路程比我预想的还要让我受罪。晚上当我被推进晚宴大厅，全厅响起了长达五分钟的热烈的掌声。我开始感觉到一种崭新生活到来了。

我决定积极配合医生，尽快摆脱呼吸器。11月2日，我测试肺活量，测试仪上的读数是50毫升，但我毕竟移动了指针。第二天，我又进行了重新测试，我对自己说我必须尽快回家，我把我的胸腔想象成一个可以随意张合的大风箱，测试仪上的读数是450毫升。总算有了进步，我想。第三天，我的肺活量达560毫升，周围的医护人员为我发出了欢呼。"我从未见到有人进步得如此快速。"医生说，"你很快就可以摆脱呼吸器了。"

我天天坚持练习，我摆脱呼吸器的时间从七分钟到一刻钟。感恩节前夕，我终于完全摆脱了呼吸器，出院回家了。在感恩节的晚餐上，一家人都按照传统说上了几句感谢什么的话，而我的儿子威尔只说了两个字——"爸爸。"

# 父亲给我勇气

保安抓住了我的胳膊。"跟我走！"他吼道，把我拉进超市，然后将我推进一间办公室。他指着一张塑料椅子，喝道："坐下！"

我坐下了。他两眼瞪着我。"是你自己乖乖地交给我，还是让我动手，你看着办吧。"

我取出插在腰带上的一盒发带。我把发带交给他时，用颤抖的声音恳求道："请不要告诉我的爸爸，行吗？"

"我要告诉警察，然后再告诉你爸爸。"

我害怕得心一揪，眼泪刷刷地流了出来，声音也变了："请不要这样。放了我吧。我赔，我身上有钱。我才14岁。以后，我再也不偷东西了。"

"省省你的眼泪吧，这对我不起作用。我最讨厌你们这些为了寻求刺激而偷东西的少年了。"

我坐在那儿，恐惧，哀愁，后悔。

警察来了，和保安以及超市经理说话。我听到一个警察说："我认识她的父亲。"还听到他说："要给她一个教训。"

警察将我带上了警车。我尽量垂着头，好不让窗外的人看见。在警察局，一个圆脸的女警察严肃地问了我几个问题，接着她指着一个开着门的房间，说："坐下，等着！"

我走进去，我的脚步声在这个房间里有回音。我听到女警察打电话："你的女儿关在警察局呢。不，她没有受伤。她是偷东西时被逮住的。你能来把她接走吗？好的，就这样。"放下电话，她对我喊道："你的父亲马上就到。"

好像是过了一百多年后，我听到了父亲的声音。那个女警察叫了三次我的名字，我才走出那个房间。我始终低着头。我看到了父亲的鞋子。我不敢看他，更不敢跟他讲话。谢天谢地，他也没有跟我讲话。他在一些文件上签了字后，我听到女警察对我说："你现在可以走了。"

我们默默地走向车子。车子启动后，父亲的眼睛一直凝视前方。不知过了多久，他终于说话，声音悲伤，仿佛来自遥远的地方："我的女儿……一个小偷。"

我浸泡在悔恨的泪水之中。五英里的路程仿佛没有尽头。到了家门口，我看到了母亲的身影。羞愧感让我觉得无地自容。进了家，父母坐在起居室的沙发上，我坐在他们对面的木椅上。爸爸简短地说了三个字："为什么？"

我告诉他，第一次我偷了一支口红，当时的心情是激动与内疚参半。第二次，我偷了一本杂志，心中的激动就多于内疚了。我还跟他讲了第三次偷窃，以及第四次，直至第十次。我心中有一个自我想停止坦白，但是我感到这些话一说出来就有如释重负的感觉。我说："我每一次偷窃，我就感到满足和快乐，但是事后又后悔不已。现在，我知道，我错了，偷窃虽然让我获得愉悦感，但是被当小偷捉起来却是一件非常难为情的事情。"

"这才是开始。"父亲说，然后让母亲递给我一叠信笺和一支钢笔。他说："我希望你将你偷过的物品写出来，然后注上这些物品的价格以及在什么地方偷的这些东西。这是你彻底坦白并能获得我们原谅的一次机会。如果你再偷，我们不会保释你出来了。我们现在还一如既往地爱你，但是你的偷窃行为应该到此为止了。行吗？"

我看着他的脸，感到他好像突然苍老了许多。我说："爸爸，我保证做到。"我在写的时候，妈妈在一旁警告道："认真想，一个也不能漏。记住，这是你唯一的一次机会。"

我写完后，交给了父亲，问："你要它想干什么呢？"

父亲看了看，叹了一口气，然后拍拍沙发，示意我坐在他们中间。"明天上午，我们一起带你到你偷过东西的地方去，你要亲口对商店的负责人说你是一个小偷。你要说明白你偷了什么，并请求得到他们的原谅，还要照价赔偿。赔款先由我替你垫付，但这是我借给你的钱，你必须利用假期打工挣钱还我。明白了吗？"

虽然我心中发怵，双手沁出了细密的汗珠，但我还是点了点头。

第二天，我这样做了。当然，这让我很难为情，但是我还是做了。那年暑假，我通过打工，偿还了父亲给我垫付的钱，但是我无法偿还父亲给我的教导，他给了我改正恶习的勇气和战胜顽劣的力量，让我能够借他之助，及早回头。从那以后，我再也没有偷过东西。


# 枕头下的秘密


多少年来，母亲在我眼中始终是一个值得信赖的人，不过我最充分地认识到这一点是在她去世后我整理她的遗物的时候。我发现了一样我遗忘很久的东西，那样东西跟我孩提时发生的一件事有关。

那是一个晚上，我的姐妹们已经睡着了，我也脱衣上床正准备躺下，却突然想起了白天我做的几件对妈妈非常无礼的事来。我应该在睡觉前向她认错，我想。

我悄悄地下了床，从柜子里取了一张纸和一支笔，然后写下请求妈妈原谅的话。我不想让我的兄弟姐妹知道这事，所以我在信末添了一句附言："请别让其他任何人看到这张纸条。"接着我踮着脚尖走出了卧室。楼梯扶手上有淡淡的光，我知道妈妈还在楼下的起居室里看书。我溜进父母的卧室，将纸条塞在妈妈的枕头底下。

第二天早晨，我吃过早饭整理床的时候发现我的枕头底下也有一张纸条。这是妈妈的回条，上面说她非常爱我并原谅了我做的事。

后来这就变成了我道歉的方法，大凡我对妈妈顶了嘴或不听话或犯了牛脾气，事后想想后悔了就用这种方法道歉。妈妈也总是给我一张回条，不过她从不在家人面前透露我们枕头下的秘密。即使到我和我的几个兄弟姐妹都已经长大成人了，聚在她身边一起回忆童年时，她对这事也只字不提。

妈妈去世后，由我来处理她个人的物品。在她的梳妆台里有一束用一根已经褪了色的缎带扎住的信件与纸张。这束东西的最上面是一张纸，上面写道："在我去世以后，请替我毁掉这些东西。"

这束东西的底部也有一些字，我仔细一看，吃惊不小，原来是我自己孩时的笔迹，其中有一句："请别让其他任何人看到这张纸条。"

我原封不动地把这束东西丢进准备送到垃圾焚烧场的废纸篓里。"妈妈，"我在心中念道，"我爱你。"


# 美 妙 的 债 务


几天前，我坐在驶往斯德哥尔摩的火车里。天已渐晚，车厢里灯光稀微，车厢外一片漆黑。一些乘客开始此起彼伏地打起了鼾。我静静端坐，听着火车撞击铁轨发出的有节奏的咔嚓声。

我想到从前我去斯德哥尔摩的那些往事——考试、带着书稿找书商——都是些劳神费心的事情。这一次我是去领诺贝尔文学奖。然而，这也同样不能让我轻松。

不过，在我内心深处，我还是为这次获奖而感到欣喜。我的朋友、兄弟姐妹，尤其是我年迈的母亲肯定会为我高兴。我想着这些高兴的事儿来排遣心中的焦虑。

我还是忍不住想到了我的父亲。我多想跑到他的身边，亲口告诉他我获得了诺贝尔文学奖呀。我知道，他听了这个消息会比任何人都高兴。他是我认识的人当中最视文字为神圣的人。车轮飞转，思绪飘忽，我想象自己正在通往天堂的路上。父亲肯定坐在阳台的那张摇椅上看书，在他面前和煦的阳光抚摸着花园，欢乐的鸟儿啾啾歌唱。他看到我，会放下书站起来，对我说："嘿，我的女儿，你怎么来啦？你好吗？"

我想把这个好消息多隐瞒一会儿。"我是来听你的建议的，"我要用间接的方式对他说，"我现在负债累累了。"

"我恐怕帮不了你，"父亲会说，"天堂里什么都有，就是没有钱。"

"我的欠债不是钱，但却与你有关。因为你，我背上了难以还清的债务。你还记得在我小的时候你为我唱贝尔曼的歌曲吗？你还记得每天晚上你为我讲安徒生的童话吗？也就是从那时起我陷入了债务之中。这些歌曲和童话让我插上了幻想的翅膀，受到了英雄们的感染，爱上了我们生活的这片土地，你叫我如何偿还呢？"

父亲坐直了身子，眼睛晶莹闪烁。"我很高兴让你背上这样的债务。"他会这样说道。

"可是，爸爸，这才是一小部分。还有那些苦难的流浪艺人、忙碌的农夫、快乐的水手，他们给了我创作的素材，是他们让我知道美妙的诗句不但在书本里，也在茅屋村舍、高楼大厦、车水马龙、光影声色之中。我欠的不光是人的债，还有大自然的呢——璀璨星月、变幻云霞、青山秀水、飞禽走兽让我见识人间美景，领略诗情画意，更让我妙笔生花，泉思文涌。"

父亲会朝我颔首微笑，一点也不着急。

"爸爸，难道你不明白吗？没有人知道我如何才能偿还这笔债务，所以我想请你帮我出主意。"

"会有办法的。"父亲会像从前一样宽慰我说，"不要担心，孩子，一切问题总会找到解决的办法的。"

"可是，爸爸，我欠的债还不只这些。那些把语言锻造成精良工具的人，我欠他们的；那些在我之前就写出动人诗篇的人，我欠他们的；那些国外的文学巨匠们，我欠他们的。我如何才能偿还？"

"是的，是的，"父亲会说，"你欠的债确实不少，不过，我想总是有办法偿还的。"

"我没有这样乐观，爸爸，你可能忘掉我还欠读者们的债呢，他们的赞誉之词使我深受鞭策，他们的中肯建议使我受益匪浅，没有他们的关注，我怎么会成为一名作家呢？"

"是的，是的，"父亲会说，但是可以看出这时他已经不再那么平静，他对我能否偿还欠债表现出担忧了。

"还有所有曾经帮助过我的人，"我说，"还记得吗？我的小学语文老师为我打开了文学之门，我的朋友们资助我游览名川大山、古迹旧址，我的出版商为我的书做了大量的宣传，这些叫我如何偿还呢？"

父亲垂下了头，显出爱莫能助的茫然。"是的，女儿，我也想不出法儿帮你偿还这么多的债务。不过，我想，你总不会还有别的债务了吧？"

"哦，爸爸，我欠的最大一笔债务我还没有讲呢。"于是我把我获得诺贝尔文学奖的事情告诉了他。

"真想不到……"父亲看着我的脸，想判断我说的是否是真的。接着，他脸上的皱纹全都颤抖起来，眼睛里闪烁着晶莹的泪花。

"那些让我获得诺贝尔文学奖提名的人，那些最终决定将此大奖颁发给我的人，我该对他们说些什么呢？爸爸，他们给我的不只是荣誉和奖金，更多的是对我的信任——他们把我从众多作家中挑选出来，我该如何偿还这样一个债务呢？"

父亲会思忖片刻，然后擦去泪花，抬手拍一下摇椅的扶手，大声说："女儿，别以为天堂里的人就比你高明多少，我也同样想不出高招帮你偿还这些债务，不过我现在完全陶醉在你获得诺贝尔文学奖的快乐之中无暇考虑别的事情！"

女士们、先生们，到现在为此，我父亲的这句话，是我能想到的最好的答案，所以我惟有快乐地邀请大家同我一起举杯向瑞典文学院致意！

注：本文作者为瑞典女作家塞尔玛·拉格洛芙（1858~1940），其代表作有短篇小说集《无形的锁链》《昆加哈拉的王后们》及长篇小说《伪基督的奇迹》《耶路撒冷》等。1909年，由于"她作品中特有的高贵的理想主义、丰饶的想象力、平易而优美的风格"，而获得了诺贝尔文学奖。此文根据她的得奖演说编译而成。

# 一度分隔

　　我是一个独生子，1932 年出生于阿肯色州的小石城。我的父亲是一个性格开朗、精力充沛的人，而且长得挺拔伟岸，英俊潇洒。他有一个不错的职业，是联邦储备银行的高级职员；他篮球打得非常棒，是一个半职业性的球队的主力；他还是一个称职的父亲，经常花时间和我在一起玩——他带我去公园、农场，教我学骑马、划船、钓鱼，甚至还教我学会了开枪射击。

　　我 17 岁那年，父亲成了国家第一银行的副总裁。从此，变化发生了。父亲决定要与母亲离婚。我试图说服父亲放弃这个念头，但毫无用途。从此以后我再不跟他说话了。有几次我也曾想与他联系，但是我觉得既然是他抛弃了这个家，也应该是他先主动与我联系。我就是这样一个固执的人。后来我听说他又结婚了。再后来就音讯全无。他从我的生活中消失了。

　　六周前，我接到一个记者的电话。她问我知道不知道韦斯利·克拉克上将。韦斯利·克拉克上将谁不知道？他曾任北约盟军最高统帅，是 2004 年度美国民主党总统的候选人。可是，他跟我有什么关系呢？记者又说，她经过调查，发现我与克拉克上将有同一个父亲，也就是说后来我的父亲与克拉克上将的母亲结了婚，成了克拉克上将的继父。我的父亲临终前留下一份遗嘱，遗嘱中提到了我的名字。这样记者通过谷歌网站找到了我。记者说，1992 年他们给我寄了父亲病故的通知书，但因为地址不准确又被退了回去。

　　两天后，我与记者见了面。她带来了父亲遗嘱的复印件。虽然遗嘱里提到我的地方仅有一句话，却深深地打动了我的心："肯纳德，我的儿，愿你能接受我的爱和思念。"这是我 50 多年来从父亲那儿听到的唯一的一句话。

　　不久，韦斯利·克拉克上将也给我打来了电话。他说我的父亲总是提到我，常跟他谈起与我一起度过的快乐时光，比如骑马和射击。我原以为父亲早已把我忘得一干二净了，可是与克拉克上将通完电话之后，我知道父亲一直挂念着我，他未与我联系，或许是因为愧疚，或者和我一样都是一个固执的人。

有一个称作"六度分隔"的人际关系理论这样认为：你和任何一个陌生人之间所间隔的人不会超过六个，也就是说，最多通过六个人你就能够认识一个陌生人。而我与父亲及克拉克上将只是"一度分隔"，通过父亲，克拉克上将成了我的兄弟；通过克拉克上将，我重新爱上了我的父亲。


# 姐 姐


我很小的时候一直以为，姐姐就是为弟弟操心的人。我有三个姐姐，她们对我很凶，认为我是一个惹事生非的捣蛋鬼。

我的妈妈成天忙于洗衣烧饭，算计着怎么合理地花每一分钱，所以就经常让我的三个姐姐来照顾我。姐姐们很尽责。她们喜欢肥皂和热水，每天总会给我洗三四次澡。

比我大一岁的三姐在五岁的时候就是大家公认的完美主义者。她经常用手抓我的脸，嫌我脸上的雀斑有碍观瞻。她认为我的雀斑丢了全家人的丑，于是请求妈妈不让我出门，以免丢人现眼。

我的姐姐们都不喜欢棒球棍、铁锤、木条、石块和所有那些我高兴起来会舞弄的东西。她们说这些东西会弄死人的。我的姐姐肯定认为人的手只是用来抓食物，戴手套和祈祷的。

在那些年月，"姐姐"在我看来就是长得又丑又瘦又大的人；总是想把生活弄得没意思的人；喜欢吃蔬菜喝牛奶，随身带有镶着花边手绢的人；喜欢洗澡、上学、听老师的话，作业总是做得很整洁从不沾上墨水团的人。

当阳光明媚、和风宜人的时候，我很想去草地上玩，可我的姐姐们会把我拦在门前的台阶上。我只有痛苦地梦想着自由，而她们却在玩那些乏味的、半天也编不成什么像样图案的绷毛线的游戏。

有的时候我也设法摆脱她们，去寻找我的快乐。我的姐姐们就会拼命追我，仿佛我是一条发疯了的狗。她们在我身后喊着要我当心之类的话，好像这世界到处充满了危险。

　　偶尔，我的姐姐们也会带我去看电影。尽管她们往我嘴里塞了饴糖，但我还是不会老老实实坐在座位上，我会在磨光发亮的大理石地面上打滚，冲着屏幕上的坏人大喊大叫，常惹得引座员和影院经理过来喝止我。

　　我的姐姐们会想办法管我。她们会放下座板，把我夹在座板和靠背之间。我被夹得难受，请求她们放我出去，但她们就是不听。一旦我抽身逃脱，我就会躲在某个角落里，用弹弓向观众席射纸团。然后，我的姐姐、引座员和影院经理就来追我，于是我在过道和空行之间左奔右突，直到他们捉住我为止。

　　由于我的种种"罪行"，姐姐们就对我实施报复。她们会在妈妈上街采购时，用绳子将我扣在后院的栅栏上，或喂我吃烧不烂的菜根。

　　我十一二岁的时候，大姐和二姐就开始和男孩子约会了。这时每到星期六我就进行噩梦行动。我会把她们用来臭美的那些鞋子、腰带、裙子、丝巾藏在不同的地方。当她们大喊大叫，歇斯底里的时候，我就和她们谈价钱，让她们答应，为她们每找到一样东西，就要给我二角钱的酬劳。她们恨死了，但也拿我没办法。每个星期六我都能从她们手上挣到一元多钱。

　　有姐姐还是挺有趣的，当然这不但因为我每周六可以从她们那儿得到一笔零用钱，而且我还能从她们那儿寻到开心。自从她们开始谈男朋友，就常有电话找她们，而我就成了捎口信的。我的大姐回到家就会问："有我的电话吗？"我会说："一个叫逗什么的男的给你打了一个电话。"她很容易就会上当，问："逗什么？"我会大笑，说："逗你玩！"

　　我还会从糖果店往家里打一个电话，叫我的三姐听电话。那时她最崇拜影星琼·克劳馥，走路说话都模仿她的样子，连发式也不例外。

　　当她拿起话筒，我就说我是好莱坞的电影导演，有一次在糖果店看到过她，被她走路的姿态、头发的式样吸引住了，所以想请她到好莱坞当一个替身演员。她立即就用琼·克劳馥得的声音询问道："为谁当替身？"见她这么轻易上当，我禁不住想笑，但还是竭力一本正经地回答她："金·多朗（著名男丑星）。"

　　我们之间的小小战争很快就停止了，我发现我的姐姐们漂亮、善良，充满人情味。仿佛是一瞬间，我由一个爱捉弄她们的人变成了她们的忠实卫士；我允许那些个开着雪佛兰牌汽车油头粉面的小伙子进我们的家门，并热情地招待他们。

我还发现，姐姐们对我慷慨大方；在圣诞节或我过生日的时候我总能受到她们为我精心准备的礼物。我入伍离家时，她们流下了许多眼泪。在部队，我常收到她们写的一封封情真意切的信，这些信总能给我温暖。

在我回忆这种种恶作剧的时候，我对她们给予我的宽容和爱心表示敬意，我同时也感谢缪斯女神将她们带进了我的生活。

# 何 以 为 报

你1岁的时候，她喂养你，给你洗澡。你何以为报？哦，你整夜哭闹。

你2岁的时候，她教你走路。你何以为报？哦，你不理睬她的呼唤，踉踉跄跄地乱跑。

你3岁的时候，她精心为你制作每一餐。你何以为报？哦，你把餐具往地上抛。

你4岁的时候，她给你买了蜡笔。你何以为报？哦，你在家里雪白的墙上画了狗狗和猫猫。

你5岁的时候，她给你穿上新衣服过节。你何以为报？哦，你滚在泥地上和小朋友们嬉戏玩闹。

你6岁的时候，她送你去读书。你何以为报？哦，你哭喊着说不愿意上学校。

你7岁的时候，她给你买了一只皮球。你何以为报？哦，你砸坏邻居的窗玻璃惹得人家上门来告。

你8岁的时候，她给你买冰淇淋。你何以为报？哦，你把黏乎乎的手往她衣服上靠。

你9岁的时候，她请老师教你弹钢琴。你何以为报？哦，你宁可坐着发呆也不愿把钢琴练好。

你10岁的时候，她开车送你去体育馆。你何以为报？哦，你下车就走，头不转来手不招。

你 11 岁的时候，她带你和你的同学们去看电影。你何以为报？哦，你让她不要和你们坐在一道。

你 12 岁的时候，她让你不要看某些电视频道。你何以为报？哦，你偷着看儿不理她这一套。

你 13 岁的时候，她建议你去理发。你何以为报？哦，你笑她落伍是一个土老冒。

你 14 岁的时候，她替你报名参加了夏令营。你何以为报？哦，你不懂得写信把平安报。

你 15 岁的时候，她下班回到家想把你抱。你何以为报？哦，你关在卧室里不愿把面照。

你 16 岁的时候，她陪着你学开车。你何以为报？哦，你一有机会就独自开着车跑。

你 17 岁的时候，她要等一个与你有关的重要电话。你何以为报？哦，你整晚都占着电话和朋友把话唠。

你 18 岁的时候，她在你中学毕业典礼上流下激动的热泪。你何以为报？哦，你彻夜不归与同学聚会一通宵。

你 19 岁的时候，她送你上大学帮你拎着包。你何以为报？哦，你不言谢是因为生怕同学们讥笑。

你 20 岁的时候，她关心你有没有过约会。你何以为报？哦，你说与她无关不要把心操。

你 21 岁的时候，她为你将来的事业出谋划策。你何以为报？哦，你认为你不会像她一样白来人世一遭。

你 22 岁的时候，她庆祝你大学毕业了。你何以为报？哦，你伸手向她要去欧洲游玩的钞票。

你 23 岁的时候，她送给你家俱布置你独立生活后的第一间房。你何以为报？哦，你向朋友报怨说家俱一点儿也不时髦。

你 24 岁的时候，她见到了你的对象，询问你们将来的计划。你何以为报？哦，你瞪着眼冲着她喊，妈妈，不要瞎操心，好不好！

你 25 岁的时候，她帮你置办了许多嫁妆。你何以为报？哦，你在远离她的地方安上了你的爱巢。

你 30 岁的时候，她打电话告诉你抚养宝宝的经验。你何以为报？哦，你说时代不同，她的经验过时了。

你 40 岁的时候，她通知你家里某某人的生日快到了。你何以为报？哦，你说这些天你忙得不可开交。

你 50 岁的时候，她病了，需要你的照料。你何以为报？哦，你觉得她成了负担让你受不了。

接着，有一天，她静静地走了，你忽然想起你还有许多话没有对她说，还有许多事没有为她做。可是，一切都已经来不及了。为什么要到什么都已经来不及的时候，才想到何以为报呢？善待母亲，别等到她离我们而去时才悔过，才内疚，才懂得珍惜母爱是那么重要。


# 感 知 母 爱


我对她的第一感知就是她那双手。我记不得那时我是多大岁数，但是我知道我的身体和灵魂和她的双手联系在一起。那双手是我母亲的，她是一个盲人。

我记得，有一回，我伏在餐桌上画一幅画。"妈妈，看，我的画。"我画完后欢叫道。

"哦，太好了。"妈妈答道，继续忙她手头上的活儿。

"不，我要你用手看我的画嘛。"我固执地说。她走到我身边。我拉着她的手触摸画的每一个部分。她赞美画的惊呼至今仍在我耳边回响。

我从来没有觉得她不是用眼睛看，而是用手摸我的脸蛋、摸我想让她看的东西有什么奇怪的。我也能意识到家里的人以及到我家里拜访的人都是用眼睛看东西，没有用手看东西的，但是她这样做我就是觉得再正常不过了。

我记得她给我梳头的方式。她先用左手的拇指按在我的眉心上，用食指搭住我的头顶，然后右手握住梳子梳我的头发。我从来没有怀疑过她的能力，因为她总是把我的头发梳得服服帖帖的。

我嬉戏时，跌了跟头，弄破了膝盖，哭着跑回家。她的双手轻柔地洗净我的伤口，然后灵巧地进行包扎。

我曾经也低估过她的能力。一天，我看到餐桌上有一盘刚出炉的甜饼。我偷偷拿起一个，然后望着她，看她会说些什么。她一句话也没有说。我想，只要她不用她的手摸，她是不会知道我在干什么的。可是，我没有意识到她可以听到我嚼甜饼的声音。当我从她身边走过时，她拽住了我的胳膊。"下次，想吃就跟我说，"她说，"你可以吃掉所有的甜饼，但要告诉我一声。"

我有一个哥哥、一个姐姐和一个弟弟。但是，我们都不知道，母亲是如何掌握我们的一举一动的。一天，哥哥带回了一条流浪狗，他悄悄地把狗弄到了楼上我们的卧室里。然而，不一会儿，母亲就上了楼，走进我们的卧室，说狗窝可以安在院子里，但绝不能安在卧室里。我们面面相觑，不知道她究竟是怎么发觉的。

有一回，我和几个小朋友在起居室玩洋娃娃。后来，我们偷偷溜进母亲的卧室，用她的香水给洋娃娃"搽香香"。可是，我们回到起居室不久，母亲给我们送水果时，问我们是不是去了她的卧室？用了她的香水？

还有一回，我一个人在起居室一面做作业一面看电视。她走进来问我："凯丽，你是看电视呢还是做作业呢？"我心中吃惊，关掉电视，继续做作业。但是，我始终搞不明白，她是怎么知道起居室里是我，而不是我的哥哥、姐姐或弟弟的。后来我问过她这个问题。"孩子，"她抚摸着我的头说，"即使你不说话，你还要呼吸呀，我听出来的。"

更神的是，有一次我在浴缸里洗澡时玩起了玩具。正玩得兴起时，母亲说话了："凯丽，你还没有洗脸和耳后根呢。"我确实没有洗这两个部位，可是她是怎么知道的呢？

有一件事情，我们常常想了解，母亲能知道她的四个孩子是什么样子吗？那年，我17岁了，我站在镜子前，一面打扮，一面问母亲："妈妈，你知道我是什么样子吗？"

"我当然知道。"母亲答道，"从你出生后护士将你放在我的怀里那一天起，我知道了你的模样。我抚摸了你细柔的头发，抚摸了你身体的每一个部分。我知道你的头发是金色的，因为你的父亲告诉了我。我知道你很敏感，因为我听到你对别人的评价很在意。我知道你很有个性，因为你敢于站出来坚持自己的看法。我知道你很善良，因为你爱你的父母。我知道你很聪明，因为你处理事情的方法。我知道你很有家庭观念，因为你总是帮着哥哥、姐姐、弟弟说话。你知道你很有爱心，因为你从来没有由于有我这样一个盲人母亲而流露出自卑。所以，孩子，我知道你是什么样子的人，在我看来你非常漂亮。"

那是十年前的事了，现在我也成了一个母亲。当护士将我的儿子放在我的怀里时，我和我的母亲当年一样能够看到自己的孩子。不同的是，我用的是眼睛。我急切地要求关掉所有的灯，想用我的手触摸孩子，用我的嗅觉和听觉来感知他，抑或说——感知母爱。


# 婆婆的外套


"谁把一件衣服落在你妈妈的衣橱里了？"我对丈夫喊道。在许多深色的外套和大衣当中，这件艳丽的印着金钱豹花纹似的毛皮外套显得格格不入分外惹眼。我想不出这会是谁的衣服。我打开婆婆的衣橱，是想找一件外套带给她。她一周前因病住院，今天就要出院了。

"衣服？什么衣服？"丈夫从一堆信件中抬起头问。

我举起那件外套。

"哦，这一件——是妈妈许多年前买的——那时我还是一个孩子呢。"丈夫笑着说。

我十分了解我的婆婆，因为我认识她已经有30年了。在我的印象里，她是一个传统、节俭的人。她不在大商店里买衣服；她的灰色头发总是整齐地束在发网里；她不喜欢张扬，衣着朴素庄重。我从来没有见过她穿这种颜色跳动灿烂夺目的衣服。

"妈妈怎么会穿这件衣服？"我说。

"我想，她也不曾穿这样的衣服出门过。"丈夫说。

我把衣服从衣架上取下来，放在铺着白色床罩的床上。这件衣服的花纹与色彩让人眼花缭乱，就像是一个卧倒在床上的奇怪动物。我抚摸着衣服的毛皮，手指触压之处，颜色随之变幻。

丈夫站在房门口。"我经常看到妈妈像你这样抚摸衣服的毛皮。"他说。

我把胳膊套进衣服的袖子里面。衣服散发出淡淡的幽香，像来自一个遥远的梦。它属于一个韶华岁月，而不是一个83岁老太太的衣橱。

"你为什么不早告诉我妈妈有一件这么漂亮的衣服呢？"我嗔怪道，但是丈夫走开去给花浇水了。

如果让我给婆婆列一张她最不需要的物件的清单，我想这一件外套一定会名列榜首。然而，发现了这件衣服，我才意识到其实我对她了解甚少。我并不知道她心中的神往、祈求和希冀。我带着这件衣服去医院接她回家。她看见这件衣服时，脸上泛起了一片红晕，而摩挲到上面松软的皮毛时，她的脸蛋更像玫瑰一样绯红。

在以后的她生命最后的三年里，我送她的礼物常常是香水、润肤液和各种化妆品，而不再是所谓实用的内衣和拖鞋了。我们每周有一次午餐约会，她可以穿那件印着金钱豹花纹似的毛皮外套或者其他鲜艳的衣服赴约。她还开始卷发，这样在我们约会的时候就会显得更有气质更具魅力了。我们经常一起看她过去的相册，我最后能把她和一个有着两片花瓣似的红唇的年轻漂亮的女人联系起来了。

近两年，那种艳丽的毛皮外套又变得时尚起来，不时会出现在商店的橱窗里。每当我看到这种衣服，我就会想起逝去的婆婆，想起她让我领会出的一个感悟：我们每一个人还有一个隐秘的自我，这个自我也同样需要得到爱和鼓励。


# 会唱歌的门铃


帕比是一个整日乐呵呵的老人。他的头发白了，但总是梳理得整整齐齐；他的蓝眼睛失去光泽了，但仍然能传送出温暖；他脸上的皮肤也十分松弛了，但他笑的时候似乎连皱纹也柔和得如同春光。他能吹一口好听的口哨，每天他在自己开的当铺里扫地除尘时，他的口哨声总会悠扬地响起。

他的生意不多，而且大多数顾客都会来赎回他们的典当物。帕比不在意生意的好坏。对他来说，当铺不是用来谋生的，而是用来打发时光的。在当铺的后面还连着一个房间，他把这间屋子称为"记忆厅"，里面摆放着许多能帮助他回忆起过去时光的物品，有怀表、旧式闹钟、电动火车，还有小型蒸汽发动机、各式各样的玩具以及许多过时的装饰品。

这天一大早，当铺的门铃响了。门铃的声音清脆悦耳，会发出音乐般的回声。这个门铃是他家的传家宝，在他们家已经有一百多年了。他非常珍惜它，但他更愿意让它美妙的声音给更多的人分享。

开始他没有看到她，因为这个顾客是一个小女孩，只有一点柔软的卷发露出了柜台的高度。"小女士，我能为您做什么吗？"帕比乐呵呵地问。

"您好，先生。"小女孩说，声音小得像耳语。她穿戴整齐，天真纯净，略显害羞。她用一双棕色的大眼睛看了帕比一会儿，然后环顾当铺，似乎在寻找什么。"先生，"她怯生生地说，"我想买一件礼物，送给我外公的。但是，我不知道买什么礼物。"

于是，帕比给她出主意。"怀表怎么样？很准的。我自己修好的。"他自豪地说。

小女孩没有回答。她走到门边，轻轻摇了摇挂在门前的老式门铃。门铃发出好听的声音，回声悠扬，像是唱歌。小女孩开心地笑了，帕比的脸上也似绽开了一朵菊花。

"就是这个，"小女孩兴奋地说，"妈妈告诉我，外公最喜欢音乐了。"

这时，帕比收住了笑。他怕伤了小女孩的心，思忖片刻后说："对不起，宝贝，这个门铃不是卖的。也许，你的外公会喜欢这个小收音机。"

小女孩看了收音机一眼，低下头，失望地说："不，他不会喜欢的。"

没有办法，帕比只得费了好大的功夫向小女孩说起了这只门铃与他家族的渊源，希望尽量能让她理解他不卖门铃的原因。

小女孩抬起头，两粒豆大的泪珠，挂上了双颊。"我知道了，"她说，"谢谢。"

突然，帕比有了一个新的想法。他现在是孤身一人，除掉有一个断绝来往已有十年之久的女儿，他没有别的亲人了。为什么不能把这个传家宝传给别人呢？

"等等。"帕比说，这时这个伤心的小女孩已经准备跨出门槛。"我决定将这个门铃卖给你。哦，给你手帕，擦一擦鼻子。"

小女孩拍手跳了起来。"谢谢，先生，我外公会很开心的！"

帮助了这个小女孩，帕比感觉非常好，尽管他就要失去他的门铃了。他从门上取下门铃，用彩纸将它包装好。

小女孩高兴地接过包装好的门铃，忽然安静下来，看着帕比，再次用耳语般的声音问道:"需要多少钱呀?"

"唔,让我想想。你身上有多少钱?"帕比笑着问。小女孩从口袋里摸出所有的钱放在柜台上,总共是两元零四角七分。帕比肯定自己已经失去了理智,因为他几乎未加思索就说道:"小女士,你今天真走运,这只门铃的价格刚好是两元零四角七分。"

晚上,帕比关上当铺的门后,心里面一直想着那只门铃。别人也会善待它吗?当然,他反复对自己说,做外公的一定会珍惜孙女送的礼物的。他这样想着,忽然,他好像听到了门外传来了熟悉的门铃声。帕比打开门,不是精神恍惚的幻听,门口站着那个小女孩,她笑盈盈地摇着手中的门铃。

帕比有点吃惊,俯下身子,问:"怎么了?小女士。改变主意了?"

"没有,"她笑得更灿烂了,"妈妈说,这只门铃是给你的。"

没等帕比反应过来是怎么一回事时,小女孩的母亲出现在他的面前,她双目含泪,轻声喊道:"你好,爸爸!"

"哦,外公,"小女孩拉了拉外公的手,"给您手帕,擦一擦鼻子。"


# 父亲的日记本


我和我丈夫去纽约城旅行前,我在家里的抽屉里寻寻觅觅,希望能找到一张纽约城地图。就是这个时候,我看到了那本发黄卷边的日记本。这是我父亲结婚前写的日记,日期是从 1929 年到 1931 年。我捧着日记本,慢慢地坐下来。我一页一页地翻看,上面的字迹浅淡,散发着岁月的味道。父亲生前一直喜欢旅游,日记里记录着他旅游的时间、地点以及住宿的地方。日记里也有他去纽约的记载,于是我有了一个想法,沿着他的足迹游玩纽约城。

我们带着日记本到了纽约,按图索骥,一路去了奥瑟林荫大道、杰克森高地、帝国大厦、林肯中心和百老汇。当我们走在著名的曼哈顿林荫大道上,我想我的父亲当年或许也像我们一样感受到了这个城市带来的文化和激情。在纽约逗留的最后一个晚上,我们想找一个吃饭的地方,于是我又打开父亲的日记本。父亲是一个美食家,所以我不难找到他对饮食的描写。在 1931 年的一个晚上，他在一家叫着"巴比特"的餐馆，享受了一次美妙无比的晚餐。父亲用了整整两页纸的对这一次晚餐进行了描写。幸运的是，事隔七十多年，我们仍然从城市黄页中找到了这家餐馆。尽管它距离我们住的地方较远，但是我们还是决定去那儿用餐。

巴比特餐馆富丽堂皇，接待人员训练有素。"对不起，先生，"接待我们的一个打着领结的服务生说，"饭店已经客满了。"

"那么，可以把我们安排到室外就餐处吗？"我说，声音中带着父亲惯用的语调。父亲在日记里提到这家餐馆有室外就餐处。

"可以，请跟我来。"服务生带着我们穿过一条走廊，来到一个院子里，这里有几张空桌子，四周还有雕像、花坛和喷泉。

服务生为我们布置桌子。"我们有三个人。"我对他说。"好的，"服务生回答道，"在你们等待另一个人时，你们需要什么服务吗？""不，他已经来了，他等了七十多年，有些迫不及待了。"我笑着说。

服务生一脸的迷惑，然后丈夫跟他讲起父亲日记本的事情，说："事实上，这正是我们到这里来的原因，我们要为他干杯，哦，对了，你可以给我们拿一瓶香槟吗？"可是，服务生跑得不见了踪影。我们正茫然不解的时候，身边响起一个甜美的声音："晚上好。"这是一个穿着华丽礼服的女士。她继续说道："我叫索菲娅。刚才阿尔巴告诉我，今晚来了几位特殊的客人，他担心自己处理不好。"

我拿出了父亲的日记。"我们沿着父亲当年的足迹来到了这里，"我解释道，"他描述了他在这里吃晚餐的情况，点了八道菜，一共是 2.25 美元。你想看看这段文字吗？"

她郑重地从我手里接过日记本，像对待一件圣物。她看了这段文字，然后大声叫道："鳄梨色拉！哦，我终于想起了这个名字，它还是我们这儿的特色菜，不过名字被我搞错了。这道菜是我父亲独创的。"

"这么说，我父亲在这里用餐的时候，是你父亲经营这个饭店？"我饶有兴致地问。

"是的。我的父亲 16 岁抱着淘金梦从意大利来到美国。一开始，他过得很辛苦，不但每周工作七天，而且曾尝试不同工作。但是，他从不气馁，终于积累了一笔资金，买下了这块地，盖了餐馆。你父亲在这里用餐时，是他经营这个饭店，可是几年以后他就因病去世了……"索菲娅说到这儿声音有点儿哽咽，她擦了擦眼角，抬起头，抱歉地说道："对不起。"

我把手放在她的手上。"今天晚上，让我们一起怀念两个父亲吧。"

"好呀，"她精神为之一振，脸上重新露出笑容，"现在就开始。"

她起身，召来服务生吩咐了几句，然后纪念父亲的晚餐开始了。桌上摆着我父亲当年点过的八样菜肴，外加一瓶香槟，一支乐队为我们奏响了舒缓轻柔的曲子。在优美的乐曲声里，我忽然有一种很奇妙的感觉：这里的每一个情节似曾相识！从未谋面的人、从未来过的地方，因为有了爱，就变得熟悉起来了。也许，这就是人生的精彩之处。

职场正能量

# 普雷瑟先生的成功之道

几年前我攻读一个致力于领导、管理和督学原理研究的教育学博士学位。根据学校规定，要获得这个博士学位，必须要跟随企业界、教育界和政府部门的杰出的、堪称典范的在职领导人物实习一段时期，研究他们的领导才能和工作特点。

我顺利地完成了跟随企业界和教育界领导人的实习任务。在博士学位委员会向我推荐政府部门领导人的时候，我选择了衣阿华州社会福利事业厅厅长普雷瑟先生。普雷瑟先生的扶贫帮困工作卓有成效，他不仅合理使用各种救济和捐赠，而且更重要的是，他使许多失业的人重新找到工作并走向成功，让无数贫困的人脱贫致富过上了幸福生活。然而，委员会的老师们对我的选择表现出担忧，因为他们说普雷瑟先生是一个很难相处的人，弄不好连见他一面都不容易。

第二天，我往普雷瑟先生的办公室打了电话。他的秘书告诉我他出差了。几天后，我再次打电话，秘书说他不愿意接电话，也不接受任何预约。一连两周，我每天打电话，但每次都得到同样的答复。由于时间不多了，我决定直接去拜访他，不用任何预约。

到了那里，我发现普雷瑟先生有三个秘书。她们的办公桌在普雷瑟先生的办公室门前列成了一排，前两个秘书背朝门，最后一个秘书面朝门。

"您好，我想见普雷瑟先生。"我对第一个秘书说。

"预约了吗？"秘书掩饰着笑，漫不经心地问。

"没有，但是我想——"

"如果你想预约的话，我可以告诉你预约电话。"她露齿一笑。

"为什么不能现在直接预约呢？"我问。

"也行。"她说，然后拿起话机，拨了一个号码。接着，第二个秘书桌上的电话机响了。两个秘书相隔仅有一米多距离，居然煞有介事地用电话谈了起来。最后，第二个秘书说："告诉她五个月后普雷瑟先生可能有空，不过要提前一个星期打电话来确认。”

　　她们的一番奚落让我的肺都快气炸了，我转身就走。出了大门，我意识到我的行为只意味着一个事实——我没有把事情办成。

　　这时，我看到那两个秘书往餐厅方向去了。我灵机一动，有了一个新的计划。我走到第三个秘书那里。“我想见普雷瑟先生。”我对她说。

　　她翻了翻预约本，说：“对不起，你没有预约。”

　　“我真的需要见他。”我说，从钱包里掏出一张 100 美元的票子放在桌子上。“请你转告普雷瑟先生，我花 100 美元买他五分钟的时间。”

　　秘书一惊，看看我，看看钞票，又看看我。然后她站起身，一句话未说，走进了普雷瑟先生的办公室。

　　不一会儿，从普雷瑟先生的办公室里传来了朗朗的笑声，一个又高又大的男子打开了办公室的门。“进来，”他笑道，“你请坐。”

　　我把实习合同递给了他。他拿起合同几乎看也没看，就签上了他的名字。“好了，”他抬起头说，“有什么问题尽管问吧——你的 100 美元还够买我的四分四十五秒。”

　　我准备好的问题一下子全都想不起来了，只能茫然地看着他。“让我来说吧，”他说，“你是不是想问，我是如何挖掘人的潜力，调动他们积极向上的愿望？又是如何让许多人摆脱失败的阴影走向成功的？”他刚想说出第三个问题，桌上电话响了。他按了免提键。从他们的对话中，我得知打电话的是他的朋友丹尼斯。丹尼斯是本市的一名雕塑家，他创作的雕塑作品《堂·吉诃德的马》在全国获得大奖，使他成为本市知名人物。可是，他告诉普雷瑟先生，这座放置在街心公园的雕塑作品前一天晚上被一些调皮的孩子焚烧了。

　　普雷瑟先生听了哈哈大笑：“这是好事呀，我的朋友！一来这件事会让你得到更多人的关注，二来《堂·吉诃德的马》虽堪称杰作，但也让你沾沾自喜固步自封——其实你能创作出更好的作品，全世界人民可都等着这一天呢。”

　　“你给了他看待这个不幸事件的全新的角度。”我在他们通话结束后评价道。

　　“不仅如此，”普雷瑟先生说，“我是想让他觉得他是有价值的，是重要的。一个人如果觉得自己是有价值的，是重要的，就没有做不成的事情。”

　　“所以你说这件让他伤心的事反而是一件好事？”

"贝蒂，"普雷瑟先生说，"成功不是以你取得的胜利来衡量，而是看你如何从失败中重新站起来。如果我们彼此提醒要坚持不懈地发现建设性的解决办法，去面对生活中的挑战，将消极转变为积极，那么我们就会互相鼓励着走向伟大。丹尼斯今天就需要得到这样的提醒。"

"普雷瑟先生，"我把话题转移到正题上。"感谢你同意让我跟随你实习，可是，我想知道，为什么你刚才并没有认真看一看实习合同就在上面签了字呢？"

"两个原因，"他说，"首先，你为了能见到我想出了一个建设性的解决问题的方法。知道我为什么让我的三个秘书以那样的方式安排在外面吗？那些能够过我秘书这一关的人展现了解决问题的能力，说明见我是因为有重要的事情，并且说明他们能够把挑战看作解决问题的一部分，而不是单纯地抱怨。其次，你让我感到自己是有价值的，是重要的。你花100美元买我五分钟的时间！"

普雷瑟先生没有真的收下我的100美元，他在我们分手时退还给了我。此外，我还想补充说明的是，丹尼斯后来创作的新作品《女人头像》获得了巨大成功，让他享有了"艺术大师"的美誉。

# 一天又一天

简起床，离开温暖的被窝，打开窗户，寒气立即钻进室内。

又一个平凡得不能再平凡的星期一的早晨。平凡得有点让人厌倦。为什么人生的每一天总是在重复同一件事情？似乎每个星期一的早晨都是这个样子。

简慢慢穿好衣服，整理完毕，吃了早饭，然后选要穿的衣服，是那件粉红色的裙子，还是那件碎花衬衫？

她乘公交车去上班，5年来她总是乘这辆公交车。

简在一家公司的人事部工作。

这份工作不算好，也不算坏。

她接电话，写回函，接待求职的人。

一切驾轻就熟，无须多想。

那个清洁工迎面走了过来，他的腰板总是挺得直直的，像一把尺子。

简几乎每天都看到他。

他总是戴着一副雪白的手套，用优美的姿势扫地、清理垃圾箱，让简觉得这好像不是一个清洁工在清扫街道，而是米开朗基罗在绘画、贝多芬在谱曲、莎士比亚在写诗。

他见到简点点头。

简也应付地点了点头。

简想问他，难道你不知道你的工作是卑微的、不足道的吗？你的满足感从何而来呢？

不过，简什么也没说，像往常一样。

还有那个晨练的老太太。

简在报纸上看到过她的照片，知道她是一位非常有名的科学家。

老太太不时会弯下腰，从口袋里掏出一只塑料袋，将地上的什么东西装进塑料袋。今天，简仔细观察了，原来她装进塑料袋的是狗的粪便。

老太太笑着和她打招呼。

简纳闷，一个科学家为什么要管这样的闲事？做这样的小事？

不过，简什么也没说，与她擦肩而过，像往常一样。

公交车准时到达站点。

坐在车上，蓦然间抬头发现，一对白发苍苍的老夫妻不知说了什么后正相视而笑，他们满是皱纹的脸此时在微笑中舒展，简瞬时觉得自己对人生有了某种感动，心想美丽的幸福原来就是如此简单。

简想，自己有多久没有真心地微笑过了？有多久没有在微笑中感动了？她真的早已不记得了。

汽车到了简要下车的站点。

司机热情地对下车的乘客喊道："各位，走好！"

简想问他，一天又一天，在同样的一条路线上行车，乏味不乏味？

但是，她没有问。

她下了车。

丽日当空，阳光灿烂。

她走进公司的大门，微笑着与见到的每一个人打招呼，她知道微笑是一种能让人瞬间感受幸福与温暖的东西。

进了办公室，她没有立即在自己的办公桌前坐下。她将地上的几张废纸拾起来丢进了垃圾箱，将咖啡台上的污迹擦拭干净。她明白，点点滴滴的付出其实包含着人生真正的含义。

这一天，她像平常一样接电话，写回函，接待求职的人，但是不同的是，这一切都是在欢快中完成的。她体会到，没有乏味的工作，只有乏味的人。做一个一流的普通员工，比做一个不入流的经理，更为光荣，更有满足感。

又是一天过去了。


# 像沃利一样工作


哈维在机场等出租车。当一辆出租车停在他面前时，他看到这辆车子干干净净、明亮照人。然后，他看到了司机，小伙子穿戴整齐——白衬衫、黑长裤、黑皮鞋，容光焕发、彬彬有礼。司机走下车，打开后座车门，用手挡住车门上框，请哈维上车。

等哈维坐定后，他递给哈维一张名片，说："我叫沃利，很高兴为您服务。名片上写有我的服务宗旨，在我为您把行李放进后备箱时，您可以看一看。"名片背面写着："沃利的服务宗旨：用最快的速度，走最经济的路线，在一路友好的氛围中平安地将顾客送达目的地。"

哈维暗自惊叹，当他看到车里车外一样一尘不染时，对这个司机更是刮目相看。沃利上了车，在方向盘前坐下，说："要喝一杯热咖啡吗？我的保温瓶里有热咖啡。"

哈维没想到如此周到，于是开玩笑地说："咖啡就算了，不过如果有软饮料的话，不妨来一杯。"

谁知，沃利立即笑着回答"行呀，我这里有可乐、矿泉水和橘子汁。"

哈维惊讶得说话都有点结巴了："那就……就……就来一杯可乐吧。"

把可乐递给哈维后，沃利又说："如果你想阅读的话，这里有《华尔街日报》《体育画报》和《今日美国》。"

车子启动后，沃利递给哈维一张纸。"这是电台的节目表，您想听哪一个频道，告诉我一声。"他还补充说，"车上的空调温度可以按照顾客的要求进行调节。"然后，他提出了这个时段抵达目的地的最佳路线的建议，请哈维定夺。他还告诉哈维，他可以介绍沿途的景色，也可以不说话让哈维清静一会儿，这全凭哈维的选择。

哈维问："你是不是都是这样为你的顾客服务？"

沃利笑着看了一眼后视镜，说："事实上，我只是近两年才这样做的。在此之前，我已经开了5年车，和许多别的出租车司机一样，也经常牢骚满腹、怨天尤人。但是，有一天，我看到韦恩·戴尔博士写的一本书《只要相信，就能看到》。书中说，如果你早晨起床，心中担心这一天会是糟糕的一天，结果多半就会如此。作者建议我们：'不要抱怨自己运气不好，绝大部分的机会都是自己争取来的。与其把精力用在抱怨和发牢骚上，还不如把心思放在工作上，只要认真去做，就能在竞争中脱颖而出！'这本书给了我很大的触动，我感到作者好像就是针对我这样的人而写的。我不能像鸭子一样成天抱怨了，我要改变我的生活态度，像雄鹰一样高高地在蓝天上飞翔。我认真观察了那些喜欢抱怨的出租车司机，他们的车子大多很脏，他们的服务态度大多不很友好，顾客不是十分满意。我决定有所改变，多为顾客着想，竭诚为他们服务。"

"我想你会得到回报的。"哈维说。

"是的，"沃利答道，"第一年，我的收入就翻了一番。今年，将会增加得更多。今天，您很幸运地坐上了我的车，因为我现在一般不会空车，我的活儿不断，用过我的车的顾客，下次用车还会想到我，他们给我打电话或发短信预约。我不方便时，会推荐那些服务同样周到的司机，从中收取一定的中介费。"

后来，哈维经常将沃利的事说给他的家人、朋友、同事听，虽然他们从事不同的职业，但他认为其中的道理是相通的——无论什么工作，只要认真去做，就能在竞争中脱颖而出。的确，照着沃利话去做的人都在进步，在工作中取得了不错的成绩。而那些以五花八门的理由拒绝这样做的人，现在依然抱怨上天对他们有多么不公。亲爱的读者，你是打算做一只成天抱怨的鸭子，还是在蓝天上飞翔的雄鹰？

# 不差想只差做

当我和妻子准备辞掉工作到秘鲁利马去教书时，我听到了许多议论，弄得我心烦意乱。我们的朋友和同事大多认为这是一个疯狂的行为。"你们俩现在的工作多好呀，"他们说，"再说，你们会讲西班牙语吗？"

然而，这些怀疑我们精神出了问题的议论过去之后，我又听到另外一些不同的议论："几年前我也差点儿到国外去教书的。""我们曾经差点儿也去了南美。""我们差点儿就辞职到国外旅行了。"我从他们的话中听到了遗憾，品出了悔意，于是我和妻子知道我们要做的事情是正确的。

我们花时间研究秘鲁、厄瓜多尔、玻利维亚和其他南美国家的地图，认识这些国家的钱币，了解印加人的土地上曾经出现过的历史名人。旅游手册上的介绍让我们想亲自到阿塔加马沙漠、亚马孙河和安第斯山脉去看一看。

我们在利马下了飞机，乘校车去我们即将工作的地方。途中我们经过了一些印第安人的村庄，那些低矮简陋的房子提醒我们等待我们的生活将可能是艰苦的。接下来的一年当中，我们需要自己烧水喝，常常因为不洁的食品吃坏了肚子；我们要学当地的语言，要适应这里的生活———在这个七百万人口的城市里有一半人用不上电喝不到自来水；乞丐拽住过我的胳膊；强盗对我实施过抢劫；我们在大街上碰到过老鼠；在面临太平洋的峭壁上与一群野狗对峙过；秘鲁最大的恐怖组织"光辉道路"每个月都会对城市的电力设施进行破坏，这时我会点燃蜡烛给国内的亲朋写信；当地震撼动我们的住所时，我们相拥着躲在门廊里，听到门外一片西班牙语的祈祷声和尖叫声。

我们徒步寻觅印加人的足迹时会在古遗址上睡觉过夜；我们艰苦跋涉八天八夜考察了"失落的印加城市"马丘比丘；我们在著名的瓦斯卡拉山上攀登过；我们在印第安人的巴诺斯村庄的温泉里泡过，这个温泉有"天下第一温泉"的美称，我们的房东是一个热心好客的老太太，对待我们像对待自己的孩子一样，每天晚上都会送给我们一罐热巧克力茶，给我们介绍她的祖国的历史。

我们在美洲最古老的斗牛场 ACHO 广场观看斗牛比赛，为斗牛士们呐喊助威；我们在亚马孙丛林的树藤上荡秋千，在丛林深处我们见到了巨大的蜘蛛和蚂蚁，在亚马孙河的急流上我们勇划独木舟。

我们去了南美的其他国家，去了赤道的北面；我们住过一美元一宿的旅馆；我们结识了许多朋友；在横穿世界上最干燥的沙漠的汽车上，我们与一位智利商人交谈了几个小时，我们一会儿讲英语，一会儿讲西班牙语，享受着学用一种新语言交流思想的快乐；在乌拉圭蒙特维多的一个露天咖啡店，一个男孩让我帮助他修改英语作文，我相信第二天他的英语老师会对他的作文留下深刻的印象；在巴西和阿根廷的边境上，我们观看了世界五大瀑布之一伊瓜苏瀑布。

后来，我们漂洋过海来到了瑞士的日内瓦，在那里一个和我们一起登过瓦斯卡拉山的德国朋友接待了我们，还帮我们用 800 美元买了一辆二手的法国标致。我们开着这辆车游遍了欧洲。我们在德国山林区、英国湖泊区、阿尔卑斯山脉宿营过，在巴黎、阿姆斯特丹、布鲁塞尔、柏林、慕尼黑、罗马和威尼斯有我们留下的足迹。

十八个月之后，我们回到了家，身无分文，事实上还欠了很多债。但是，我们有一橱子翻烂了的旅游手册、一箱子破损了的地图和两颗装满了回忆的脑袋。更重要的是，我们不需要向人们冒出这样一句话："我们差点儿就那样做了。"


# 奇怪的西方记者


安娜·魏特尔出了飞机场，首先戴上墨镜，然后往身上喷了喷刚从机场商店买的防虫剂。她想，这是她到非洲工作的最大的问题。像她这样一个名记者，怎么能住非洲肮脏的旅馆吃垃圾一样的饭菜呢？当然，这些差乱脏的事情可以写出一篇不错的文章。

此刻，另外一位记者乔什夫·阿杜拉离开了自己的办公室。他是拉各斯《星报》的记者。当他听说自己将要见到闻名遐迩的欧洲名记者安娜·魏特尔，心中忍不住一阵激动。"她需要得到尼日利亚同行的帮助。"安娜·魏特尔的助理打电话时这样对他说。

乔什夫没有像以往一样驱车回家，而是将车开到安娜·魏特尔的下榻处。这是一家国际品牌的连锁宾馆，或许安娜·魏特尔对它的期望值太高了，她见到乔什夫时先是抱怨了一阵，说空调效果不好，房间里还有蚊子。"咱们找一家饭店边吃边聊，"然后，她说，"找一家……有非洲特色的……哦，对，那种装饰得五颜六色的……"

乔什夫想了一想，想到了一家可以吃到尼日利亚传统菜的饭店。他开车带安娜去了那儿。他对这家饭店很满意，但是安娜似乎不以为然。

"嗯……太干净了。"她说，"又干净又安静……"

"这样不好吗？"乔什夫问。

"缺少了一点非洲元素。"安娜说。

"你指的非洲元素是什么？"乔什夫问。

"嘈杂、拥挤、混乱、花花绿绿……"

"唔，"乔什夫说，"拉各斯的确是一个喧闹的花花绿绿的城市，人口众多……但是，我们都喜欢去好的环境吃好的菜肴……这和别的地方的人没有什么两样！"

安娜显得很失望。"在这儿我找不到一点儿非洲的感觉。"她说。

"安娜，"乔什夫解释道，"非洲是一块大陆，有 54 个国家，9 亿人口，使用的语言有多少至今也没有统计出精确的数字……大概几百种吧！"

乔什夫试图告诉她，非洲是千姿百态的，不能把一个地方面貌说成是整个非洲的形象。但是，安娜根本不听。乔什夫只好改变话题。

"那么，您将写尼日利亚些什么呢？"他问。

"还没有确定，"安娜说，"我要走走看看，感受一下……比如，枪支、犯罪、那些饿得瘦骨嶙峋的人……还要配上图，如果可能的话，最好是瘦骨嶙峋的饥饿者手持枪支从事犯罪活动……"

乔什夫想了一会儿。"是的，与别的大城市一样，拉各斯也有犯罪现象，但是，我不认为这是什么有趣的题材，而且在这里你很难找到许多饿得瘦骨嶙峋的人。"他指着桌上丰盛的菜肴。"我们这儿的人吃得都很好！"

"说说你们报纸的情况。"安娜也改变了话题。

"有各种栏目，"乔什夫说，"当然，也会报道犯罪，如果你感兴趣，我可以向你讲讲曾经发生的……"

"这有点儿意思……我想，我可以用我的影响力让这类报道更加……"

"我有一个想法，"乔什夫说，"你为什么不写一写拉各斯人的日常生活呢？你知道，写到非洲，人们就会写到饥荒、战争、腐败……但是，这些并不是大多数人的真实情况。"

安娜显得很困惑。乔什夫继续说道："你为什么不写一写普普通通的人普普通通的事，比如这个饭店，比如学校里幸福的孩子……"

"读者不喜欢看这些。"安娜说，"我需要落日下阴暗的非洲这样的意境……"

乔什夫不明白为什么西方人说到非洲就会说到阴暗。其实，要说阴暗，伦敦才阴暗呢，乔什夫有一年十二月去过伦敦，才下午三点，天就黑了，而尼日利亚是他去过的最阳光明媚的地方。安娜不理会他，继续说道："描写阴暗，是为了让人们感受阳光；描写低俗，是为了让人们向往高雅……"

"这我能理解，"乔什夫说，"可是，在尼日利亚有低俗的人，也有高雅的人，你为什么不写一写他们呢，比如那些作家、学者……有很多的呀，如 1986 年诺贝尔文学奖得主沃尔·索因卡，1991 布克奖得主班·欧克利，2008 年诺贝尔文学奖得主齐诺瓦·阿切比……他们有好多事值得说一说……"

乔什夫从安娜的脸上看出了不屑一顾，似乎只有她自己才是唯一重要的学者与作家。

几天以后，安娜回到了伦敦。"去了一趟非洲，总得写些什么，写什么呢？"她打开电脑，开始打字："非洲是一个神秘的地方，一下飞机，我就能强烈地感受到这一点……乔什夫·阿杜拉就是其中一位，他有一张典型的非洲人的脸，是一个思想开明的记者，是一名在黑暗的非洲不懈地为争取言论自由而顽强斗争的勇士……没有我们的帮助，他将困难重重……"

与此同时，乔什夫·阿杜拉正在家里读新出的《星报》，这上面登载了一篇他写的文章，标题是"奇怪的西方记者"。

# 回一个电话

自责是一件很糟糕的事情。但是既然知道自己错了，就应该正视它，并争取去改。我就做错了一件事情。我想，把这件事情公布出来，于人有益，于己有补。

大约两年前，我得到了一份新工作，成了一家大公司的高级行政人员。这份工作的待遇很高，但也很忙，就像是有人送了你一条稀有的热带鱼，虽是你喜欢的珍贵礼物，可它也给你带来极多的麻烦，叫你气恼，比如，有时候你必须大半夜起床来伺候它。干上这份工作后，我每天平均要接100多个电话，多的时候要比这个数目多上一倍。所以我就成了你时常能看到的那种人，即使在车里或大街上也冲着手机像长臂猿吃香蕉那样叽叽喳喳说个没完。

我这是上班。我想这是我唯一能说出的借口。我拿这么高的薪水，就该这样。

这样一来，我给那些与我的工作无关的朋友打电话的次数就越来越少了。这些朋友中就有本克。本克是一个诗人。我与本克一直保持着联系，交往有时频繁，有时疏松。如果不见面的时间长了，我们就相约在一起吃顿饭，或在酒吧坐坐，或打电话互道彼此近况。十年来，我们的友谊就是这样持续着。

我得了这份新工作，本克自然就打来电话表示祝贺。当时我有三个电话需要听，所以我说："过会儿，我打电话给你。"我从来没有这样对他说过。

在以后的六周里，我猜想本克肯定给我打了不下十二三个电话。第一周最多，大概一天一个电话。到后来就降为每周一个电话。最后就没有电话来了。我也不知道我为什么看到秘书记下来的"来电留言"之后不给我的这位朋友回个电话。"过会儿再给他打电话。"我总是这样对自己说。这下可好，他肯定是生气了。他当然应该生气。本克是个好脾气的人，但也不是一个随人捏的软柿子。他不给我打电话了。像别的成年人一样，我也善于自我开脱，没过多久，我就把这事给忘了。

但是每过一阵子，我就会想到本克。"我应该给他打个电话。"我会对自己说。有好几次我已经拿起了电话，拨了号码，但是每到这时，我可以向你发誓，我的工作台上的仪表板就会显示另外三条闲着的话线有外电打进。你知道，我必须以工作为重。

本克是我的知心朋友之一，但是他与做生意和商务谈判毫无关系。生意人热衷相互推销，擅长敷衍扯皮，讲究经济效益。难道我已经变得如此浅薄，把这一套也用来对付友谊？

"我应该给本克打电话。"我心中说道。但我还是没有。

去年的某个晚上我参加了一个圣诞晚会。晚会上我看到我的朋友莫比在房间的另一头。这时我想起来，莫比也给我打过二三个电话，但我一直未回。我向他走过去，但我们之间有一群人正就生意的话题谈得投机火热，难解难分，要从他们中间穿过得用干草叉将他们叉开才行。"喂！"我好不容易挤到莫比跟前，向他伸出了手。他没有与我握手，而是将身子背过去，又与另外一人攀谈起来了。

我感到非常愤慨。"自命不凡的混蛋！"我大声怒叱道。当然，我意识到我自己也有错，曾以同样的方式对待过他，还有……对了，我真的应该给本克回电话了。但是我现在该与他说些什么？怎么向他解释呢？他会不会对我撂下电话？如果他像莫比一样待我，我会伤心极顶。我怎么会陷入这样一个困境？我为什么就不能从这个困境中摆脱出来呢？

今年三月，我接到了一个电话，是莫比打来的。"我想我们应该讲和了。一起吃顿饭吧？"他说。吃饭的时候，我承认了我的无礼，并向他道了歉。他也对他那次不与我握手的"报复行为"表示了歉意。我们又成了朋友，但这又让我想起了……失去的东西。在那次饭桌上，一种伤感的愁绪在我心头泛起，一直萦绕于怀，至今不散。我应该给本克回一个电话。但是，我没有。

终于，因果报应之轮向我碾来。上周，我的朋友斯泰得了一份新工作。斯泰是我生意圈里最亲密的朋友。我在他上班的第一天给他打电话表示祝贺。"谢谢，伙计，"他说，"我得走了。我们改天再谈。"我可以听到背景中的声音非常嘈杂，甚至可以听到祝贺他的亲吻声。

我第二天给他打电话，他在开会。过了两个小时我再给他打电话，接电话的却是一个陌生人。那人叫我把名字留下。我再也没有给他打电话。我想我以后也不会了。如果他想与我说话，他是有办法找到我的。我肯定他会找我的。因为我们是好朋友。毕竟在我们这个年纪像我们这样的朋友关系不是轻而易举地就能发展起来的。

现在我眼前有一杆天平可怕地均衡着。一头是本克，他离我而去了，但是如果我跨出正确的一步，或许我们的友谊还会继续；另一头是斯泰，他也离我而去了，我和他的友谊能否继续则要看他的做法。其实，只要他回我一个电话。

我猛然醒悟。我拨了一个号码。

本克！如果你不在，回来后给我回一个电话！伙计，对不起，是我错了！

# 怕败者败

许多年前的一个晚上，我在纽约观看了萨洛米·贝的演唱会，当时萨洛米·贝还是一个新秀，这个演唱会是她第一次个人演唱会。她的歌声舒展柔美，如行云流水一般。我陶醉其中。然而，我发现演唱会的观众很少。所以，我就升起写一篇宣传她的文章的想法。

我弄到了她的电话号码。由于我当时才刚刚尝试写作，更没有与演艺界人士交往的经验，为了防止碰壁，我尽量让我的口气听上去像一个专业作家。

"贝小姐，我是诺拉·普罗菲特。我打算给《幽香》杂志写一篇文章，介绍你的歌唱成就。我有没有可能约请你谈一谈呢？"

瞧我说了些什么？《幽香》杂志是一个畅销的大杂志，我有自知之明，过去从来没有敢向它投过稿，此外，我对萨洛米·贝的歌唱成就也一无所知。

"行呀，"贝说，"我正在录制新唱片，那就请你到我的工作室来吧，你还可以把你的摄影师带来。"

带我的摄影师？哦，我连有傻瓜相机的人都认识不了几个。这回我要出丑了。我的那点热情立即烟消云散了。

"到时候，"贝继续说，"我还可以介绍你认识大名鼎鼎的高尔特·麦克德莫特，也就是《头发、公子和高速路》唱片的制作人。这样吧，下周二见，好吗？"

放下电话，我感到自己就像陷入了流沙之中，马上就要被吞没了，根本没有办法挽住自己的尊严。在接下来的几天里，我突击到图书馆冲电，了解高尔特·麦克德莫特到底是何许人。我还托人给我介绍摄影师，后来总算找到了一个曾经和我中学同学过的小有名气的摄影师。我好说歹说，他才勉强同意和我一起去采访萨洛米·贝。

星期二的采访中，我紧张，惶恐，不堪回首……

采访结束了，我长舒一口气，回到家中时有一种安全脱险的感觉。我开始写作。在写作时，我头脑里不断响起一个声音：你不要自欺欺人，你没有写作经验，你的文章连小报都不会刊载，更不要说《幽香》这样的名杂志了！

我把自己关在家里整整七天，推掉了一切事务，终于整理出一篇采访稿。我将采访稿打印出来装进一个信封，又在里面塞进了一个贴了邮票并写上自己名字的空信封（这是当时的惯常做法，以便文章不采用时编辑退稿）。当我把信投进邮箱时，心中想，要过多久我就会收到编辑的"退稿函"呢？

编辑没有让我等太久。三周后，我收到了《幽香》杂志寄来的信，信封是我自备的那个信封，里面装着我的稿子。我感到自己被当众羞辱了一样。我后悔自己为什么不自量力。我的呕心沥血之作人家根本不屑一顾。我还需要在这条路上走下去吗？我毅然做了决定，没有看编辑的陈词滥调的退稿理由，而是将整封信丢进了抽屉，想尽快将这一切忘掉，重新选择我的事业。

五年后，我要搬到加利福尼亚的萨克拉门托，接受一个推销的职业。搬家前，我收拾房间时，看到了一封写给我的信，而信封上的字迹是我自己的。我为什么要自己给自己写信呢？于是，我好奇地打开信封，这样我看到了《幽香》杂志编辑写给我的信：

普罗菲特女士：

你写的有关萨罗米·贝的文章太精彩了。我们还需要加上一些别人曾经对她的评论。请补充后，立即将文章寄给我们，以便我们在下一期上刊载。

我顿时怔住了。害怕失败的心理让我付出了不小的代价。我的心血白费了，快要到手的五百美元的稿酬泡汤了，更重要的是，这使我推迟了好多年才享受到写作的快乐。这以后，我经常告诫自己：害怕失败比失败本身更糟糕。

# 天才的一生

从前，有一个人，天资聪颖，才华过人，由于他什么都能一学就会，所以就梦想有朝一日成为无所不能的奇人。他感到自己潜力无限，任何事情只要他下定决心去做就一定能够做得很好。他相信，他的文才武略会越过任何一个帝王将相，他的著作论述会启迪今后的几代人，他的发明创造会给天下人的生活带来影响。

但是，有一个问题，他虽然潜力无限，但只有一辈子，他需要做出选择。他需要决定将他的聪明才智用到某一个方面。做出这样的决定是非常艰难的，因为这意味着他其他方面的潜力将得不到发挥。

在他踌躇的时候，他不知不觉中上了学，毕了业，找到了一份工作，结了婚，生了儿女。即使他不屑将他的才智用在他的仅为糊口而干的工作上，但是由于他聪明过人，什么东西一学就会，所以他还是赢得了同事们的尊敬和赞誉。他时常想：如果我把精力都放在我选择的某个方面，我将会做出多大的成就啊！

时光飞逝，他日渐变老。有一些吃青春饭的事情，他不能做了。但是，还有些事情，只要他下定决心去做，仍是能大有作为的。做什么事情呢？他在工作、育子、做家务、处理各种人际关系时，总是会思考这个问题。他坚定不移地认为，他有巨大的了不起的潜力。熟悉他的人，也有着和他同样的认识，因为只要你与他相处，忽视这一点是不可能的。

一天，上班的时候，他忽感胸闷，就早早回到了家。他虚弱无力，走进卫生间想用凉水洗脸，却抬头看到了镜子，镜子的那个人双鬓泛白，皱纹突现，皮肤松弛，只是疲惫的眼神中还依稀透出一点未被认识的奕奕目光。他忽然明白了一个简单的道理。然而，就在他醒悟的那一刻，胸口剧烈疼痛，随即心脏停止了跳动。

每一个认识他的人都很伤心并惋惜不已，因为他不但是一个好人，而且是一个多才多艺的人。他死了，他的多种潜能也就随着去了。如果他早作决定，他肯定会在某个领域做出非凡伟绩，这些伟绩会超越时代，泽被后世，影响一代又一代的人们。然而，他就这样走了，多么可惜呀！人们痛哭流涕。可是，他们不知道死者在离世的那一刻的心中所悟。他悟到了一个简单的道理：许多人一生中自以为聪明过人，才高超群，相信如果不是因为这或因为那，就肯定会鸿图大展，做出一番惊天动地的事情来，而实际上，这种想法只是一种自欺欺人的幻觉而已。

我们每个人，只要身体健康，智商正常，也不身陷战争或自然灾难之中，就可以在很多事情上大有作为，而成败的关键并不只在于我们的天赋，而在于我们做了没有。有天赋不去做，等于没有天赋。不管你相信不相信，若你一事无成，是因为你没有去做！

# 种子定律

小时候，抬头看一棵苹果树，看到上面硕果累累，或许能有五百多个呢。切开一只苹果，发现里面有十粒种子，心想，一棵树该有多少粒种子呀！"如果撇开人为因素，"我不禁问自己，"任由一棵树在自然环境下发展，那整个世界不就全都布满了苹果树了吗？"

后来，我知道了这个道理：大多数种子在自然环境下是不能成活的。

所以，我悟出，如果你想做成什么事情，你应该准备做若干次，甚至是成百上千次。

这就意味着：

你要参加二十次面试才能谋到一份工作。

你要试用四十个雇员才能发现一个人才。

你要向五十个人推销才能卖出一幢房子、一辆车子、一只吸尘器或签订一份合同。

你要认识一百个人才能结交一位朋友。

明白了这个"种子定律"，我们就不会经常觉得失望，更不会顾影自怜自怨自艾，因为种子定律就是成功定律。

# 浮萍人生

大学毕业了三年，我换了三个工作，父亲问我，你是朱金斯吗？我说，朱金斯是谁？

于是，父亲就跟我讲了朱金斯的故事：

朱金斯上小学的时候，在一次野营活动中，听说有人想在树上钉一块板用作搁板，他就自告奋勇地提出做这件事情。"首先，"他说，"应该把这块板不规则的一头锯掉。"他开始找锯子，锯子找来了，锯了两下，又停了下来。"这把锯子，"他说，"需要用锉刀锉得更锋利一点。"锉刀找来了，他发现锉刀还需要一个手柄才方便使用。为了制作手柄，他跑到山上找到了一棵小树，但是要砍下这棵树他就需要一把斧头。找到斧头，他觉得斧头需要磨一磨。磨斧头需要有一块磨刀石。有了磨刀石，他还要给磨刀石做一个撑脚，而要想把撑脚做得好一点，他就需要一张木工的工作台。做一张木工的工作台可不是一件简单的事情。当然，大家不会为了一块搁板等他那么长时间。据说，野营结束以后，还有人看到他在市场打听木工工作台制作工具的批发价呢。

上大学的时候，朱金斯各门功课都很不理想。以法语为例，他一开始对这门课程非常感兴趣。然而，他很快发现，要真正掌握法语，就需要对古代法语及普罗旺斯语有所了解。后来，他又发现，不懂拉丁语，想学好古代法语和普罗旺斯语简直是不可能的事情。学习拉丁语的时候，他发现其实他应该先学梵语的，因为拉丁语来源于梵语。当他决定认真学习梵语的时候，他发现梵语的起源与古伊朗语有着千丝万缕的联系，而后者早已经失传了。在自然科学的学习方面，他也是一样。他学习物理学，先把目光聚焦在作用力上，然后是分子，再从分子到原子，从原子到电子，最后到无穷无尽的宇宙空间。这样的结果是，人家都毕业拿到学位了，他各科都还挂着呢。

他的感情生活也是如此。他爱上了一个女孩，因为这个女孩会自己动手装饰帽子。这个女孩在家排行老大，下面有五个妹妹。后来他碰到了老二，发现老二不但会自己动手装饰帽子，而且还会做衬衫。他转而爱上了老二。当他碰到老三时，他又很快移情别恋了，因为老三既会自己动手装饰帽子，又会做衬衫，还会干所有的缝纫活儿。他就这样把人家六个姐妹都爱了一个遍，结果却一个也没有得到。

大学毕业后，他虽然没有获得任何学位，但他的父亲还是很信任地将家里的所有积蓄100万元交给他作为创业启动资金。他用这笔资金投资了一家煤气厂，但发现煤气厂亏本，因为生产煤气所需要的煤价格太高了。于是他卖掉他所有的股份，获得90万元，又用这笔钱经营起采煤业。这项投资也不成功，因为采煤机械的成本太高了。他决定卖掉他在煤矿的所有股份，将获得的80万元投资机械设备制造业。机械设备制造需要煤作为动力，而煤的价格太高了。他感到亏本了，就卖掉投资机械制造的所有股份，获得70万元后，再次投资产煤业。所以，他在这几个相关产业中转来转去，每年都要亏一些钱，直至穷困潦倒，只能靠政府的救济金过日子。

父亲讲完朱金斯的故事，语重心长地对我说，心无定力，人如浮萍，随波逐流，终将无成。


# 让 梦 想 照 亮 未 来


在华尔街一家大银行工作了10年多，每个月有稳定的较高收入，然而，有一天我坐在我的那间有玻璃天花板的办公室里对自己说："够了！"可是，如果要想有一份实现梦想的工作，我知道我必须积极主动地去争取。

我开始寻找。我翻阅《纽约时报》寻找新的机会。我的目光被一则广告吸引了。一个大的金融公司正在招聘股票经纪人。这正是我梦想的工作！我兴奋地打了若干个相关电话，最后与该公司纽约市分公司的副总约好了面试时间。

面试那天，我不巧患了感冒，发着高烧，浑身无力。但是，我知道我不能让这个千载难逢的机会失之交臂，所以我按时参加面试，与那个副总谈了三个多小时。我以为他一定会当场决定聘用我。可是，他指示我分别与公司的12个顶级股票经纪人进行进一步的面谈。我听了差点晕倒！

不过，我想，既然这是一个好兆头，我应该听从他的决定。

在后来的5个月里，12个股票经纪人对我的热情都不同程度地泼了凉水。"你还是安心地在现在的银行工作吧，"他们劝道，"到我们这儿工作的新人有80%一年后就干不下去了。"接着，他们又补充说道："你根本就没有投资的经验。你干不了的。"

他们越是攻击我的梦想，我越是不服气。我憋足了气。我决定要让他们的预言落空，让我的梦想实现。

我最后一次面试定在一月寒冷的一天。面试五分钟后，我看出那位副总不知道怎样给我下结论。我给他看了我写的长达25页的关于如何建立营销业务的报告。我希望这能说服他，我完全适合这个工作。但是，没有。他的表情极不自然，手里不停地玩着别针，装着在看我的报告的样子。显然，他不相信我可以胜任这个工作。我感到机会就要从我的手指缝里滑走了。所以我紧盯着他的双眼，吸引他的注意。

"先生，"我自信地说，"如果你不用我，你永远不知道我能为公司做出多大贡献。"当我意识到我的话有点狂妄自大时，心中不禁恐慌起来。我的上帝，我想，我说了些什么？我能收回我的话吗？

我紧张地等待。时间变慢了，秒成了分，分成了时。

他终于开口。

"好，你被录取了！"他宣布道。

我高兴地站起来正准备离开，他补充说道："不过，有一个条件。"

我的心又悬了起来。

"首先，"他说，"你必须在两周内辞去纽约银行的职务，然后报名参加为期3个月的培训。你必须一次性通过培训结业考试，否则我们仍将不能录取你。"最后，他加重语气，说："如果差一分，你也可能被淘汰出局。"

我的嘴唇发干。我外表从容，内心却剧烈摇摆。这个工作虽说是我的梦想，但我能不能得到它是未知的，将来的前景也是未知的，搞不好我就可能血本无归！

然而，一想到机会总是与风险并存，一想到我的勇气很可能会改变我的未来，我下定决心，不再瞻前顾后，坚定地说："行。"

根据要求，我辞去了银行的职务，这等于是割断了我的经济生命线，跳进了一个陌生的领域。三个月的训练后，我参加了长达三个小时的考试。考场设在麦迪逊大道，与我即将上班的地方很近——如果我通过了测试的话。我乘电梯到了七楼，在接待处签名时，我发现透过一面玻璃隔墙就可以看到考场的全貌。考场里放满了电脑，但是使用电脑的考生看不到别人的屏幕。考场里放了椅子、纸张和削过的铅笔。

监考人将我领到一台指定的电脑跟前。这样，我一生中最重要的考试之一就要开始了。他们发出了开始的信号。我非常紧张，但随着考试的进行，我越来越感到有信心。三个小时很快就过去了。

公布分数的时候到了——计算机将计算我的得分，然后在屏幕上公布出来。我坐在那儿满脑门汗珠，目不转睛地望着这个掌握我未来人生钥匙的电脑。我相信肯定会有人听到我心跳的声音。屏幕眨了一下，然后跳出一则讯息："你的分数正在处理中，请稍候。"

等待仿佛持续了几个小时。分数终于出来了。

我通过了！我长长地舒了一口气。

从那一天起，我就沿着一个方向不断向前。我的业绩不但超出了自己的期望值，而且超出了那个给我机会的经理的期望值。在他提升之前，他见证了我的个人销售业绩增长 1700%，还看到我成了"有线销售奖"电视栏目的嘉宾。

我的经历验证了梭罗的话。他说："如果一个人自信地朝梦想的方向前进，以破釜沉舟的勇气争取他梦想的生活，成功就会在他意想不到的时刻突然降临。"


# 视 线

让我们首先看几道小学生做的算术题，然后请你在尽可能短的时间内把你看到的情况告诉我。这几道题目是：$3 + 4 = 7, 9 + 2 = 11, 8 + 4 = 13, 6 + 6 = 12$。

每一次我做这一项实验，90% 的人都立即告诉我 8 加 4 等于 12，不等于 13。他们的评价一点没错。但是，我想，他们也应该看到了另外三道正确的等式，那就是：$3 + 4 = 7, 9 + 2 = 11, 6 + 6 = 12$。

我这样说的意思是什么呢？许多人看问题总是会把视线投到事情错误的一面，而对事情正确的一面关注很少，正所谓"好事不出门，坏事传千里"。以这四道算术题为例，三道做对了，一道做错了，但是大多数人会下意识地把视线聚焦到那道做错的题目上。

如果有10个陌生人从我们面前走过，我们中大多数人会从这些人的缺陷方面描述自己的印象，如"这人是胖子。"，"那人是秃子。"，"瞧这人多矮呀！"，"哦，那个女孩瘦得皮包骨头！"等等。

静下心来想一下，我们每个人都有过这样的经历：你做了一百件好事，但有一件做错了，结果怎么样？别人的视线都投到你做错的这件事上。

所以说，如果我们大家常记得把视线投向好的方面，那么这个世界无疑会变得更加美好。

另外一件事也与我们的视线相关。

享誉美国的领导力研究专家和培训大师约翰·马克斯韦尔曾说过，一个好的企业领导人应该有远见，能够把视线投向给企业带来潜在利润的事情上。这个说法不错，对于一个企业而言，没有利润就谈不上成功。但是，还有更值得一个企业家关注的地方，那就是道义。越南战争就是一个说明道义重要性的例子。弱小的越南战胜了强大的美国，就是因为美国人策划和实施的越南战争是一场在道义上站不住脚的战争。再把话题回到企业上，日本索尼的创造者盛田昭夫在他的自传《日本制造》中披露，他起初创建索尼公司考虑得最多的是要在战后的废墟上重建日本经济。这就和许多企业家有所不同。盛田昭夫把视线投向了道义，而把利润视为第二位的。这就难怪索尼能够发展成一家大企业，成为全球消费电子行业的第一品牌。

利润和道义之间的差异是什么？得道者多助，失道者寡助。没有人愿意为利润而死，却有人愿意为道义献身。你可以拥有利润，而道义则可以支配你。利润是在你手里，而道义则在你心中。因而，做企业的人要看到利润，但必须将视线越过利润投向道义，并为道义而战。唯有这样，才能将企业做大做强。

# 找工作

因为家境困难，我初中毕业就不再上学了。我需要找一个工作。工作很多，但体面又挣钱的工作很少。我对自己要求不高，觉得去磨坊打工就很不错。父母则不同意我的想法，他们希望我能去铁路工作，因为在那儿工作相对更有前途。一开始我可能只是干清洁工，但过两年我就能转成保养工，再过两年或许就能成为司机的助手，如果幸运的话最终就能成为一名列车司机。当然，去铁路工作不容易，需要有关系。

阿尔夫愿意帮助我。阿尔夫是我们家的邻居，是一个铁路站的清洁工，虽然不是什么大人物，但他和一个保养工是好朋友，而这位保养工恰好能与铁路站的站长说上话。站长同意与我见面。与站长见面前，阿尔夫对我说，他的面子有限，只能起到牵线搭桥的作用，最终我能不能被录用，还要看我自己的表现。他提醒我注意，站长不喜欢哈腰的人，不喜欢将双手插在口袋里的人，不喜欢说话吐字不清声音不大的人，不喜欢不称呼他"先生"的人。最重要的一点，站长不喜欢在他面前板着脸的员工。虽然他自己总是板着脸，但那是因为他是领导，需要不苟言笑，而他的员工必须面带微笑，因为那是热爱工作的表现。

不幸的是，我平时总是弓着腰，双手插在口袋里，说话声音不响亮，不习惯称呼别人"先生"，也很少笑。为了给站长留下好的第一印象，我对着镜子一遍又一遍地练习，努力站直身子，垂手而立，响亮地说话，言必称"先生"，始终保持微笑。这很辛苦，多年的习惯，改起来真不容易。

在去铁路站的路上，我仍然不中断练习，发现前面有一棵树，我就把树当成了站长。"早晨好，先生，"我大声说，"我来这里是求您给我一份工作的。现在有什么要让我做的吗？"忽然我听到身后有咳嗽的声音。我回过头，看到一个人瞪大眼睛看我，像是打量一个精神病人。这不怪他，因为这条路附近就有一家精神病院。

到了铁路站，我向一个正在保养列车的员工打听站长室在什么地方。那个人热心地指给我方向，说："小伙子，不要忘记敲门，站长是个很严肃的人。"我谢了那人，然后站直身子，将双手从裤口袋里拿出来，脸上露出微笑，我是一个聪明的人，知道站长有可能从窗口看到我。我敲了敲站长室的门。"请进。"里面有声音传出来。我走进去，看到办公桌前的那个人慈眉善目，根本没有传说中的那么令人生畏。"早晨好，先生，"我面带微笑，朗声说道，"我来这里是求您给我一份工作的。现在有什么要让我做的吗？"他笑了笑。我知道我的工作十拿九稳了。但是，他又摇了摇头。"小伙子，"他说，"工作的事，站长说了算，我不过是一个清洁工。"

我非常失望，身子迅速弓了下来，双手又插进了口袋里，脸上的笑容也消失了。这时候，门口响起了脚步声。一个高个子的人推开玻璃门走了进来。"这位就是站长先生。"清洁工说。站长看了我一眼，大声问："有什么事？"

我一下子把阿尔夫教我的那些注意事项全忘了。"你、你、你们这儿招工吗？"我小声问道。

"你说什么？大声点！"站长皱着眉头喊道。

我没有站直身子，双手还插在口袋里，脸上只有紧张没有微笑。我战战兢兢地说："你、你、你们这儿招工吗？"

"招什么招！"站长冲我吼道，"即使招，也不招你这样的！"

突然，我变得勇敢起来。"凶什么凶！"我说，"我也不想跟你这样的人干！"

他很惊讶，一时语塞。我知道，平时没有人敢这样跟他讲话。

我双手插进口袋走出了站长室。我看到了那个好心的保养工，对他说："再见！我不会跟那个蛮横无理的站长干活的。我为你感到委屈。"

恢复了我本来的面貌，我如释重负。我径直走到离我家最近的一家磨坊，在那里我轻松地找到了一个工作。

那天晚上，阿尔夫来到了我家。

"站长要你明天上午去铁路站上班。"他说。

"你开玩笑吧？"我说。

"不是玩笑，"阿尔夫说，"站长喜欢你那样跟他说话。他认为你是一个诚实的人，他说诚实比什么都重要。"

生活就是这样奇怪。前一天我还没有工作，可是第二天我就有了两份工作。我很抱歉地退掉了磨坊的工作，选择了去铁路站上班，因为铁路站的工作更有前途。当然，我再也没有对站长那样讲话。有一次就够了。诚实固然可贵，但是顶撞领导还需谨慎呀，呵呵。


# 做不可能的事


她住在一个大房子里，门前有一个带草坪的花园，是一个有钱的老太太。但是，没有人知道这个老太太来自何方。人们都称呼她"伯爵夫人"。伯爵夫人喜欢独处，不喜欢有人打扰她。

伯爵夫人总是拄着一根拐杖，她用这根拐杖准备随时敲打任何一个打扰了她的孩子。

我被她的拐杖敲打过一次，那时我13岁，我活该敲打，因为我玩捉迷藏游戏时想通过篱笆钻进她心爱的花园里。

"哎呀！"我大叫了一声，随即准备逃跑。

"过来，小伙子！"伯爵夫人叫道："你是不是住在我们邻居的那个绿房子里？"

"是的，夫人。"我答道。

"你在家里给草坪浇水吗？会修剪草坪吗？"

"是的，夫人。"

"那好，如果你乐意，我给你一个挣零花钱的机会，我请你帮我修剪我的草坪，怎么样？"

我们那里的孩子都是靠给家里或邻居打工干活挣零花钱，这几天我正愁无人请我干活呢，所以她的话正中我的下怀，我们约好劳动时间为每周六的上午。

第一个星期六，我将草坪修剪了三回才让她满意，接着我还要挖掉草坪上的杂草，我在草坪上跪着爬来爬去。

最后她把我叫到门廊前："小伙子，你要多少钱？"

我不知道，或许5个美元吧。

"很好。"伯爵夫人说，"诺，给你5个美元。这儿还有10美元，这些钱是我让你两次重新修建的报酬。现在我要告诉你一件事，人们修剪草坪的质量各不相同，这项工作的价值也就从 3 美元到 30 美元不等。今天你也许做的是 20 美元的工作，但不全是你一个人干的，我负责指挥，也出了力。"

伯爵夫人继续说道："30 美元的报酬就意味着工作干得非常好了，要达到这个程度可不容易，花的时间也多。但是修建一块草坪要想挣得更多的报酬，比如 35 美元吧，就不可能了。我们想也不要去想，以后你就自己掂量着向我报你认为的那个价吧。"

我以前从未干一次活就能挣 15 美元。下周我还有望一下子挣到 30 美元! 真是太好了!

但是第二周我干了一半就感到疲劳了，质量当然也就没有能够提高，我要价 15 美元。

"又是 15 美元? "她说："那可不好。"

是的，夫人。下周我要做得好一些，我答应道。

第三周我的确做得好多了。我发现我掌握了一点技术，这使我很高兴，我干得更卖力了，我的要价是 25 美元。

以后我每周的工作都能得到 20 或 25 美元。我对这块草坪越来越熟悉了，一些地方有点高，一些地方又有点低。我学会了如何处理这些地方的草坪了，每周我都对 30 美元的工作增加了一点新的认识。但是最后总是因为体力不济，我只能做成 25 美元的工作。

"你是一个 25，"伯爵太太把 25 美元给我时总是这样半开玩笑的说。

每次我拿到钱心里都非常开心，我忘了自己是想尽力做到 30 美元的工作的。

"不过，你干的已经不错了。"伯爵夫人说："毕竟，修剪草坪能达到 30 美元水平的人并不多。"

这些话一开始让我感觉很好，后来让我不安了。即使累死，我也必须干好值 30 美元的活。

一天晚上，我躺在床上突然有了一个想法，为什么只想着干成 30 美元的活呢? 为什么不去想想如何干好 35 美元的工作呢?

我有这个条件，因为我已经知道了这块草坪的所有难处理的地方。又是一个周六，那天我推着割草机碾过一个个小丘。我了解地势，轻重缓急我掌握得很好，一气儿干了两个多小时，实在太累了，我就坐在一棵树下，不知不觉睡着了。我醒来时，发现草坪看上去比以往都好。我准备接着干下去，我发现了一个秘密，每小时休息几分钟，就能恢复体力，那一次我干了很长时间。

我修剪，我休息，我连每一棵树后面的草坪也不放过。我还修剪了走道的石板间所有的草，我的手都疼了。

大约 12 点，我跑回家花半小时吃了午饭，下午两点我完成了草坪的修剪工作。

"好，今天什么价？"伯爵夫人问，"35 美元。"我答道。我竭力显得很平静。

"35 美元？你是说 30 美元，对吧？修剪草坪能值 35 美元不可能。"

"是可能的，我做到了。"

"那好，小伙子，我倒要看看 35 美元的工作会是什么样子。"

我们一起走在完美的草坪上，我很自豪，她也为我自豪："小伙子，你怎么会干得如此出色？"我不知道为什么，但是一件看似做不到的事我做到了。


# 成人之美


我读大二的那一年，利用暑期在家乡本地的报社当了一名实习记者。我把这看着是跨入"文人"行列的第一步。我并不能完全说清文人的含义，但我认为文人总是些能洞悉人生的人。实际上我也说不出"洞悉人生的人"是一种什么样的人，但是我相信指导我实习的报社编辑肯定算是这样一种人。

他是一个真正的文人，会写诗，披一头长发，留一撮学者的小胡子，有一双智慧的蓝眼睛。他的诗经常刊登在有影响的大型文学刊物上，他的评论文章总是犀利深刻、机智诙谐。我希望自己也能有一双洞察别人任何瑕疵的火眼金睛。

这年夏天我们镇最大的新闻是新成立了一个剧团，剧团里的年轻人劲头十足地将一个年久失修的商店改造成了一个剧院。剧院经理来到我们报社，说演员们排了四出戏准备轮着上演。"这帮年轻人费了不少心思。"他说，显然对演出的效果将是如何他心里没有准数。

于是，我和编辑常一块儿去看排演。我们靠在后排的座椅上。演员们的表演还不很熟练。编辑会时不时地对他们的表演低声评论两句，尖刻又诙谐的话往往引得我忍俊不禁，我感到这简直是一种雅趣。

离开剧院，我还得干我自己的事情，写一些诸如"消防自愿者公司又添消防车"之类的消息。但要想成为一名文人，我应该写一些更有色彩的文章。我想写出能赢得我的编辑喝彩的文章。可是我们这个小地方没有什么让人称奇的事情，周围都是些为付房租买杂货而苦钱忙碌的饮食男女。只有这个新剧院还算是一个新鲜的事。

我决定观看这个剧团的首场演出，然后写出一篇像样的评论文章给编辑看。我想只要我的文章写得好，有气魄，有锋芒，他会采用的。当然即使不用，只要能得到他的些许赞扬，我也会感到心满意足的。

首场演出时，剧院里座无虚席。坐在我身边的观众都在说这个剧团如何如何有勇气，在排练四出戏的同时还改建了这个剧院。

我们报社的专职评论员也来了，我和她打了一个招呼。她高高的个子，是个好心肠的人，我知道她肯定会写出一则好话连篇的文章。而我，将用我敏锐的眼睛写出一针见血的、与她相反的东西。

大多数的演员都比我大不了多少，也是十九岁左右的年龄。我觉察到那个黑发的漂亮女主角有点紧张。果然，她很快就说错了台词，害得别的演员没法往下演。我想，编辑肯定会感到很有趣，于是我就记了下来。

我也记下了男主角上台走错方向的情况。不过，他显然是为了替女主角圆场。他巧妙地即兴发挥了几句，还使其他演员摆脱了混乱的境地。但后面的情况我没有记录下来，因为这会减少我文章的锋芒。

散场回去的路上，我的耳边还回荡着刚才观众起立鼓掌的喝彩声，这时我碰到了我们报社的那个专职评论员。"在这样的地方能看到这样的演出你不觉得很了不起吗？"她说，"演员们个个都热情饱满。"我敷衍地支吾了几声，心里面构思着辛辣讽刺的佳句。

那晚我干到很迟，对我的文章进行了反复修改。第二天专职评论员的文章出来了。不出我所料，文章写得热情洋溢，对每个演员的表演都作了一番表扬。这时我交上了我写的东西。

我趴在办公桌上，目光斜视着编辑，看他读我稿子时的反应。他先是咧嘴笑笑，然后身子仰靠在椅背上，把脚搁在桌上，非常专心地看着我的稿子。他突然笑了一下，过了一会儿又笑出声来，完全是那种发自内心的笑。我心中一阵激动，简直有点乐晕了。

　　"这很有意思——非常犀利，"编辑对我说，"我决定刊发了。"

　　文章第二天刊出后，我读了至少有五遍，心中充满喜悦，有点飘飘然，仿佛成了一个充足了气的气球。我感到我就要成为一名评论家了，而且前程一片光明。我好像看到许多人争相阅读我的文章。

　　在这样一个自我陶醉的状态下，我在街上碰到了剧院经理。"唔，"我说，语气中溢着自负，"你认为我的那篇评论怎么样？"

　　我并不指望得到他的夸奖，但他至少会对我诙谐的文字留下深刻的印象。经理只说了一句话，虽然简短，却像朝我掷来了一把钢叉。他说："你伤害了许多人。"

　　我的那只由良好的自我感觉充大的气球突然一下子爆炸了。为了赢得编辑的赞扬，我根本没有考虑那些演员的感觉。

　　我木木地立在那儿，准备听他更多的指责。但是他的话和风细雨。"你的文笔很好。可是，他们的工作很不容易，人生也是一样。"他说，"如果一个人有洞悉人生世故的能力，为什么不去做成人之美的事情，而是要去搞垮他们呢？"

　　那是二十五年前的事了，但从此以后，只要我准备去批评别人，无论是写文章还是开会发言，我都会想到那个剧院经理。我还会想到那位专职评论员的文章，她只是委婉地提到了演员们还需要改善的地方，而把更多的笔墨用来强调他们做得好的地方，并对他们今后的努力方向提出了自己的看法。也许，真正洞悉了人生的人往往更会去成人之美。

人生心感悟

# 飞翔的空间

几年前，我在纽约遇到了一件事情，我觉得这件事情值得说给更多的人听一听。那是在一次画展上，我对一幅中国画情有独钟，流连忘返。这幅画画的是一棵树，此树枝疏叶稀，一只小鸟站在一根树枝上，而这根树枝与其他树枝之间有一大片空白。

画虽简洁，但却具有吸引我的独特的韵味和美感。我很想买下这幅画，只是觉得画面上空白的地方似乎多了一点。于是，我就问这幅画的作者能不能在画上添加一些树枝和叶子。画家答道："不行，夫人，我不能这样做，因为如果这样，不只是影响到画的质量，而且鸟儿也就没有飞翔的空间了。"

现在，我想把我从画家的话里领悟到的信息传送给更多的人：你的生活里有飞翔的空间吗？

如今，我们的生活节奏日益加快，我们承担的责任越来越多，身心容易疲惫，思绪容易紊乱……我们需要放松一下自己，飞出自己生活的小圈子，给自己一个心灵的空间、放松的空间、发现的空间、创新的空间，让生活变得更加浪漫和诗情画意。

# 300美元的价值

阿伦是我的一个好朋友。但是，说实在的，我并不喜欢与他待在一起太长的时间，因为此公是一个郁闷的人，如果每次与他在一起超过一个小时，我也会变得闷闷不乐的。

阿伦过日子精打细算，就好像他现在或在不久的将来就要面临财政崩溃一样。他从来不随便扔东西，在闲暇时刻也从未放松过。他不送礼，不消费，似乎也不享受生活。

他生日的那天，我同往年一样，给他打了一个电话。

"生日快乐，阿伦。"我说。

"人到五十岁还有什么可快乐的？"他冷冷地答道，"如果花在人寿保险上的钱又要涨了，我可能更快乐一些。"

我习惯了他的秉性，所以仍然兴致勃勃地与他说了些话，最后提出请他出去吃饭。

他虽然不太情愿，但还算给我面子，答应前往。

吃饭的地点在一家环境优雅的意大利餐厅。我点了蛋糕，在上面插上蜡烛，又请餐厅安排了几个人给他唱《生日快乐》。

"哦，上帝！"他坐立不安，"他们什么时候才能唱结束？"

演唱组唱完生日歌离开后，我给他送上了一个礼物。

"你在布卢明黛尔店买的？"他看到了包装上的店名，"那里的东西太贵了！你最好把它退回去。你是知道的，那里的东西是骗富人的钱的，比实际价格要高出二十倍！"

"如果你不喜欢，可以到那个店调换其他东西。"我看着他的眼睛说，"不过，你千万不要像上次一样，把我送你的生日礼物退给商店，然后将钱还给我。"

"其实你只要给我买一件运动衫就行了，"他说，"既实惠又便宜，最多不会超过 15 美元。"

阿伦就是阿伦。三天后，他给我打了一个电话，告诉我他将生日礼物退了，马上将把退款 300 美元寄还给我。

"阿伦，"我一时气愤，言辞激烈地说，"你知道，我是你的朋友，我可以为你做任何事情，但是我要不客气地告诉你，你这种生活态度与其说是节俭，不如说是自私自利。我有个建议，那对你来说是个艰巨的任务，但是我还是想说出来。明天，你带着这三张百元钞票到你家附近的几个商店转一转，如果你看到一个面容憔悴、衣着简朴、领着几个孩子的妇女，你就对她说'你今天交了好运'，然后把一张百元钞票塞进她的手里。

"接着，你继续在商店里走，当你看到一个老人显然是由于生活困窘而在为几毛钱与店主讨价还价或者仔细研究价格以便买到最便宜的商品时，你就把第二张百元钞票塞进他的手里并对他说'祝贺你交了好运'。

"最后一张百元钞票希望你自己把它花掉。不要苦苦想着或许花更长时间、更多精力就能买到更便宜的东西。给自己买点儿真正喜欢的东西，或者去做一次全身按摩、面部护理和足疗。我想，如果你照我的建议做了，你会发现生活是一件很开心的事情。"

大约两个月后的一天，我家的门铃响了，我打开门，看见阿伦笑嘻嘻地站在我面前。他大声说："我做到了。我按照你的意思花了那300元。你想听一听吗？"

"当然。"我邀请他进屋。

"这真是一次有趣的经历。"他急切地想与我分享他的故事，"我不知怎么形容那位母亲的表情！太不简单了，要抚养五个孩子，最大的不会超过十岁。还有那位老人，哈，他拿到100美元时的反应就像看到了圣诞老人！"

"最后一张百元钞票你是怎么处理的？"我问。

他举起手，我看到他的手腕上戴了一只新手表。

"我为你感到自豪，阿伦。"我说。

他神采奕奕，高兴地说："我知道你的用意。我长期以来总也快乐不起来，因为我从未真正喜欢过自己。"

"阿伦，"回想起上次我们谈话的情景，我说道，"我让你这样做的时候，可能是有些过分了，但我当时对你实在是很恼火。你想，你拥有的机会和经历的人生，是许多人宁愿忍受痛苦和挫折也换不到的。我只觉得如果你更多地关心别人珍爱自己，你就会找到快乐。"

我发现，阿伦真的从300美元的价值中认识到了人生的真谛。因为从此以后，他不但享受生活，而且给动物收容所捐过款，还资助了一位贫困的盲人做了白内障手术。我们在一起的时候，有说有笑，常常忘了时间。


# 光和影的游戏


这是一个阳光明媚的冬日。我兴致勃勃地往曼琪亚塔楼走去。一个盲人引起了我的注意。他皮肤苍白，头发乌黑，身材瘦长，戴着一副墨镜，给人一种很神秘的感觉。

他和我一样往塔楼的售票处走去。我心中好奇，放慢脚步，跟在他的身后。

我发现售票员像对待常人一样卖给他一张票。待盲人远离后，我走到售票台前对售票员说："你没有发现刚才那人是一个盲人？"

售票员茫然地看着我。

"你不想想盲人登上塔楼会干什么？"我问。

他不吱声。

"肯定不会是看风景，"我说，"会不会想跳楼自杀？"

售票员张了一下嘴巴。我希望他做点什么。但是或许他的椅子太舒服了，他只毫无表情地说了句："但愿不会如此。"我交给他50里拉，匆匆往楼梯口跑去。我赶上盲人，尾随着他来到塔楼的露台。曼琪亚塔楼高112米，曾经有很多自杀者选择从这里往下跳。我准备好随时阻止盲人的自杀行为。但盲人一会儿走到这里，一会儿走到那里，根本没有想自杀的迹象。我终于忍不住了，朝他走了过去。"对不起，"我尽可能礼貌地问道，"我很想知道你为什么要到塔楼上来？"

"你猜猜看。"他说。

"肯定不是看风景。难道是要在这里呼吸冬天的清新空气？"

"不。"他说话时显得神采飞扬。

"跟我说说吧。"我说。

他笑了起来。"当你顺着楼梯快要到达露台时，你或许会注意到——当然，你不是瞎子，你也可能不会注意到——迎面而来的不只是明亮的光线，还有和煦的阳光，即便现在是寒冬腊月——阴冷的楼道忽然变得暖融融起来——但是，露台的阳光也是分层次的。你知道，露台围墙的墙头是波浪状，有规律地凹凸起伏，站在墙头高的地方的后面你可以感觉到它的阴影，而站在墙头缺口处你可以感觉到太阳的光辉。整个城市就是这个地方光和影的对比如此分明。我已经不止一次到这里来了。"

他跨了一步。"阳光洒在我的身上，"他说，"此处的墙有一个缺口。"他又跨了一步。"我在阴影里，此处是高墙头。"他继续往前跨步。"光，影，光，影……"他大声说，开心得就像是一个孩子玩跳房子游戏时从一个方格跳向另一个方格。

我被他的快乐深深感染。

我们所置身的这世界是非常丰富的一个世界，美好的东西到处都是，我们有时感觉不到，是因为我们时常视它们为理所当然而不加以重视，不知道感谢，不懂得欣赏，这些美好的东西不但包括自然美景，也包括许多我们眼前手边随时可得的东西，比如光和影，又比如人与人之间的善意、亲情和友爱。

# 制 造 快 乐

故事开始于一次一时的心血来潮之举。许多年前，我在一家公司上班。我上班的办公室有一面落地大窗户面对着繁华的大街。有一天工间休息的时候，我站在窗户前，忽见到一位坐在一辆敞篷车里的女人正仰着头朝上面看。我们刚好四目相对。我很自然地招了招手。我发现车子开远了，她还回头朝我看，显然是试图辨认出我到底是谁。我乐得哈哈笑。从此，我就开始了为期一年的窗前滑稽表演。

每到工间休息的时候，我就会站在窗户前朝大街上的行人招手。这些行人的反应各式各样，逗得我忍俊不禁，工作的压力也随之一扫而光。同事们对我的举动也有了兴趣。他们会躲在一边悄悄地观察，津津乐道于街上行人的反应。

过了不长时间，我的行为就引起了一些每天在这个时间经过的行人的注意。他们走到这里，都会抬头看一看。有一个开卡车的人经过这里时总会将他的车前灯亮两下回应我的招手。有一辆班车在这个时间总是坐着同样一群人，他们成了我的忠实"粉丝"。

后来，我感到招手已经不新鲜了，于是我又换了新节目。我写了一些标语："你好"、"好心情"、"祝你快乐"等等，贴在窗户上，同时站在窗前向行人招手。我还设计了一些滑稽的造型，有时戴着纸做的帽子，有时扮着鬼脸，有时手舞足蹈。

然而，圣诞节快来了，我的一些同事开始沮丧起来，因为圣诞旺季一过公司就会要裁减员工了。办公室里弥漫着一种悲凉的气氛，让人感到透不气来。这时，需要一个神奇的东西来调节气氛。

晚上回到家，一张废弃的纸箱皮引起了我的注意。我用它做成圣诞老人的帽子，又用旧挂历纸剪成纸条做成大胡子和帽沿装饰。第二天，我悄悄地将这副行头带进办公室。工间休息的时候，我勇敢地用它们将自己装扮起来，然后捧着肚子，模仿圣诞老人的笑声，同事们乐得前俯后仰，笑得喘不过气来。这是他们几周来头一次这么快乐过。

后来，老板从门口经过，听到笑声，就走了进来，看到我的样子，他摇了摇头，转身离开。我担心有麻烦了。果然，过了一会儿，他打来电话，叫我到他的办公室去一趟。

我惴惴地走进他的办公室。"迈克尔……"老板严肃地说，然后停了停，接着他紧绷的脸忽然一下子松开，只听得他笑得椅子咯吱咯吱的，笑得让桌子直跺脚。过了好一会儿，老板才控制住自己，说："迈克尔，谢谢你！眼看就要裁员了，要让大家在这个圣诞季节开开心心是非常不容易的。谢谢你给大家带来了笑声。我需要这样的笑声。"

整个圣诞季节的每一天的工间休息时间，我都骄傲地站在窗前，向我的粉丝们招手致意。乘班车的人朝我欢呼，来往的孩子向我喊叫。他们都很快乐，我也很快乐，我的同事们暂时忘掉了即将裁员的不愉快，与我一道享受好心情。不过，这种快乐带来的人与人之间的友善和关怀，我是在圣诞季节过后的春季才得到了更加深刻的感受。

那年春天，我的妻子将要分娩了。我想让全世界都知道这个幸福的时刻。预产期前不到一个月的时候，我写了一幅标语贴在窗上："离我的……还有25天！"我的粉丝们经过窗前时都会迷茫地耸耸肩。第二天标语变成了"离我的……还有24天！"每一天数字都会变小，经过窗前的人也变得更加困惑。

一天，一辆班车的窗户上出现了一幅标语，上面写道："离你的什么？"我只是笑着朝他们招招手。

后来有一天，我的窗户写着这样的标语："离我的宝……还有10天！"大家还是不解。第二天标语变成了"离我的宝贝……还有9天！"再接着成了"离我的宝贝诞生还有8天！"这下我的粉丝们都知道我要做父亲了。

我看到越来越多的人都在关心我妻子分娩的情况，随着天数的减少，他们也似乎变得越来越激动。当数字应该为"0"的时候，他们没有看到我宣布孩子的诞生，便明显表现出失望起来。

第二天我的标语写道："宝贝的诞生将推迟一天"。数字每变化一次，路人的关心也随之增加一份。

我的妻子在预产期后第十四天清晨生下了我的女儿。我忙完了一些照应母女的事情之后，想到了我的粉丝们，当天的那个固定时刻我出现在办公室的窗户前。然而，我发现我的同事们已经将一面旗帜贴在窗户上，旗面上写着："是一个女儿！"

我看到行人们驻足冲我的方向鼓掌，司机们在堵车或等待绿灯时向我招手，乘客们朝我做起各种表示胜利的手势。一种幸福感从我心底油然而生。接着，一件事情发生了。一辆班车忽然亮出了一幅标语，上面写道："祝贺宝贝诞生！"班车开走了，我的眼泪却仍在流淌。我知道，由于我的女儿晚出生了14天，他们就有可能不厌其烦地将这幅标语随班车带在身边十四天。

我们每一个人都有承受工作和学习压力的时候，这时候让心情放飞的最好办法是给别人制造快乐，因为自己的快乐是有限的，但众人的快乐却是无止境的。如果你能够给别人带去快乐，那么他们也会给你带来快乐！一年来，我的粉丝们显然是欢迎我给他们带去的快乐的，因为他们在我女儿出生的那天送给了我一份特别的礼物。


# 银 矿

从前，在瑞典，有五个人相约着去打猎。这五个人当中，一个是牧师，两个是士兵——名字分别叫埃内克和奥尔夫，第四位是一个旅店老板，第五位是一个名叫伊斯雷尔的农民。

这五个人都是好猎手，每次打猎都有不小的收获。可是，这一天，他们在深山老林里走了很远，仍然一无所获。他们垂头丧气地席地而坐，讨论是无功而返还是继续搜寻猎物。这时，牧师的脚无意中踢到一簇苔藓。苔藓下面露出一块银色的石头。"这东西不像是铅。"牧师说。其他人开始用枪托刨地。他们发现这里有许多这样的石块。"会是什么呢？"牧师问。他们把石块砸下一小点，然后用牙齿咬。"十有八九是铅，或者是锌，"他们说，"早就听说这座山蕴藏着丰富的铅和锌了。"

他们非常开心，因为如果真的发现了铅矿或锌矿，他们就等于发现了一笔巨额的财富。他们带走一块石头，委托牧师找一个行家鉴定一下。临走时，他们把刨开的地照原样埋好，并约法三章，除非五人集体行动，以后任何人都不许单独到这里来。

七天后，鉴定结果出来了，这块石头既不是铅石，也不是锌石，而是银石！

牧师兴冲冲地去把鉴定结果告诉他的四个伙伴。他首先来到旅店老板家，却意外得知旅店老板死了。"他打猎回来后，"旅店老板的家人说，"整日喝酒，每天都烂醉如泥。他说他发现了一个矿，就要发大财了，他今后可以除掉喝酒什么事也不做了。昨天晚上，他驾驶马车时，又喝多了，结果跌下马车，送了性命。"

牧师又去了伊斯雷尔家。当这个农民听到这个消息时，立即变得呆若木鸡。"真的会是银矿吗？"他问。

"是的，"牧师说，"怎么，你难道不开心吗？"

"开心？"伊斯雷尔失声尖叫，"我怎么开心得起来！我本来以为这是一件不确定的事，所以我就想把这不确定的事情变成实实在在的东西，因此，我就把我的那一份转让给了奥尔夫。天啦，我只跟他换了100元呀！我是世界上最大的傻瓜了！"

牧师又派人将银矿的事告知了奥尔夫和埃内克。经过几天的思考，牧师想，与其将银矿埋藏在地下，还不如开采出来，这样他也可以有更多的钱做一些善事。于是，他去找奥尔夫和埃内克商量开采银矿的事。当他来到军营，却听到一个不幸的消息：埃内克被奥尔夫杀死了，奥尔夫自己也被关进了大牢。原来，为了独霸银矿，奥尔夫起了歹心，想先杀了埃内克，再杀牧师，谁知这个计划才实现了一半就东窗事发了。

想到自己的几个朋友为了银矿死的死，坐牢的坐牢，剩下的也都变得不如从前幸福，牧师决定不再开采银矿，把它当成一个永久的秘密。

很多年以后，瑞典遭遇到了外族的侵略，国家面临危难。牧师认为，在这国家存亡的紧急关头，应该把银矿的事告诉国王。"让它静静地躺在那里吧。"国王听了牧师的叙述后说，"我们现在确实需要钱，但更需要人民万众一心。对钱的欲望会使人丧失斗志，使人与人之间的关系变得紧张，在这个关健的时刻我可不想冒这样的风险！"

# 幸与不幸

我的名字叫弗拉努·西拉克，媒体称我是"世界上最幸运的人"。我今年76岁，但是我已经有过8次生命了。现在我正在克罗地亚享受我的第9次生命，过着一个退休音乐教师的美妙生活。每一天，我都活得很快乐。

对于我来说，现在再没有什么能剥夺我的快乐之心了，因为我是一个8次大难不死的人，我的经历让我对现在拥有的一切都怀有感激之心。

我第一次幸运脱险是1929年6月3日，地点在南亚得里亚海的杜布罗夫尼克小镇。我的父亲和我的怀孕七个月的母亲在靠近洛克卢姆岛的海域捕鱼。父亲正在收网时，母亲突然生产了。我能活下来，真是一个奇迹，因为在惊慌失措中，父亲竟然用冰冷的海水给我这样一个刚出生的婴儿洗澡，用鱼线勒断脐带，然后经过数小时之后才把我送进杜布罗夫尼克的医院。到了医院时，我的身体已经僵硬了，但是医生还是挽救了我的生命。

没有想到，从此之后，这种"幸运之伞"总是在我遇到危难时及时打开。

20世纪60年代我的国家平和安宁，然而我却不断遭遇惊险。1962年1月，我乘坐的火车突然"飞"进了流经波斯尼亚和黑塞哥维那的内里特瓦河。在水下，我拼命砸开了厚实的火车窗玻璃。河水冰凉刺骨，那种冷的感觉语言无法描述。然而，不知怎么，我还有余力去拉住一位老妇人与我一起逃身。当我快游到岸边时，我失去了知觉。这时，我的"幸运之伞"打开了，附近的村民发现了我和老妇人，将我们救了上岸。这次火车脱轨事件中，有17人没有我幸运，他们丧失了生命。

1963年，我度过了我的第3次生命中的劫难。这是我生命中第一次也是唯一一次乘坐飞机。飞机从萨格勒布飞往亚得里亚海的港口城市里耶卡。飞机碰到了克罗地亚西部帕哥山的山顶。我记得，当时飞机的后门被撞开了，我从那里掉了下去！后来报纸报道说，我从850米的高空掉下来，落在一大堆干草上。我醒来时，已经在医院里昏迷了三天三夜。萨格勒布医院的医生说，我的生还是一个奇迹。这一次空难中，有

20人丧生。

1968年我经历了两次重大车祸，都大难不死，因而我一年中重获了两次生命。其中一次最为惊险，我在乘校车下班时，汽车从四米高的桥上栽了下来，车上的人除掉我和司机全都死亡，不幸中的万幸是，几分钟前刚刚有25个学生下了车。

20世纪70年代我有了第6次和第7次生命。我欢欢喜喜买了一辆俄罗斯造的小型汽车日古力，但是几年中却发生过两次自燃事件。第二次，这辆车彻底烧毁了，但在大火吞没我之前，我及时逃了出来。

1994年，我在战乱中经历了第8次大灾难。我驾驶的斯柯达与一名联合国维和部队军人驾驶的装甲车撞在了一起。幸运的是，在我的车子掉进一个深达150米的山沟前，我从车子里"飞"了出来。那一次，我断了三根肋骨，髋部也严重受伤，但是我活了下来。

我经历了8次大灾难，又8次得以侥幸生还，我也说不清自己是幸运还是倒霉。但是，2002年，我碰到了一件真正幸运的事情。我买的克罗地亚国家彩票中奖了，获得了一百万美元。不过，现在这一百万已经一分不剩了，我用它改善了我的生活，给家人和亲朋买了礼物，让他们分享我的幸运。因为有了8次死里逃生的经历，我深切地明白，金钱生不带来，死不带去，有花够用足矣，而生命中充满了变化与未知的因素，我们应该常怀感恩之心，珍惜与自己相逢、相识、相处、相知、相伴的每一个人和每一份情缘。

# 秘密被发现之后

我是欧·亨利的忠实"粉丝"，他的小说我全都看过。我惊叹他为什么能写出那么多笔调幽默、构思巧妙、故事结局往往出人意料的小说。如果我和他生在同一时代，我肯定会想尽一切办法当面向他请教。

不过，我通过查阅资料，还是得到了一点他的写作秘诀。他曾经说过，你只要随便敲开一户人家的门，对开门的人说"快跑！全都被发现了。"你就不愁构思不出一篇情节跌宕起伏的小说。我不相信每个人都有不可告人的秘密，但是我太崇拜欧·亨利了，我想照他的建议试一试。当想到开门人听到了我说的话后或许会变得脸色苍白、浑身发抖，我感到真是太刺激、太有趣了！

我选择了邻近的一个村子，因为那里没有人认识我。一户人家的门被敲开，我说："快跑！全都被发现了！"

"快跑？我吗？"开门的是一个50多岁的胖女人，"请问你是谁？""全都被发现了！"我没有回答她的问题，因为我不能解释，必须让她自己去联想。

"哦，我知道了，你是推销跑鞋的，或者别的什么'全世界最好的东西'。"

"不，我是想——"

"可惜，我不相信你那一套！"

胖女人说完将门一关，差点没撞了我的鼻子。

我不懂像我这个知识分子模样的人怎么会被她当成推销员。但是，我没有气馁。

我走到另一户人家，敲了门，开门的是一个正在吃棒棒糖的小女孩。

"快跑！"我满怀希望地说，"全都被发现了！"

"谁告诉你的？"她惊讶地问，"我只拿了一根棒棒糖。"

"哦"。

"如果棒棒糖放在橱柜里不吃，还有什么用呢？"

"有道理，"我说，"棒棒糖本来就是让人吃的，如果没有你们这些喜欢吃棒棒糖的孩子，生产棒棒糖的人就会失业，那么就该他们没有东西吃了。"

在第三户人家，我受到了一条大狼狗的攻击，要不是我跑得快，腿肚子可能会被它撕下一块肉来。第四户人家家中无人。

很快我敲开了第五户人家的门，并神秘地低声说道："快跑！全都被发现了！"

开门的是一个老奶奶，她用手拢住耳朵，朝前伸了伸脖子："对不起，我听力不好。你说什么？"

"快跑！全都被发现了！"

"再大声一点。"

"快跑！"我大声喊道："全都被发现了！"

"哦，是找奎宝呀，她还没有回来。你刚才是说她的披肩被你找到了吗？"

"是这样，"我疲倦地应付道，"等会儿我把它送过来。"

去下一户人家时，经过一个果园，我看到远处有个人举着一根棍子又喊又叫地奔跑过来。同时，一个年轻人在果园的树丛里拼命地跑，怀里抱着一个大布袋，几个苹果从里面掉了出来。他经过我身边时，肯定也把我当成准备偷苹果的人了，因为他从布袋里拿出几个苹果塞到我的手上，喊道："快跑！全都被发现了！"

在果园的主人快到我面前时，我忽然感到不妙，撒开脚丫子，仓皇逃窜。


# 那个重燃我们内心火焰的人


在一次演讲中，我引用过诺贝尔和平奖获得者艾伯特·史怀哲说过的一段话："有时候，我们心中的火焰熄灭了。但是，当我们遇到某个人时，它又会再次燃烧起来。我们每一个人都应当对这个重燃我们内心火焰的人心怀最深的感激。"然后，我请听众们闭上眼睛，回想在生命旅程中曾经重燃他们内心火焰的某个人。我留给听众几分钟时间静心思考。我相信，当他们回忆起自己在最需要得到别人帮助、支持或欣赏时而如愿以偿的那一刻，心情一定会无比的快乐。

接着，我让听众们写下他们心中想到的那个人的名字，并且说服他们在未来的72小时内行动起来，亲自向这个人表达他们的感激之情。我建议他们打电话或写信。如果这个人已经辞世，哪怕做一次小小的祷告也行。

大约两个半月后的一天下午，我接到了那次听我演讲的一位听众打来的电话。电话里，他声音哽咽，几乎不能把话讲下去。他说他差不多花了两个月的时间才找到了他十分想感激的那个人的通讯地址。这个人是他上小学时的老师。他给这位老师写了一封信，并且很快收到了这位老师的回信。

亲爱的约翰：

你可能不会想到你的来信对我来说意义有多么重大。我已经83岁了，独自一人住在一间屋子里。我的朋友全都离开了人世，我的家人也已经不在了。我教了50年的书，却是第一次收到学生的感谢信。我曾经简直对我一生所做事情的价值感到过怀疑。

我将反复阅读你的来信，直到生命的尽头。

这个叫约翰的人在电话里不停地抽泣。他说："每一次同学聚会，我们总会说起她。她是我们每个人最喜欢的老师——我们爱她！可是没有一个人告诉过她……直到她收到我的信。"

我们生活在物质的年代。馈赠礼品表达感激，是全世界通行的做法。然而，巧克力很快就会被吃掉，香烟也迟早会被吸光，甚至连珠宝首饰也可能会弄丢或摔坏，唯有感激的话语才是永恒不变的。把感激的话语当着礼物送给那个曾经触动过你生命的人吧……就在今天！


# 为什么偏偏是你


2000年，英国著名网球运动员弗吉尼亚·韦德不幸患上了癌症。她的许多粉丝得知消息后纷纷写信给她表示关心。有一个粉丝，在信中伤心地说："为什么偏偏是你（患上癌症）？"

弗吉尼亚·韦德这样回答道："全世界喜欢看网球赛的孩子有5000万，但是能学会打网球的只有500万，而最终成为职业网球运动员的人只有5万人，能参加国际巡回赛的只有5千人，能问鼎大满贯的只有5百人，能参加温布尔登的只有50人，能进入半决赛的只有4人，能进入决赛的只有2人……当我在1977年获得温布尔登女子单打冠军时，我没有问自己'为什么偏偏是我'；当在我之后的整整33年都没有任何英国人再拿到过大满贯单打头衔时，我也没有问自己'为什么偏偏是我'。所以，我现在患上了癌症，我也不会问自己'为什么偏偏是我'。"

# 智者救人之道

在一次企业管理者研讨会上，一位教授讲了下面这则故事：

从前，有一个人特别喜欢吃芒果。一天，这个人决定摘一只最甜的芒果。最甜的芒果一般长在树的最顶端，因为芒果受到日照越多，则味道越甜。所以，他爬到了树的顶端，如愿地摘到了几只红艳艳的芒果。他往树下爬时，因为树顶的树枝较细，一根树枝断了，他失足跌了下来。幸运的是，他及时抓住了一根树枝。他吊在这根树枝上，上不去、下不来。于是，他大声呼救，希望得到帮助。附近的村民闻讯赶来，并带来了梯子和竹竿，但都无济于事。

过了一会儿，一位智者走了过来。这位智者曾经帮助村民解决过许多疑难问题，所以大家看到他，就像看到了救星一样，希望他这次也能想出一个好办法。

智者沉思片刻，然后拾起一块石子，朝吊在树枝上的人扔去。大家见状惊讶万分。这个爱吃芒果的人也气得大叫："干什么？！你疯了吗？想让我摔下去吗？"智者不语，又拾起一块石子，朝这个人扔去。这人变得狂怒，吼道："等我下去，我一定给你点儿颜色瞧瞧！"

大家这时对智者也很不满，心想这个吊在树枝上的人下来后如果对智者动手，他们一定不会去阻拦的。可是，他怎么才能够下来呢？大家爱莫能助，只能焦急地等待着。然而，智者再次拾起一块石子，朝那个可怜的人扔去。这一次他下手比前两次更狠。吊在树枝上人忍无可忍了，感到如不下来出这口恶气就枉为男人。

然后，他想方设法，用尽全身力气、全部才智，调动每一根神经，终于够到了粗大安全的树枝。他成功了，爬下了树。大家禁不住为他欢呼。"那家伙哪里去了？"他气愤地问道。大家这才发现智者已经不见了。

"哦，他是一个智者，当然不会蠢到等你来揍。"村民们说。"如果碰到他，我一定会揍扁了他！""可是，"有人忽然悟出了什么，"想一想吧，其实他是唯一给了你真正帮助的人，因为他激怒了你，你才发挥出潜在的能力，爆发出异乎寻常的勇气。"

这个人想了想，觉得言之有理，说："是啊，你们的好意和同情并没有帮上忙，而他的刺激才让我不遗余力地摆脱困境。他是故意这么做的，真不愧为一个智者呀！我不应当生他的气，而是该谢谢他才是。"

# 减速慢行

杰克看了一眼里程计，然后开始减速。他在时速限制在 55 英里的路段开出了 73 英里的速度。这是他近几个月里第四次被警察发现超速行驶了。一个人怎么会这样倒霉？

当他停下车子，警车也赶了上来。一个警察从车里走了出来，手里拿着一沓单据。

波布？这不是同一个教堂的教友波布吗？杰克一眼认出了这个警察。呵，他们还约好明天一起去打高尔夫的呢。

"嗨，波布，真没想到是你。"

"你好，杰克。"波布没有像平时一样笑脸相迎。

"我猜你是赶上来和我打招呼的？"

波布对他的话不置然否。

有门！

"今晚我们家有一个聚会，一起参加？"

"杰克，你在我们教区是一个众口皆碑的人……"

哼，不给面子。"直接说吧，你测到我的时速到底是多少？"杰克脸色愠怒。

"七十。"波布说着在单据本上写了起来。

杰克心里很不痛快。看你以后在教堂怎么面对我！

过了一会儿，波布敲敲车窗玻璃，把一张纸递给了他。

"谢——谢——。"杰克故意拖长了声音，用讥讽的语调说。

波布没有说话，上了警车。杰克从反光镜看到他启动了车子。这家伙究竟罚了我多少钱？杰克把罚单凑到面前看了起来。咦？上面写的什么？这肯定不是罚单。

杰克念道："杰克：你也许不知道，我以前有过一个女儿，然而，她6岁时被一辆车撞死了。一辆超速行驶的车。肇事司机交了罚款，坐了三个月牢后，自由了，可以回家拥抱他的女儿了，而我只有等到将来进了天堂才能与我的女儿见面。我不止千次想宽恕那个司机，也不止千次从心里宽恕了他，但是我需要一次又一次地这样做。小心行驶。我现在只剩下一个儿子了。"

杰克回过头。波布的警车已经行驶起来。杰克一直目送着它走远。

这天，他回到家，写了一则标语，贴在车子的后窗上："生命仅有一次，减速慢行。"

# 人 品 决 定 成 败

每个月的最后一个星期二，这个我认识的人当中最好的人，总是会雷打不动地做一件事情。他会坐下来，拿出钢笔，给他心爱的姑娘写信。他会在信中说，他有多么思念她，有多么爱她，又有多么想马上见到她。

然后，他会将信折叠好，装进一个信封里，走进他的卧室。在他的床上的枕边，有一堆用黄绸带扎起来的信。他会解开黄绸带，将新写好的信放在信堆的最上面，再将信堆用黄绸带扎好。这堆信到现在共有180封，因为她心爱的姑娘——他的妻子内莉——53岁那一年，也就是15年前的某个月的最后一个星期二，不幸去世了。

他们的床上有两只枕头和两条被子，其中一只枕头和一条被子是内莉生前使用过的。为了纪念她，他一直在床上保留着它们。

他是美国体育界最好的好人，也是最好的教练。他的名字叫约翰·伍顿。他曾被ESPN体育频道评选为本世纪最佳教练，他创立了强有力的洛杉矶加州大学篮球王朝，10次赢得全美大学生篮球联赛冠军，88场连胜，4个赛季不败。

我在洛杉矶西北的恩西诺城他的不大的公寓里采访了他，听他讲他的教练经历，讲刘易斯·阿尔申多的勾手投篮技术。这位刘易斯·阿尔申多的另一个名字更加显赫，就是NBA巨星卡里姆·阿布杜尔·贾巴尔。

约翰·伍顿这样的教练，在美国体育界找不出第二个了。他勤奋，热情，克己，人品高尚，有君子之风；他温文尔雅，平易近人，易于合作，而且在婚姻上绝对忠诚，与结发妻子终相厮守。

他每带一批队员训练的第一天，他都会花半个小时的时间教队员如何穿袜子。"折皱容易导致水泡。"他解释说。这些大个子队员偷偷地相互看看，眨眨眼睛。不过他们最后还是按照要求做了。"很好。"他会说，"现在请伸出另一只脚。"

他能够脱口说出他带过的180名队员中的172人的住址。这很不容易，但是如果这些人经常打电话给他，关心他的身体状况，希望聆听到他对人生的感悟，这又不算太难了。他的这些弟子们会在自己孩子的书包上写下这些感悟："严于律己，宽以待人"、"不要说谎，不要骗人，不要偷盗"、"通过自己的努力，获得自豪感和自信心"。

如果你跟着他练球，就要遵守他的规则：不与队友招呼，不能得分；说脏话，要受罚一天；要尊重对手。

他不允许队员留长发和长胡须。"出汗后，长发和长胡须不容易干，走出体育馆后就可能会着凉。有一天，比尔·沃顿以大胡子的面貌出现在伍顿面前。"这是我的权利。"他说。伍顿问他是不是坚信这一点。"是的。"沃顿答道。"那好，"伍顿说，"我欣赏有坚定信念的人。我也是同样有坚定信念的人。所以，你可以离开我们的球队了。"沃顿从此脸上总是刮得干干净净的。现在，沃顿每周都会给他昔日的教练打一次电话问好。

约翰·伍顿今年已经90多岁了，但是仍会有许多人愿意聆听他的教诲。采访结束时，我已经想好了这篇人物报道的标题："人品决定成败"。

# 邻居的礼物

近八年当中，每到十一月，我就会向我的邻居借那把铝合金梯子打扫卫生。巴利则会耐心地和我一起走进布满蜘蛛网的杂物存放室，在拥挤的空间里搬出那把梯子。他和我一起把梯子抬进我家。

"我应该买一把梯子了。"一次我说。

"为什么要费这个事？"巴利说，"我这把梯子你随时都可以用。"巴利和他的妻子参加过我几个孩子的教堂洗礼仪式，给过我们他们的孩子穿不了的裤子、衬衫、鞋子，一个二月的冬夜，煤气公司在我们家抢修故障时我们在他家临时过夜。

"我用过之后立即还给你。"

"不急。如果我不在家，你将他放在大门边就可以了。"随后他向我挥了一下手回家去了。每年的十一月都有这么一回。

去年冬天，巴利家门前挂了一个牌子，上面写着"房屋转让"四个字。我很难接受巴利所在的公司要搬到另一座城市的事实。甚至当搬家的卡车启动时，我都没有完全反应过来。我应该与他拥抱，可是，我只是与他简单地握了握手。他的车子上路时，我应该招手，不停地招手，直到车子从我视野里消失，可是我也没有这样做。

那天晚上，当我像往常一样将儿子的小自行车搬进车库时，我发现车库的门前倚着那把铝合金梯子。


# 半夜来客


这件事情说起来可能很少会有人相信，但却是我们一家亲身经历的真实的故事。

去年，我们全家——我和妻子朱迪丝、4 岁的女儿丽拉三人——租了一辆旅行车作了一次长途旅行。旅行非常愉快，让我们饱览了大自然的风光。

可是，就在我们要回到家的前一天晚上，意外的事情发生了。那晚，我们在加利福尼亚州巴加市郊的一个海滩边过宿。半夜时，朱迪丝惊恐地喊着我的名字，将我推醒。我睁开眼。这时我听到车外有人吵吵嚷嚷，车身也被敲得哐啷作响。我不知发生了什么事，连忙起身察看。隔着车窗玻璃，我看到了可怕的一幕。我大惊失色！

我们遇到劫匪了！几个蒙面人围住了我们的车子。这种场合以前只在电影电视中见过，现在自己碰到了，一时竟不知所措。但是，我是家里唯一的男子汉，必须得由我来扮演英雄的角色。我赶紧奔到驾驶室内，开始发动汽车。这辆旅行车近几天我至少发动过 50 多次，每次都非常顺利，然而这一次不知是何原因，响了几下，就熄火了。这时候，蒙面人开始砸驾驶室的车窗玻璃。玻璃碎了，一只手伸了进来。我再一次发动汽车。引擎响了几下后，再次熄火。

一支枪抵住了我的喉管。

"钱！钱！钱！"我听到一个歹徒用生硬的英语叫道。

在枪的胁迫之下，我伸手取出驾驶座下的钱包，交给了持枪的歹徒。我希望事情就此结束。

但是没有。歹徒通过砸破的车窗从里面打开了车门。他们上了车。持枪的人用枪托击打着我，喝令我趴在地上。这几个人杀气腾腾，活脱是从警匪片中走出的墨西哥歹徒。他们共有四人，一人持枪，一人握着匕首，一人挥舞砍刀，另一人空着手。这四个人上车后，不停地用西班牙语大喊大叫，除掉持枪人看押着我，其他三人则四处翻箱倒柜。

说来奇怪，刚才我扮演英雄试图保护妻女时，我真的一点儿都没有感到害怕。可是，此刻，我光着身子，被人用冰冷的枪管抵着，趴在地面上，我感到了无助、绝望，身子不由自住地颤抖起来。

我在心中默默祈祷，希望仁慈的上帝会帮帮我。不知是何原因——而且我现在回忆时仍不知是何原因——我想到了赞美诗第二十三首中的话："……在敌人出现时，摆出一桌美味佳肴。"于是我想，如果他们不是歹徒，如果他们是我远道而来的朋友，我会做些什么呢？我这个忠实的基督教徒，不是曾经立誓要做天下人的仆人吗？他们也是上帝的孩子，不也应该是我服务的对象吗？这样想着，我就稍稍镇静下来。

我打量这四个蒙面人。从他们的举止、声音、身形判断，他们的年龄不会太大，可能也就十七八岁。他们动作粗暴，不停地喊叫，实际上是出于紧张与恐惧。他们明显缺少抢劫的经验，尽管车里面已经被他们翻寻得一片狼藉，却没有找出什么值钱的东西，而我车里面值钱的东西其实还不少呢。我想，"摆出一桌美味佳肴"在这时应该意味着让他们富有成效地对我们实施抢劫。

"我看，你们办事效率太低，"我开腔道，"我有好多东西你们都没有找到。比方说，在那堆东西下面就有一架高级照相机，它值700多美元呢。"

这四个人当中好像只有那个没有持武器的人懂英语。他怪怪地看了我一眼，然后把我的话翻译给其他三个人听。

他们果真在我说的地方找到了照相机。

"你们把车里翻得乱七八糟，越是乱，东西越难找。我很乐意为你们提供服务。"我又说道。

懂英语的那人一脸迷惑。显然，我的慷慨与他们气势汹汹的打劫格格不入。然而，随着我说出的物品存放之处越来越多，而且每一件都得到了证实，他脸色的疑虑渐渐消失了。

而我呢，则越来越起劲，越来越慷慨，好像是在给亲朋好友分送礼物一样。

"我还有一把很好的吉他，音色非常悦耳，你们哪位喜欢？"

"我有一个索尼的随身听，配有电池、磁带、耳机，哪位想要？"

……

我一边说，一边真的就有了哪种送礼人特有的愉悦感觉。宝剑赠与烈士，红粉寄予佳人，既然他们如此喜欢我的东西，那么，物有所归，有何不好？

虽然我如此殷勤和慷慨，但丝毫没有减缓他们对我们的敌意。尤其是那个持匕首的，时不时就踢我一脚。他似乎憎恨一切，只对钱、酒、烟感兴趣，因为他不时对我嚷着这三个英语单词，看得出他的英语知识也就仅限这三个单词。他在一个抽屉里找到了一瓶烈性酒，如获至宝，像喝白开水一样往肚子里灌，我想对他说这样喝酒有害身体，但见他嗜酒如命的样子，就想由着他吧，也算是"烈酒灌与酒鬼"吧。

那个会说英语的，由于不断从我这儿得到有用的信息，就渐渐地充当起使另三位安静下来的角色。我朝车子后面看了看，朱迪丝抱着女儿蜷缩在背盖里面，我知道她此刻最担心的就是歹徒会对她施暴或生起绑架丽拉的念头。

我这时头脑里不时翻滚这样一句话："下面该怎么办？下面该怎么办？……"于是我情不自禁地说："你们想吃点什么？"

懂英语的人将这句话翻译给他的伙伴们听。在他们疑惑的目光的注视下，我从地上爬起来，走到冰箱那儿，从里面取出面包、酸奶、雪碧、黄油、苹果。当我将一只苹果递给那个持砍刀的人时，我发现有了微妙的变化。在大多数文化中，分享食物是一种友好的表示。持砍刀的人在接苹果前，稍稍犹豫了一下，接过苹果时，脸上露出了一丝笑意。

他们收了我的礼物，吃了我的食物。然后，会英语的那人说，他们要带我们往前走。恐惧重又袭上我的心头。我建议他们，能不能开走汽车，将我们留下，因为这里渺无人烟，即使我们想要报案，也要隔很长时间。我跟他们谈了好几次，最后他们不耐烦了，恢复了强盗的本性，用武器指着我，喝令我住嘴，老老实实跟着他们走。

车子往前开着。一路上见不到一个人。这时，我又想，如果与我同行的不是强盗，而是朋友，我会怎么办？对了，我会放声高歌。于是，我唱了起来，朱迪丝和丽拉也唱了起来：

听吧，是什么清脆悠扬？

是我的心在歌唱。

我永远也不会忘记你，

我永远也不会离开你。

我们唱歌的时候，他们的表情开始松弛下来。我们的歌声刚落，他们也来了兴致，唱起了一首我们听不懂的但旋律很活泼的歌：

光它啦嘛亚，嘎叽亚，光它啦嘛亚，光它啦嘛亚……

他们的声音越唱越高，越唱越欢，好像这儿没有发生抢劫事件，而是朋友们联欢。大家的情绪都很好，以至当车子经过一个有灯火的村庄时，我们也没有试图逃跑或求助。

灯光渐渐暗淡，车子又驶进了一个荒僻的地方。这时，车子停了下来。我和朱迪丝相互看了一眼，心想，这下完了，他们是想动手杀人了。

他们打开车门，一个个从车子里跳了下来。会讲英语的那人最后一个下车。他回过头，对我说："对不起，请原谅我们。我们是穷人，我们的父亲也是穷人。这是我们抢劫的原因。非常抱歉。我们不知道抢的是你这样一个好人。你的妻子和孩子也是好人。请别将我们想得太坏。但愿我们没有让你们受到惊吓。祝你们旅行快乐。"

他用不太流畅的英语反复道歉，接着从口袋里掏出我的钱包，拿出我的身份证、驾驶证、信用卡递给我。"给，这些我们用不着。"他说，然后稍作迟疑，干脆将整个钱包都还给了我。"再见。"他说。

他跳下车，和他的伙伴们一起消失在夜幕之中。

这时，我们一家三口抱在一起，放声大哭。

# 睦邻之道

因丈夫托比工作变动，我们一家需要搬迁到南非的德班市居住。我们首先物色房子，发现一个荷兰家庭刚刚居住过的房子十分不错，结构合理，采光充足，位置也与丈夫的工作单位较近。我们租下了这幢房子。我们一家都很高兴。可是，当我们搬进去之后，才明白那个荷兰家庭为什么要搬走的原因：隔壁邻居家的狗每天晚上都不停地喊叫。

确切地说，这条狗整夜都在叫唤。如果夜晚天不是很黑，它会冲着各种风吹草动的影子咆哮；它看到星星吠喊，看到月亮也叫唤；如果天黑得不见一丝亮光，它又会像一个怕黑的胆小鬼一样不安地悲嗥不已；如果有人经过，它会扯起嗓子怒吼，汪汪汪，对别人破坏了它的安宁表示强烈不满；如果风平人静，夜阑无声，它又会孤独地发出呜咽。

一连几个晚上，我都无法入眠。托比抱怨说："我躺在床上都不敢翻身，生怕弄出响动被那个该死的狗听到了会变本加厉地吼叫。"我不知道该说什么好，只是屏声敛气，耳眼大张，听女儿们有没有睡着。但是我听到的只有那只狗没完没了的叫声。

在我们以前住的地方，晚上偶尔也会听到一二声狗叫，但是没有大碍，完全可以置之不理。然而，这只狗总是不停地叫，实在闹心得很。我们有两个女儿，她们需要有充足的睡眠。现在看来，前景十分悲观。

我设法与那个荷兰家庭取得了联系。"那只狗是一个大问题，"那家的主妇听了我的情况说明后告诉我，"我曾经到那人家交涉过，我说请让你家的狗闭嘴吧，它吵得我们的孩子无法睡觉。但是，那家人素质太低，根本不采取任何措施。我们搬迁，根本原因就是那条狗。"

狗每晚还是不停地吵。

我们一家人都在忍受。

我开始思考那个荷兰家庭为什么会交涉失败。我把在我们家做事的老伯叫到身边。

"阿基利，"我说，"你岁数大，有生活经验，你能告诉我有什么办法让隔壁家的狗晚上不再叫唤吗？"

"带上一点礼物去看望邻居家的主妇，"阿基利说，"她不是傻子，会明白你的来意的。"

"什么样的礼物？"我问。

"不在于礼轻礼重，有什么拿什么。"阿基利建议道，"你不是养了鸡吗？"

"你是说让我带上一些鸡蛋？"我问。

"正是。"阿基利说，然后又补充道："夫人，你必须按照我教你的去说。"

我在一只小竹篮里装了一些鸡蛋，敲响了邻居家的门。邻居家的主妇愉快地欢迎我的来访。我送上了鸡蛋。"远亲不如近邻，我很关心你们家的情况，"我按照阿基利教我的去说，"你家是不是遇到了什么麻烦事？我们听到你家的狗整夜都在叫唤。需要我们帮忙吗？"

邻居笑着收下鸡蛋。她对我的关心表示感谢，并说她家没有什么麻烦事。

回到家后，我对这种方法是否奏效心存疑虑。然而，从此以后，邻居家的狗真的不再叫唤了。后来，我们两家一直友好相处，关系亲密得像是一家人。那只狗见到我们总是亲热地大摇尾巴，白天的时候它偶尔也会叫几声，但晚上绝对保持安静。

邻居相处，尽量维持客气礼貌是唯一取得安静愉快的睦邻之道。若有了一次争执，以后就处处都是吵架的资料，结果就会闹得鸡犬不宁，成为生活上的一大威胁。所以，遇事忍一口气，大事化小，小事化无。忍无可忍了，也要把"尽量维持客气礼貌"当做是一种解决问题的方式。


# 做好剩下的9000件事


一个46岁的人，在车祸中被烧得面目全非，四年以后又因为飞机失事落得半身瘫痪，这人还会成为百万富翁吗？还会成为幸福的新郎和成功的商人吗？还会进行皮筏艇运动吗？还会参加政治竞选吗？

美国人米切尔在这样的两次灾祸之后做了远不止这些事情。

第一次灾祸使他全身的烧伤面积达百分之六十五，他不能拿餐具，不能拨电话键，不能独自洗澡。他前后一共做了16次手术，他双手的手指没有了，他的脸上留下了皮肤移植后颜色深浅不一的疤痕。但是这个前海军陆战队的士兵绝不信自己会从此垮掉。"我驾驶着自己的生命飞船，"他说，"是永远停落，还是重新起飞，全由我自己选择。"六个月后他又驾驶了一架飞机飞上了蓝天。他还和两个朋友合伙办了一家炉灶公司，并且很快发展成为佛蒙特州第二大私营企业。

车祸四年以后，第二次灾祸发生了。米切尔驾驶的飞机在起飞时掉落到跑道上，致使他腰部以下终身瘫痪。短暂的痛苦过后，他以令人吃惊的毅力日夜进行康复训练，尽可能使自己有更多的独立能力。他参加了科罗拉多州克雷斯蒂德巴特市的市长竞选并获得成功。他后来还参加了国会议员的竞选。他把丑陋的面孔作为了他竞选的优势，他的竞选口号是："我很丑，但我很爱美。"

尽管他面目不佳，行动不便，但是他还是对生活一如既往的热爱。他参加了跳伞运动和皮筏艇运动，他有了爱情，结了婚，获得了公共管理硕士学位，他成为了演讲家和环境保护的积极分子，而且他还继续驾驶着飞机在蓝天上飞翔。

米切尔的事迹在电视节目和许多报刊上得到了介绍。"在我瘫痪之前，我能做10,000件事情，"米切尔说，"现在我能做9,000件事情。我要么因为那不能做的1,000件事情而徒劳地哀伤悲痛，要么集中注意力做剩下的能做的9,000件事情。"

生活中我们难免会遇到挫折与打击，如果我们拿出勇气来面对现实，活动一下脑筋，移动一下脚步，就可以发现，我们的周围除了几条对我们封闭的死路之外，还有那么广大的世界。

# 不会刷卡的天才

我在约克大街的一个公交车停靠站登上了57路车，然后将乘车卡在收费器上刷了一下，像往常一样这次我又没有成功。司机微笑着帮我把乘车卡从收费器的槽中取出，把它倒转过来，又交给我让我重新刷一下。我找了一个位置坐下来，心中郁闷，为什么这么一个简单的操作我却经常弄错。当然，我并不是每天都乘公交车，可是，我还是觉得……

从我的座位可以看到上车的车门，我看到上车的乘客每一位刷卡都是一次性成功，没有需要帮助的。经过一番观察，我终于记住了正常的刷卡方法。然后，我自嘲地对司机说，我今天很有收获，补上了刷卡这一课，并且对他的耐心表示感谢。

"听我说，我以前并不都是这样耐心。"司机笑道，"我开这条线路已经 20 多年了，在常乘车的乘客中有一位中年人，和你一样，也总是不能正确地刷卡，每次都需要我的帮助，由于次数太多，我简直就怀疑他是故意捣蛋，对他说话就有点儿不太客气。有一天，这个先生又上车了，车里的乘客立即热烈鼓掌，不少人还欢呼起来。我被他们弄得莫名其妙。"

"是不是因为他这次能够正确刷卡了？"我问。

"不是。因为他前一天刚刚获得了诺贝尔奖。别人告诉我，他叫哈罗德·瓦姆斯，是国家肿瘤研究院第 14 任院长，这个职务是奥巴马总统亲自任命的。他是因为发现逆转录病毒癌基因的细胞学起源而获得了诺贝尔医学奖。"

在接下来的好长时间里，我们俩谁都没有讲话。


# 我 的 80 岁 生 活


人到 80 岁会是什么样？让我来说说我的感觉。

如果你们知道我这个 80 岁的老头的情况，或许当你们腰酸背痛、行动不便时，你们就不会感到孤单；或许你们还会受到鼓励，自信走向人生的终点线。

首先，人到 80 岁会有许多变化。就我而言，我仍旧想要冲锋冒险，只是身体不听使唤了。我的思想飞到了操场，活跃在大庭广众面前，周游于世界名地，但是我的骨头架子却不停地哭闹，要求好好地休息一下。

我再也不能在家乡肯尼邦克港用叉射鱼。过去我常常能够用叉射中那些身上有斑纹的大鲈鱼，甚至还射中过体形娇小的鳕鱼。现在当我想抛叉子时，我发现我很有可能一头栽倒在海水里。平衡能力出了问题。我已经感觉到我与那些一跌跟头就把髋骨摔断的老头没有什么两样了。过去我能够在海边的岩石间自由腾跃，像敏捷的小羚羊，而现在我连一块岩石都爬不上去了。

最近，在多米尼加共和国，我洗澡的时候，突然我脚下一滑，幸亏我及时抓住了肥皂架。但是，在那可怕的一瞬间，我终于明白为什么近年来我总接到这样的电话："你听说了吗，××滑倒了，摔坏了髋骨。"

毫无疑问，平衡能力向80岁的人提出了巨大的挑战。然而，奇怪的是，平衡能力的不足并不能获得小字辈们的同情。那些才蹒跚学步的小家伙们会用打量醉汉的目光看着我们走路。

几天前，我在路边差一点跌倒，要不是情报局的杰姆·波拉德及时扶住我，芭芭拉肯定已经给911打了电话了。

我喜欢与我的朋友克雷格·杜宾一起在拉布拉多河钓鱼。但是今年河里润滑的石块让我寸步难行。我像一个3岁的幼童一样被向导比尔·林奇抱着到我的钓鱼点，而过去我喜欢蹚着河水，征服那些大大小小的石块！

我有一艘快艇。我喜欢驾驶着它劈波斩浪，在飞速行驶的过程中突然拐弯，惹得孩子们一阵惊呼，我喜欢听他们的惊叫声，这让我感到年轻和快乐。年老并没有减少我对大海的爱，也没有降低我驾驶快艇横渡大西洋的热情。芭芭拉不喜欢快艇，因为它上面没有适合老年人的座位。她也看不得里程表上显示的每小时55英里的速度。在大西洋开阔的洋面上，我想念着她，回忆我们过去一起钓鱼的情景。

80岁，身体是最重要的事情。我喜欢洗桑拿浴或在浴缸里泡热水澡。按摩也是很神奇的事情。我希望在天堂也有这些享受。现在我的后背经常疼，腿也经常疼，所以我学着做伸展运动。大家都说："人老了，应该多做伸展运动。"可是，问题是，做伸展运动是一件乏味的事情，没有竞赛，就没有赢家和输家，也就没有趣味。不过，做伸展运动确实有益。如果有人帮助你做就更好了。我喜欢躺下来，让人把我的身姿固定成伸展所需要的效果。

我还能散步，但是已经不能跑步了。我思念跑了一大圈之后肾上腺素升高的感觉。

我希望我还能打网球，但是我现在只有在每年佛罗里达的克丽丝·艾芙特慈善活动中才能象征性的挥舞几下球拍。克丽丝·艾芙特比赛是一项娱乐性的比赛。我通常是克丽丝·艾芙特的搭档。我们从来没有输过。克丽丝事先都关照好了。我不是说比赛是不公平的，而是说我的对手们表现出对前总统的尊重。当碰到那些伟大的网球手，比如吉姆·考瑞尔或者汤美·哈斯等，他们会得心应手地控制轻重，冲着我的球都不会太重，而为了让观众激动起来，他们冲着克丽丝的球必定十分刺激，这时我只有站在旁边自言自语："要是我30来岁的时候，我怎么也会连续有几次漂亮的接招呀。"我的反应越来越迟钝了。2004年，在克丽丝·艾芙特赛中，我和克丽丝与汤美·哈斯和塞维·蔡斯对垒。塞维岁数比我小一点，球技也好一点，他有一球击中了我的下身，这若是在几年前是不可能，但是我现在反应太迟钝了，网球对于我来说已经是一项危险的运动。

我的听力如何呢？是的，几乎失聪，不过有一个好处，我可以选择性地听，如果想清静，我就关掉助听器。这是一个好办法，你可以让喋喋不休的人、大放厥词的人看上去像自言自语般的嘟囔。助听器对我确实有帮助，但是它的坏处也是要命的，尤其是在参加酒会的时候，前几天我在外面吃饭，隔着几桌远的地方有一个人揉一张纸，可是在我听来简直就是核弹发射。我的孙辈们现在已经确定我是什么也听不到了。他们不知道我是关掉了助听器。我爱我的孙子孙女们，但是我不喜欢听他们"开了一天的车，然后冒着雨在露天听艾米纳姆唱歌"。我不想对他们疯狂崇拜摇滚歌星大加指责，但我可以选择耳不听心不烦。

80岁的至理名言是"早睡早起"。晚上无论有什么重要活动，你都可以说："抱歉，我年纪大了，要早点上床睡觉。"然后告辞，每一个人都会理解。

我发现，80岁的人还可以有期待，有目标。80岁时，我有四个心愿：我期待在80岁生日的那一天进行一次高空跳伞。芭芭拉也喜欢跳伞，但是她抑制住自己的热情，并告诉我这必须是我最后一次跳伞；我期待我的长孙早日完婚，并在两年内让我抱上重孙；我期待2008年能够亲自参加美国最新的航空母舰CVN77的试航，这艘航母是以我的名字命名的，我的女儿多罗是该航母的赞助商；我期待着2005年与芭芭拉共同庆祝我们结婚60周年。

我此刻能够回忆起与芭芭拉一起度过的许多幸福的细节，但是我确实会经常忘记眼镜放在哪里，忘记中午要来家里吃饭的客人是谁，甚至有时候还会突然记不起一些密友的名字。我的记忆力已经大不如从前了。过去我要会见许多人，经历许多重要的事件，发表许多演讲，这些人名地名和演讲内容我都要记住，也都能记住。可是，现在再有人向我介绍谁时，我实在不能将注意力集中在他们的名字上。我向我的医生请教有关记忆力的问题。他告诉我，人脑的左颞叶前端负责记忆。那么我的这个地方有点懒于运转了，或者是塞满了内容。我不会为我的左颞叶担心，也不会吃什么海草、浮游生物或者番石榴干。我知道我在这个世上的日子已经不多了，左颞叶是懒于运转还是塞满了内容，由它去吧。

在 80 岁，我发现我比过去读到更多的讣告。"芭芭拉，你还记得安得鲁上一周是在什么地方去世的吗？""上一周？我想他已经去世好几年了。"我现在对菲利斯·迪勒说过的话深有体会，她说："我所有的朋友正在按字母的先后顺序死去。"

80 岁时，还有一点值得注意：你最好不要和别人谈论你身体的疾病。过去你可以理性地与你的朋友讨论身体的不适，但是如今你若向一个朋友提起你刚做的髋骨手术，你就得花半天时间与他讨论他做的前列腺手术或者他妻子做的胆囊摘除手术。

80 岁是有些麻烦，但总的的感觉还好，一点儿也不可怕。最后，我还想补充说：

（1）我和芭芭拉活得很好。当美国总统和第一夫人的那段日子给我们留下了许多美好的回忆。现在每次重返白宫，我们都会到处走走看看，到椭圆形办公室里坐坐，重温那段令人难忘的岁月。当总统的儿子和他的夫人劳拉会非常热情地招待我们。工作人员们也像欢迎自己的亲人一样欢迎我们。

（2）当媒体和政治对手批评我的儿子时，我会感到非常受伤害，比他们向我扔脏袜子还要让我难受。我知道，这些批评并不都是无中生有，但我还是忍不住要为我的儿子们辩护。

（3）人越老，时间过得越快，有时觉得像闪电一样快。

（4）现在，家庭对于我来说意味着一切。

（5）80 岁和其他年龄段一样，能见到落日，也能见到蓬勃升起的太阳。

注：本文作者为乔治·赫伯特·沃克·布什，又称老布什，美国第 41 位总统，这篇文章是他在 80 岁，即 2004 年时所写。

# 瀑布旁的小窝

某地举行了一次现场命题美术比赛，比赛主题是"宁静"。许多画家参加了比赛。比赛组委会从众多佳作中挑出两幅作为一等奖的候选作品。但是，让哪一幅成为一等奖，有很大的争议。

第一幅作品画了一池碧蓝的湖水，湖水平静的没有一丝波纹，宛若一面天镜。湖的四周是连绵一片岱色山峰，上空是苍白的落日和铅色的云。整幅作品氛围烘托完美，细节精雕细作，内容紧扣主题，看过此画的人无不翘指称赞。

第二幅作品也画了山峰，但悬崖峭壁，怪石嶙峋。天空中，乱云飞渡，还有一道闪电在斜风细雨中明亮地划过。山的一侧，一条瀑布自峭壁顶端飞流直下，飞漱喷溅，激起一潭碧波琼花。观赏此画，人们仿佛能从电闪听到雷鸣，从水流听到水声，从细雨听到风声，这儿绝对不是一个宁静的地方。然而，仔细端详，可以看到在瀑布的后面有一处石缝，石缝间长出一丛灌木，灌木中有一个鸟窝，鸟窝里一只鸟妈妈悄然静卧，风生雨起中不惊不惧，怡然自得，仿佛正听着潺潺雨韵。

最后，组委会将一等奖给了第二幅画。组委会是这样解释的："宁静不是说没有人声嘈杂，没有车马喧嚣，也不是说远离凡尘与艰苦的劳作，而是在精神上远离世俗，在闹市中能心静如水，在浮华的现实中也能抽出身来，收获清新与甘醇，散发质朴与新鲜……当今社会里尤其呼唤这样的宁静。"

# 对待美好，我们选择宽容

有一回，在澳大利亚北部旅行时，途经一个土著人居留地，我在一家小餐馆歇脚吃饭。这家小餐馆开在一所中学的外面，主要服务教师和学生。我吃着三明治的时候，看到了一件不可理喻的事情。

餐馆领班背对着我们，在炉子上炒着洋葱。收银员是一个土著女孩，正在与一个老年人聊天。他们聊得热火朝天的时候，等待服务的顾客越积越多，开始形成了一个队伍。女孩聊兴正浓，似乎忘掉了耐心等待服务的客人，于是队伍排得更长了。

这时，领班转过身子，简短地说了一句话，意思是让她招待客人之后再接着聊天。在我看来，领班的要求天经地义，合情合理。

但是，那个老人——后来我知道是女孩的父亲——对领班打断他们的谈话非常生气。"你怎么敢对她这么说话！"他说。

更令我吃惊的是，领班理亏似地转过身子，嘴里理不直气不壮地咕哝着说他只是尽自己的职责罢了。谁知，女孩的父亲怨气难平，突然转身，拂袖而去。接着，女孩开始工作。

这一切说明了什么？我想，很明显，有一种我不理解的文化内涵在里面。这个可怜的领班究竟在什么地方做错了？难道他应该容忍女孩与她的父亲谈话而让等待服务的顾客越积越多吗？尽管我是一个对不同民族的文化颇有研究的人，但是我仍然不能作出一个合理的解释。在我眼里，女孩的行为是工作不负责任的表现，而她的父亲则显得反应过激。

我决定请教与我同桌就餐的几个当地的老师。他们也是土著人，又与我一同目睹了刚才的一幕。然而，他们的看法与我截然不同。他们认为，那个领班应该炒他的洋葱，而不该去管女孩的事。

我对他们的观点感到不可思议，于是向他们指出："那么，顾客怎么办？难道不怕他们失去耐心，不怕他们抗议吗？"

"他们失去耐心了吗？他们抗议了吗？"这几位教师反问道，"对于我们而言，等待这个女孩谈话结束是一件十分自然的事情，而那个领班的做法是失礼的，女孩的父亲是有理由生气的。"

我还是搞不明白，问："那么顾客呢？"

"如果的确给顾客带来了很大的麻烦，"教师们说，"他们自己会去请求女孩的父亲，问他是否同意让女孩回到工作岗位上。领班的干涉是不妥当的。如果他觉得不该让顾客等这么久，他就该自己去为顾客服务。毕竟，他只不过是在炒洋葱，而女孩是在跟自己的父亲亲密谈话。对待美好，我们选择宽容。"


# 高尚的选择


  这是秋末的一天，洁白云朵在九月碧空的衬托下悠闲地飘来飘去。贝恩和罗伯特决定利用这个好日子去爬山。爬山是他们的共同爱好，可以帮助他们减轻工作压力，增进相互的情谊，增添生活的乐趣。

  面前的这座山他们已经爬过多次。这次和从前许多次一样，计划用三天两夜的时间。第一天他们将爬到山的四分之三高度，然后他们将在那块他们熟悉的巨大的花岗岩旁边扎下帐篷。第二天他们继续爬山，大约在中午到达山顶。吃完午饭，再稍稍休息一会儿，他们将从原路返回，大约在黄昏时候到达他们扎在花岗岩旁边的营地。然后，他们在帐篷里睡一夜，第三天就可以回到山下了。

  第一天他们如期到达那块花岗岩，扎下营地之后过了一夜。第二天，他们继续爬山。这天和前天一样，天空湛蓝至极，只有一丝北风吹过。当他们到达山顶时，风渐渐大了起来，而且远处开始有乌云聚集。"变天了。我建议吃过饭就走，不要午睡。"贝恩说。罗伯特表示同意。

  两人开始下山。很快，闪电就照亮了远处的天际，还能隐隐听到低沉的雷声。一阵阵的大风席卷着灰尘、树枝将他们围住。气温也骤然下降。两个人裹紧夹克，一直把拉链拉到下巴，顶着越来越割脸的大风往山下走。

  不久，天下起了雪。仅过了两个小时，地上就铺了齐踝深的厚厚一床雪毯。一路上，他们需要经常停下来暂时躲避冷风和暴雪，相互搓一搓肩膀，来帮助加快血液循环产生热量。

  天气越来越恶劣，气温低得犹如冰窖，现在几分钟就像几个小时那样漫长而折磨人，他们轮流在越来越厚的积雪中开路。下午6点钟的时候，他们到了营地。帐篷已经被大雪压塌了。他们都知道这种风暴的厉害。若不尽早走出暴风雪的中心，他们可能会陷在里面几天甚至数周。所以他们不能按原计划在营地过夜了，必须一刻不停地往山下赶。

他们走了没有多久，忽然见到了一个很大的凸出物。贝恩小心地弯下腰，刷去了物体上面几英寸厚的积雪。让他吃惊的是，这是一个昏迷不醒的人。这时，贝恩和罗伯特遇到了一个新的问题。

"我们别无选择，"罗伯特说，"带上他我们可能都得死。"

"我们不能丢下他不管。如果这样，他只有死路一条。"贝恩说。

两人争执起来。最后，罗伯特说："我不想陪你们一起死掉。如果你一定要带上他，我们就只好各走各的路了。"他独自一人走了。贝恩使出浑身的气力背起了那个人。虽然贝恩身材魁梧，但贝恩也只是刚好能背得动他。

天越来越黑，路越来越难行，贝恩感到自己背着的那个人越来越沉了。但是，由于背人行走，他的身体开始发暖。很快，他感觉背上的人也不再像刚开始的时候冷得像块冰，而更像一件保暖的皮袄。这时如果能停下来歇一会儿多好呀！可是，他知道，一旦他歇下来，可能就再也没有力气将那人背上后背了。"我们会成功的！"他一边坚持，一边鼓励自己。

在晨曦初现的时候，他看到前面弥漫的飞雪染上了橘红色。有灯光！他用尽气力大声呼救。是警车和救护车，他得救了！

在救护车上，他看到一个人蒙着被子躺在一张担架上，被子上有他熟悉的衣物。"是罗伯特，他好吗？"他忙问。但是，他身边的救护人员沉默不语。

"非常不幸，"过了一会儿，一个救护人员说，"天气太冷了，而他的衣服……"他看了一眼同样只穿着夹克的贝恩，然后继续说："你是幸运的。你背着一个人产生了热量，而这个人的身体又给你保温送暖。他救了你，你也救了他。"

有时候，选择并没有对错之分，却有高尚与自私之别。贝恩和罗伯特在关键时刻做出了自己的选择，这两种选择都没有错，只是不同而已。但是，最终是贝恩这种高尚的选择在救了别人的同时也救了他自己。

# 寻贼启事

天下着大雨，雨点打得门窗啪啦乱响。

蓓蒂不讨厌下雨天，因为她可以关在外公家的阁楼上寻宝。在阁楼的柜子里，她看到了妈妈小时候傻乎乎的照片和滑稽的小衣服。她打开一个抽屉，发现了一张发黄的报纸，报纸的日期比她的出生时间还早好多年呢。她好奇地翻阅着报纸，忽然一则启事吸引了她的注意力。启事是这样写的："无论是谁在本月5日偷了我家的兽皮，本人都诚恳地希望能与他结为朋友。如果是贫穷让他走错了这一步，本人将保证替他严守秘密，并向他传授本人的谋生之技。"

这真是一则奇怪的启事！蓓蒂想，就在这时，她听到外婆往楼上走来。

"外婆，"蓓蒂没等她走进阁楼就喊了起来，"我看到了一则奇怪的启事！"

外婆接过报纸，在一张椅子上坐下。"是这个呀，"外婆笑着说，"你知道这则启事是谁写的吗？是你外公。这里面还有一个故事呢。"

"快跟我讲讲！"蓓蒂央求道。

"你外公以前是一个皮货商人，家里的仓库里经常囤积着许多兽皮。有一天夜里，他听到仓库那边有动静，就走到厨房的窗前察看。他看见夜色中有一个人影，背着一只大口袋，走进了我们邻居家的院子里。第二天早晨，我们发现仓库里的兽皮全都不见了。

"我们的这家邻居很穷，男主人整天喝得醉醺醺的，好逸恶劳，经常靠借钱度日。你外公平素最讨厌这种没有责任心的懒人，所以他的第一反应就是报警。但是，他很快有了一个新的决定。他说，这家伙的妻子和孩子是无辜的，现在正在家里忍饥挨饿，抓了这家伙，他的妻子和孩子还是不能解决温饱问题，而且这件不体面的事情会让他们的生活雪上加霜。这样，你外公就写了这则启事。

"启事登报后，一连三天，一切平常如故。但是，第三天晚上，当我们灭灯准备睡觉的时候，我们听到有人敲我们家的门。那一天下着大雨，就像现在一样。我们纳闷这个时候会有谁来呢。你外公打开门，只见门外站着一个人，戴着一顶宽边草帽，帽沿一直拉到眉际。他撑着一把雨伞，肩上驮着一只口袋，吞吞吐吐地说，萨瓦里先生，我把兽皮带来了，放在哪儿？

"外公把他引进了家里，我招呼他吃点心。邻居放下口袋后，朝门口转过身子。我以为他要走，可是，他走到门前突然停住了，双臂伏在门框上，脸埋在上面，身子剧烈地颤动起来。我吓坏了，因为我从来没有见过一个男人哭得这么厉害。你外公示意我不要出声。过了一会儿，邻居用哽咽的声音缓缓道来。这是他第一次偷东西。那天晚上，他喝醉了，又因为钱的问题和妻子吵了架。想到面黄肌瘦的孩子，他决定铤而走险。他偷了我家的兽皮，打算一有机会就卖掉，然而他看到了你外公写的这则启事。

"这时，你外公说话了。他声音温柔、亲切，没有一点居高临下施舍的口气。我的朋友，他对邻居说，你还年轻，有能力将失去的时光补回来。只要你不再酗酒，明天就可以跟着我干，我给你开工资。至于兽皮的事，把它忘掉吧。这是你第一次偷东西，也是最后一次。为了你的家人，振作起来。这就是这则启事的故事。"

"这样对待一个小偷真是太有趣了。"蓓蒂说，"后来，他变好了吗？"

"是的，"外婆说，"他成了你外公的得力助手。再后来，他自己也开了一家皮货店，成了一个老板。"

"我现在知道，为什么所有的人都喜欢外公了。"蓓蒂说，"走，我们下楼找他去。"


# 茶杯垫上的诗


从事写作十余年后，我忽然对自己的能力产生了怀疑。我感到自己的工作枯燥乏味，所写作品总是反响平平，打动不了人。我想转行做文化商人。在一位朋友的介绍下，我从加利福尼亚来到纽约，考察一个非常有名的艺术品专卖店。

这家专卖店布置得古朴典雅，充满艺术情调，两面墙上挂满了艺术品，其中不乏艺术大家的作品。尤其是一幅书法作品显得特别雅致。这幅作品装裱在一个古色古香的镜框里，书法独具特色。出于职业习惯，我上前一步，读它的内容。当我读到第十行时，我忽然觉得这首诗似曾相识。我越往下读，这种感觉越强烈。读完最后一节，我确信没有谁比我更了解这位作者了。我惊诧的表情引起了女店主的注意。

"有什么特别的吗？"她问，眼睛闪着光。

"是，是的，很特别。"我答道，"这首诗出自何处……作者是谁？"

"这里面还有一段故事呢。"她说，"不过，我也不知道作者是谁。"

我转向她，笑道："我知道呀。你想见见他吗？"

她礼貌地笑了笑，以为我是在开玩笑。但她很快发现我是认真的。"真的能够么？"她说，"你不知道这首诗对我有多么重要。"

"这样吧，你告诉我这首诗的出处，我告诉你它的作者。"我对她弄到这首诗越发感到好奇了。

她告诉我，书写这首诗的是她的一个书法家朋友，装裱这幅书法作品的古色古香的镜框是她从跳蚤市场偶然淘来的，而这首诗是她在一个餐馆的桌子上发现的，它写在一张沾满了油污和汤渍的纸上。

当我问了以下两个问题，她惊讶得目瞪口呆。我说："你是1976年夏日的某一天在加利福尼亚拉哥纳海滩的福特咖啡馆看到这首诗的吧？它写在一张用来做茶杯垫的纸上，对吗？"

她看着我，好像是在看着一个巫师。"你怎么可能知道得这么清楚？"

我自己也记不清在餐馆的茶杯垫上写过多少诗了，不过这一首对我来说不同寻常。那时我刚刚失恋，而福特咖啡馆是我每天上下班路过的地方。这首诗描写的就是我失恋后从心碎到心平的戏剧性变化的过程。"我为什么知道得这么清楚？很简单呀，因为我就是这首诗的作者。"

我不知道我们俩谁比谁更加吃惊。我们俩面对着面，一动不动，时间仿佛凝固了。

"这太不可思议了！"她好一会儿才缓过神来，走上前，拉住我的手，领我来到一对沙发边上。这期间，她的手一直没有松开。"这简直不可能是真的。"她坐下后，紧盯着我的双眸，寻找印证。过了良久，我们都笑了，我们彼此知道这一切的确是真的。

"你等一等，"她站起身，去隔壁的酒吧，带来了一瓶香槟和两只酒杯。"这是一个特殊的时刻，我们干一杯吧。"

我一边饮着酒，一边听她将她与这首诗的故事娓娓道来。当时，她是福特咖啡馆的服务员，并且和我一样，她也失去恋人不久——她的男友在一次车祸中不幸丧生。她收拾桌子的时候，看到了我揉成一团扔在残羹冷炙中的茶杯垫。她也不知道当时出于什么原因，她放开了手头的工作，把茶杯垫展开。这样她就看到了这首诗。

她把这首三十行诗读了一遍又一遍，处于一种忘我的状态。当她从这种状态中醒过来的时候，她发现自己已经是泪流满面了。她忘掉了自己的身份，冲着顾客大声喊了起来，问他们是否知道这首诗的作者。她的老板闻讯赶来，对她严厉呵斥，并当场扣掉她一周的工资。

她辞去了工作，离开了让她痛不欲生的加利福尼亚，到纽约开始新的生活。她从失去爱人的阴影中走了出来，允许自己继续生活，寻找新的幸福的机会。由于她的积极的生活态度，她有了新的工作，得到了提升，结交了许多朋友，认识了一个心地善良的男人——也就是她现在的丈夫。她和她的丈夫共同奋斗，有了这个颇具规模的艺术品专卖店。而这一切，她认为都与我写在茶杯垫上的这首诗有关。

我还要改行吗？我知道我现在的工作其实就很有意义。


# 恐 怖 的 信


希森特太太像往常一样打开信箱取信。她是一个空虚的老太太，对别人的隐私总是抱着浓厚的兴趣。对自己的子女，她更是要将他们的隐私一览无余：你人都是我生的，跟我还谈什么隐私？所以不管寄给家里谁的信，只要落到她的手里，她肯定都会拆开先睹为快的。今天有一封信，是写给她18岁的儿子伯蒂的。信封上有"亲启"的字眼，而且还散发出香水味，这更勾引起希森特太太的极大的热情。她一改往日拆别人信时的从容，而是有一点手忙脚乱迫不及待了。她从信中得到的收获比她想象的还要大！

"亲爱的伯蒂，"信中写道，"我希望你胆子更大一些。是的，这需要勇气。但是你要想一想有那么多的珠宝呢。好好干。这一切才只是我们周密计划的一小部分。"落款是"你的克露丽尔德"附言上还写道："你妈妈肯定不知道有我这个人。也不能让她知道。如果她问起我，你必须咬定根本不认识我。"

多少年来希森特太太对儿子的私人空间极度关注，主要就是她认定年轻人易冲动惹祸或失足跌入罪恶的深渊。今天她终于如愿以偿了，而且取得了丰硕的成果。首先，写信的是一个女孩；其次，这个女孩子的名字非同一般；更让她惊讶的是，还涉及到一件与珠宝有关的事情。希森特太太从小说和电影里知道珠宝往往在惊险和恐怖的情节中起到至关重要的作用。她没有想到，在她的屋檐下，在她的眼皮底下，她的亲儿子就与这样的惊险恐怖的情节有密切的瓜葛，而且还只是一个整体计划的一小部分！

伯蒂现在不在家。但是她的妹妹们都在。她愤怒的话可以立即找到听众了。

"你们的哥哥被一个叫克露丽尔德的女孩控制了！"她喊道。

到伯蒂回到家的时候，希森特太太已经把他涉足这个不可告人勾当的可能原因条分缕析出几十条了。"谁是克露丽尔德？"伯蒂刚跨进大厅，希森特太太劈头就问。当伯蒂说他根本就不认识这样一个人的时候，遭遇到希森特太太的一阵冷笑。

"你对她真是言听计从呀！"希森特太太叫道，心中对儿子不老实交代问题的态度十分恼火。"不把问题交代清楚就不要吃晚饭！"

伯蒂一言不发，拿了几片面包，把自己关进了房间。希森特太太无数次去敲他的房门，无数次重复几个问题。她坚信，只要不停地问同一个问题，终会等到答案的。但是伯蒂用以静制动的策略粉碎了她的信念。他们僵持了一个多小时后，又一封信插在他们家的信箱里。信还是让伯蒂"亲启"的。希森特太太几乎是朝这封信扑过去的。她就像一只刚刚捉老鼠失利的老猫，现在又有了第二次机会。她希望发现新的线索。这封信没有让她失望。

"没想到你已经动手了！"信中写道，"哦，那个可怜的达格玛，我真有点替她惋惜了。你干得真是干净利索，没有留下任何破绽，连她的家人都认为她是自杀的。我们不会有麻烦了。不过，谨慎起见，我们暂时先不要动那些珠宝。"落款还是"克露丽尔德"。

希森特太太失声尖叫。她咚咚地跑上楼敲伯蒂的房门。

"伯蒂，你怎么能做出这样的事！你到底把达格玛怎么啦？"

"现在又出来了一个达格玛，"伯蒂回答道，"下一次是不是还会出现一个杰娜尔丁呢？"

"今天你什么地方也不许去！"希森特太太全身颤抖，眼泪不能遏止地往外汹涌。"不要再隐瞒了。克露丽尔德的信已经很能说明问题了。"

"既然你老是跟我提起什么克露丽尔德，"伯蒂说，"那么你告诉我，她是谁？家住何方？是干什么的？妈妈，如果你继续这样无理取闹的话，我就要替你请医生了。你平时无端指责我，我还能忍。现在你越来越离奇了，居然把这些想象出的女孩和我扯到了一起！"

"这些信也是想象出来的吗？"希森特太太叫道，"还有珠宝和自杀？"

希森特太太愤怒地想，伯蒂简直就是一个老牌特务了，一个职业恐怖分子，在确凿的证据面前他仍然守口如瓶！但是真相总有大白的时候。晚上第三封信出现在信箱里。这一次，希森特太太不需要伯蒂的口供也能将事情弄清楚了。

"亲爱的伯蒂，"信中写道，"我以克露丽尔德的名字给你写的信一定让你感到莫名其妙了吧？你曾经向我说过你的苦恼：你们家有人——是保姆或是别的什么人我记不清了——总是喜欢偷偷拆阅你的私信。无论这人是谁，我想成人之美，所以编了这些惊心动魄的内容，让他（她）的好奇心得到充分的满足。"落款是伯蒂的好友"克罗维拉斯"。

希森特太太调整了一下自己的情绪，再次敲响伯蒂的房门。

"克罗维拉斯来信了。他太无聊了。所有这些乱七八糟的信全是他写的。咦？你这是要去哪儿？"

伯蒂打开房门，穿上了外套，戴上了帽子。

"我想替你去请一个医生，看看你是否有问题。是的，克罗维拉斯是太无聊了。但是，任何正常的人都不会相信什么珠宝呀谋杀呀这些胡话。今天短短的三个小时，你差点把家里闹得底朝天。"

"但是要怪就该怪这些信呀。"希森特太太眼泪汪汪地说。

"我自己会对这些信做出判断的。"伯蒂说，"你企图通过擅自拆阅别人的信获得乐趣，这说明你还是有病。不行，我得替你请医生去。"

伯蒂明白，他必须捉住这次机会。他知道他的母亲不会愿意将这件事情张扬出去的。为此她愿意付出一些代价。

"我再也不会拆你的信了。"她答应道。

从此以后，克罗维拉斯成了伯蒂最铁的朋友。

# 光 脚

若不去细看，她与大街上别的老太太没有多大区别。她低着头，两眼迷离，步履蹒跚，扎在脖子上的浅蓝色围巾在寒风中随着雪花飘飞。从她身边经过的人都匆匆忙忙目不斜视，圣诞节快要到了，每个人都很忙碌，更没有人愿意看到或惹上什么不愉快的事情破坏了节日的喜庆。

一对情侣虽然拎着装满圣诞礼物的大包小包，但还是手挽着手有说有笑，根本没有注意这个老太太。

一位母亲带着两个快乐的孩子往姥姥家走去，没有注意到这位老太太。

一位牧师手握《圣经》，脚步轻快，可能是想着天堂里的什么美事，也没有注意到这位老太太。

如果这些人稍微注意一下这位老太太，就会发现她还是与别的老太太有些区别的，因为她没有穿鞋子，光着脚走在冰冷的雪地上。

老太太来到一个公交站台，将脖子上的围巾取下，裹住了头，而脖子则尽可能地缩进衣领里。

一个男人拎着一只公文包，在等公交车，他与老太太保持了一定的距离，因为他注意到了老太太的双脚。

一位少女也在等公交车，她过一会儿就去瞟一眼老太太的双脚，但是她什么也没说。

公交车来了，老太太颤巍巍地爬上车，坐在司机后面靠走道的位置上。那个拎公文包的男人和那个少女奔跑似地往车子的后面找座位坐了下来。老太太旁边的位置上已经坐了一个男人，这个人忽然变得坐立不安了。

一个小男孩指着老太太，说："妈妈，那个奶奶光着脚。"

男孩的母亲表情有点儿尴尬，说："安德鲁，不要用手去指着别人，这样做是不礼貌的。"

这时候有个穿裘皮大衣的女乘客发表议论了："这个老人的孩子也应该成人了吧?这些孩子也太不孝了!"

一个知识分子模样的人接着话茬儿说道："为什么还会这样?我们交的税难道没有用来救济穷人吗?"他旁边的人说："可是,共和党天天高喊着要减税呢,他们这是帮助富人,打压穷人!""此言差矣!我看责任在民主党,"一个灰白头发的人插言道,"民主党的高福利政策只会养出更多的懒人和穷人!"

"人应该学会理财,"一个大学生说,"如果这位老人家年轻时不是把钱全部花光,而是拿出一部分投资或者储蓄,她现在也就不会受穷了。"

所有参加评论的人都感觉很好,认为自己的话说中了问题的要害。不过,车上的一位生意人坐不住了。他对这些夸夸其谈甚为反感。他站起身,掏出钱包,抽出一张大钞,来到老太太的面前,将那张纸币塞到她那只像树皮一样粗糙的手里,说:"拿着,女士,给自己买双鞋穿。"老太太忙不迭地点头感谢。生意人回自己的座位,脸上露出自豪的笑,仿佛告诉别人:"空谈不如实干。"

一位慈眉善目的女人目睹了男人的善举,于是她双手合十,默默祈祷:"主啊,我没有钱给予别人帮助,但是我可以向您救助,请您天降神灵,光泽大地,福佑这位老太太,让她穿上鞋,过一个祥和的圣诞节吧!"这位虔诚的基督徒祈祷后感到精神上轻松了许多。

一会儿,公交车到了一个停靠点。一个小伙子出现在车门前。他的头上是一顶柔软的羊毛帽,手上是一双温柔的新手套,脖子上是一条暖烘烘的围巾,耳朵上是一副耳机,耳机还连着随身听。小伙子随着只有他自己能听到的音乐扭动着身子上了车,然后在那个老太太走道对面的空位置上坐了下来。

然而,当小伙子的目光落在了老太太的脚上,他立即停止了身子的摆动,并且把目光转移到自己的脚上。他脚上穿的是一双保暖的运动鞋,名牌的,很贵,是他利用业余时间打工挣钱买的。

小伙子弯腰脱下自己的鞋子,然后是袜子。接着,他离座,蹲在老太太身前。"老人家,"他说,"我看到您没有穿鞋。瞧,我有鞋子。"

他轻轻地捧起老人冻僵了的脚,给她穿上袜子和鞋子。

这时,公交车到了一个站点停了下来,小伙子下了车,光着脚走在雪地里。

乘客们不约而同地隔着车窗目送他光脚行走的背影。

"他是谁?"有人问。

"一个圣人。"一个人说。

"一个天使。"另一个人说。

"瞧,他头顶上还有光环呢!"有人惊呼道。

"莫非是耶稣转世?!"那个女基督徒说。

可是,那个爱用手指对着人的小男孩指着小伙子的背影说:"你们说的都不对,我看得清清楚楚……他就是一个和我们一样普通的人!"


# 瞬间的选择


十五年前的一天,正是初春早寒,枝头才露出点点嫩芽,阳光投下了苍白的颜色,空气中弥漫着青草苦涩的清香。我接到消息说,一位老人在自家门前倒车时不慎撞倒了刚刚才学会走路的小孙女——车轮碾过,一场灾难。

我赶到现场时,那位可怜的老人已经被各路记者围得水泄不通,各式各样的话筒伸到了他的面前。老人惶恐不安,精神恍惚,语无伦次地回答记者们的问题,然而更多的时候他只是发出呜咽抽泣的声音。

过了一会儿,挖掘不到更多新闻价值的记者们抛下了老人,跟随着警察走进了一个白色的房子里。我注意到老人低头发怔地看着小孙女跌倒的那个地方。

"我本想倒车将花园的那片地耕一下,"他对我说,尽管我并没有问他任何问题,"我不知道她在外面。"他抬手指了指花圃那个方向,然后无力地垂下了手。他又陷入自责的回忆中。作为一名记者,我知道我此时需要找到一张那个遇难小女孩的照片。我走进了那个白色的房子。几分钟后,我的采访簿上写下了密密麻麻的内容,我还搞到了一张小女孩的生前的近期照片。

接着,我走进了厨房,因为警察说小女孩的尸体就停放在那儿。这时,警察、邻居、记者和这家人的亲友都已经从房子里退了出去。我在厨房里看到了这样一幕:一张桌子上躺着小女孩的尸体，阳光透过窗帘照在覆盖尸体的白色床单上。老人坐在桌边的一张椅子上。他似乎一直都试图躲避着人群。他目光呆滞，面对着小女孩的尸体，全然不知道我的存在。房子里非常安静，可以清晰地听到挂钟滴滴答答的走动声。就在这时，老人缓缓地站了起来，弯下腰，张开双臂抱住了小孙女，将自己的脸紧紧地贴在她的身上，一动也不动。

我敏感地意识到这将可能是一张能让我获得普利策奖的新闻照片。我举起相机，调好焦距，将这一场面在取景器中定格。从专业上讲，一切都是那么完美无缺。阳光下老人的白发、裹着孩子尸体的白色床单、墙上挂着的带着浓郁生活气息的黑色支锅架和世博会的纪念盘、窗外依稀可见的正在检查肇事车轮的警察以及相拥而泣的小女孩的父母，这一切相互映照，生动地诉说着一个能够强烈感染读者并让他们为之唏嘘不已的悲剧故事。

然而，我一直僵硬地站在那儿，迟迟没有按下相机的快门。出于职业精神，我一定要把握机会记录下这个具有新闻与艺术价值的瞬间，可是我的人性良知告诉我，我的手指轻轻一按就是对这个悲痛欲绝的可怜老人的重重一击。

终于，我放下了相机，悄悄地退出屋子，心中充满了对自己是否适合当一名记者的怀疑。虽然我后来一直没有获得过新闻界的最高荣誉普利策奖，但是我至今仍然认为我那一次选择是正确的。


# 拯救小鸟

春天的一天，四位律师结伴去一个小镇，参加一个案子的开审。

他们各自骑了一匹马，途经一条乡村小道。这时，天刚下过雨，地面松软，草丛湿润，树叶还不停地往下滴着雨水。由于道路狭隘泥泞，他们成单列缓慢而行。不过，他们兴致很高，边走边说，笑声不断。

当他们经过一片小树丛时，忽然看到一只小鸟在他们的头顶上空笨拙地扑打着双翅，另有一只小鸟在路边的草地上唧唧叫唤。

"叽叽切——"不远的一棵树上也传出了鸟鸣。

"出什么事了？"头一个律师问。

"哦，是几只知更鸟。"第二个律师说，"刚才的风雨把两只小鸟从鸟巢吹落，但是它们太小了还不能自由飞翔，所以它们的母亲正着急地叫唤呢。"

"真是不幸！如果它们回不了鸟巢，可能会死的。"第三个律师说。

"不过，关我们什么事？"第二律师说，"仅仅是几只小鸟而已。"

"是这样的，不关我们的事。咱们走吧。"第二个律师表示同意。

三个律师继续前行。他们边走边看着那两只力气已尽的幼鸟在又凉又湿的草地上徒劳地挣扎。他们还看到它们的母亲在幼鸟上空盘旋，悲哀地叫着，或许是在喊自己的配偶前来帮忙。渐渐地，他们的视线离开了鸟儿。他们复又谈笑风生，不一会儿就把那几只鸟儿忘得一干二净了。

然而，第四个律师停了下来。他翻身下马，慢慢地走向两只疲惫无力的幼鸟，小心地将它们捧在手心里。

幼鸟并没有显出害怕，只是嘤嘤细鸣了几声，好像知道自己是安全的。

"不要担心，小家伙们。"第四个律师说，"现在让我把你们放回到你们温暖的小床上去。"

然后，他抬头寻找它们的鸟巢，发现鸟巢位于一棵树的高端，伸手不及。不过，他出生在一个伐木工人家庭，从小就会爬树。他分两次将两只幼鸟放进了鸟巢。鸟巢里还有两只侥幸没有被风吹落的幼鸟。它们挤在一起，显得非常快乐。

那三个律师在一个小河边停下来让马饮水时，才发现他们少了一个伴。他们正焦虑纳闷时，第四个律师赶了上来，只见他鞋子上沾满烂泥，衣服上还撕破了一个长口子。

"你干什么去了？"他们问。

"我停了一会儿，将两只幼鸟交给了它们的母亲。"他答道。

"想不到你还是一个奋不顾身抢救小鸟的英雄呢！"三人中有人揶揄道，另外二人跟着哈哈大笑起来。在他们眼里，一个大男人为微不足道的普通小鸟劳动费心实在是一件蠢事。

"先生们，"他说，"如果我弃而不顾那些无助的小知更鸟，任由它们死在潮湿的草地上的话，今天晚上我就无法睡上一个安稳觉了。"

这个律师后来成为了一个著名的律师和政治家，还当选为美国第16任总统。当他发布了《解放黑奴宣言》，宣布废除奴隶制解放黑奴时，另外三个嘲笑过他的律师忽然明白，其实这一切在他拯救小鸟生命的时候已经显现出来了。他的名字叫阿伯拉罕·林肯。


# 境由心生


布朗先生旅途经过一个偏僻小镇，来到一家旅店打算投宿。这时，另一个人也正好来订房间。然而，不巧的是，这家旅店只剩下一个房间了。

"这是一间双人房，"服务员说，"如果你们不在意的话，就同住这间房？"

一开始，两人都不愿意，但由于此时已经是深更半夜，外面又开始下起了雨，他们就勉强同意了。他们稍事收拾之后，各人躺在自己的床上睡觉了。在睡梦中，布朗先生忽然听到有人喊叫，忙睁开眼，发现房间里漆黑一片。

"出了什么事？"他惊问。

同房间的那个人用虚弱的声音答道："对不起，我不得不将你叫醒。我有哮喘病。我现在感觉很不好，头痛得十分厉害。如果你不想我死掉的话，麻烦你赶快帮我把窗户打开。"

布朗先生跳下床开灯，但是停电了，灯不亮。病人继续呻吟道："空气、空气……我需要新鲜空气。我快支撑不住了。"

布朗先生摸黑设法去找窗户。花了好长时间，他终于找到了，但是却怎么也打不开。同时，病人的声音越来越微弱。情急中，布朗先生操起身旁的一张椅子，猛地朝窗户砸去，玻璃哗啦一声破碎了。病人立刻停止了呻吟，紧接着他说感觉好多了，并向布朗先生表示感谢。然后，两人平静入睡，直至天明。

可是，他们醒来时，惊讶地发现，房间里唯一的一扇窗户关得紧紧的，安然无损，而室内的穿衣镜却成了碎片。

这就是境由心生。米尔顿曾说："心，乃是你动用的天地，你可以把地狱变成天国，亦可将天国变成地狱。"认识到这一点，在有着各种压力的现代生活中，我们可以通过营造心境，诗化生活，超越生活，实现一种思想、文化和精神的自我拯救，从而开垦出芳菲满地的精神桃花源来。

# 飞天梦

1959年，简·哈珀上小学三年级的时候，她的老师布置了一篇作文，作文的主题是"长大后想干什么"。简的父亲是一个飞机驾驶员，专门给农田播种或喷洒农药。耳濡目染，简渐渐地对飞机和飞行着迷起来。所以，她在作文里透露了她的梦想，她决定长大后要当一名飞行员，要么给农田播种，喷洒农药，要么表演飞行特技和高空跳伞，或者驾驶客机。当老师把批改好的作文发回给她时，她发现老师给的等级是"F"。老师说，她的理想不现实，更像是一个童话，因为她所说的这些都不是女人干的工作。老师的话让简沮丧和失望。

在以后的几年里，每当她谈到理想，她还是不断被别人浇冷水："女人不能驾驶飞机。你的想法不现实，简直是疯了。不可能。"最后，她放弃了这种想法。

上高中的时候，她的语文老师是斯莱顿夫人。斯莱顿夫人是一个要求严格的人。她不主张对待学生如同子女一样，而是希望学生把自己当成一个有责任心的成年人。她认为，只有这样，学生毕业后才能成功地融入社会。

一天，斯莱顿夫人给全班同学布置了一个作业。"你认为自己10年后会干什么工作？"简看着作文题想了又想。飞行员吗？不行。空中小姐？我长得不够漂亮，不会被录取的。妻子？谁会娶我？女招待？

这个工作也许行。于是，她这样写了。

两周后，斯莱顿夫人将作文发还给学生，但是她是把作文纸翻过来放在每个人的桌子上的。她要求大家在作文纸的反面写一个新的作业："如果你不受经济的限制，也没有学历、智商等其他任何条件的限制，你想干什么呢？"简心中早已熄灭的理想火焰又复燃了。她写下了她小学三年级时的梦想。当同学们都完成作业后，老师问："你们当中有多少人在作文纸的正反面写了同样的事情？"没有一个人举手。

斯莱顿夫人接下来说的话改变了简生命的轨迹。她走到简的身边时说："我有一个秘密要告诉你们所有人。如果你真的想干成某件事情，那么，无论是经济，还是学历、智商或其他什么条件都限制不了你。当你走出校门，如果你自己不追寻你自己的梦想，难道还会有人替你去做吗？只要你真的想干，就没有干不成的事情。"

斯莱顿夫人的话像一阵春风将笼罩简心头多年的沮丧和失望吹散了。简既感到振奋，又感到一点害怕。课后，她走到了斯莱顿夫人的面前，向老师讲述了她想成为一名飞行员的梦想。老师拍了拍她的肩，说："那么，就努力实现它！"

后来，简果然实现了自己的梦想，当然，不是一夜之间就实现的。她为之投入了10年的努力，克服了种种困难与障碍，包括别人的怀疑甚至公然的反对。

首先她做了小学三年级的那个老师认为是童话的事情：给农田播种，喷洒农药，表演飞行特技和高空跳伞。她做了多年副驾驶，因为是女性，一直得不到提升。许多人都劝她转行。但是她总是回答道："我相信一切都会改变的。"1978 年，美国联合航空公司首次招收女飞行员，她成为受训的三位女飞行员中的一个，同时她也成为全美国仅有的 50 名客机女驾驶员之一。如今，她是一架美国波音 737 客机的机长。

所以说，既然是梦想，就不该受到限制，如果你有胆量堂皇高贵地做梦，这梦就可能成为现实。


# 千斤顶


一天，我找到我的一个当律师的朋友，请他帮我为一件麻烦事出出主意。

"我的一个邻居，"我说，"将要全家外出度假一个月。这家人养了几条狗，但是我听说在他们度假期间，他们不是将狗寄养到别人家，也不是请宠物店照看，而是将它们关在院子里，请一个亲戚每天给它们喂食。你想，狗感到孤独了或想念主人了，必定会吼叫，如果照看它们的人哪天忘掉给它们喂食了，它们叫起来更是会没完没了。

假如它们白天叫，夜晚也叫，那我还要不要睡觉，要不要休息呢？也许到时我只有向动物保护协会投诉，带走这些狗，取消他们养狗的权利。不然，还有一个办法，就是我带一杆枪，将这些狗通通打死。可是，如果我这样做了，这家人度假回来后，能轻易罢休吗？他们肯定要与我拼命的！"

我的律师朋友听了之后，礼貌地用手捂住了一个哈欠。"听我给你讲一个故事，"他说，"但是，如果你发现曾听过这个故事，也请不要打断我，因为再听一次这个故事对你会有好处。"

下面就是他讲的故事：

一个人深夜开着一辆车行驶在乡村小路上，忽然"砰"的一声，一只轮胎爆了。他走下车，想换胎，却发现没有带千斤顶。"让我到附近的农夫家去借一个千斤顶吧。"他想。他看到不远处有户人家亮着灯。"还算幸运，这户人家还没有睡觉。我去敲门，把我的困难告诉他们，我想他们会借给我千斤顶的，顶多叫我用完了不要忘记还给他们。"

他朝这户人家走了几步，然而灯却突然灭了。"他们已经上床休息了，"他想，"我现在向他们借千斤顶就会给他们增添麻烦了。他们会说，深更半夜的，又互不认识，凭什么要借千斤顶呢？他们或许还会说，如果一定要借就得付一个美元，否则就到别处借去吧。"

当他到了这户人家的门前时，他想："一个美元？行，就一个美元！但是只能是一个美元，我绝不会多给一个子儿！人总得有一点古道热肠，讲一点助人为乐吧。在别人困难的时候，伸手要钱，算什么玩意！"

带着这样的想法，他敲门了。当然，门就敲得很响，很愤怒。农夫把头伸出窗户，大声问道："谁？你想干什么？"

他停止了敲门，仰起头，冲着窗户吼道："留着你的该死的千斤顶吧！我就不信你能把它当着牛腿烧着吃！"

听了律师朋友讲的这则故事，我哈哈大笑，然后我意识到他其实是在说我。

"是的，"朋友说，"我接待过很多像你一样请我帮助出主意的人。你们的问题都大同小异，其实只要你们冷静地就事论事，不要把对方放在一个对立的位置上，更不要预先假想出一个争执，事情就会简单得多。同事之间、邻里之间和夫妻之间的许多矛盾有时候皆如同这则故事讲的一样产生得有点滑稽可笑。"

事后，我找到我的邻居讲了我的顾虑。他表示理解，将狗寄养到了一个亲戚家。事情就这样平和地解决了，根本没有我一开始想的那么复杂。

前不久周五的一天，我有点事下班迟了，路上恰好又碰上堵车。我坐在车上，等着车流动起来，心里盘算着要不要给妻子打电话。我想告诉她，周末车多易堵，所以回家迟了。"既然料到如此，为什么不早些告诉我呢？"我想她会这样说。然后我会回答道："早说和现在说有什么区别呢？"她肯定会说："当然有区别！你早说了，我就不会饿着肚子一直等着你回来一起吃饭！"我想我会这样回敬她："难道你要我像一个爱情鸟一样每小时给你打一次电话吗？"

这样想着，当我到了家门，从车上下来时，心里就有了不少无名火。我使劲把车门关上时，正好瞧见妻子把头探出窗外。

"好啦！"我冲着她喊道，"你想唠叨就尽管唠叨吧！"

"好吧，"妻子轻声细语地说，"可以借我一个千斤顶吗？"

我扑哧一乐，自知失态，难为情地挠了挠头皮。

# 你真的非常走运

那是八月的一个闷热的下午。我沮丧透顶。我那天准备回家探亲，可是却碰到了一连串的麻烦。先是老婆在电话里对我大发牢骚表示出对军旅生活的强烈不满，接着长官因为一件事冤枉了我而无缘无故地把我训斥了一通，然后在机场安检时又闹了一点小误会，后来又因为航班出现了技术故障而迟迟不能登机。好不容易在飞机的座位上坐下，一个5岁的男孩盯着我看，那眼神显然是要拿我当着他旅途中胡搅蛮缠的对象。他一会儿看我的行李，一会儿看我的制服，一会儿又抬头出神地望着我。一个人若被调皮的男孩注意上了准不会有什么好事。

果然，这个男孩离开了他的母亲，朝我走了过来。

"这下齐了。"我想，"假如这个男孩也来烦我，我今天这一天就真的是太不走运了。"

当他走近时，我发现他感兴趣的不是我这个人，而是我的帽子！

我一边警惕地注视着他，一边想着他会打什么坏主意。他踮起脚尖，伸出一只手触摸我的帽沿。他的小手顺着帽沿轻轻地滑动，然后往上探索，最后停在帽子的徽章上。

终于，他放下了小手，看着我，不过这回他冲着我绽开了甜甜的笑。我问他，是不是想戴我的军帽？他立刻激动地点点头。我把帽子放到他的头上，不过帽子对于他太大了，把他的两只耳朵都罩住了。但是，他并不在意，用两只手正正军帽。他跑到了他的妈妈身边，站得笔直，举手敬礼："报告长官！三连连长听候您的指示！"然后，他又跑到我的身边，兴奋得合不拢嘴。

他小心翼翼地摘下帽子，端端正正地捧在手上，满脸露出虔诚和顶礼膜拜的神情，像举行一个重大仪式一样把帽子递给了我，似乎他递给我的不是一顶上尉的军官帽，而是镶着宝石的皇冠。

我戴上帽子，从口袋里掏出一只子弹壳，这是我本打算送给我的侄儿的，现在我决定送给这个男孩。他恭恭敬敬地接过子弹壳，一句话也没说，我知道他这是太激动了。我也很开心，因为他让我从自艾自怜中脱身出来。这时，小男孩抬起头，仰望着我，用羡慕的语调声说："叔叔，你真的非常走运。"

"是的，"我说，"我的确很走运。"

在接下来的旅程当中，我一直在思考一个 5 岁的孩子教给我的生活智慧。

奇
幻
嘉
年
华

# 笑话成就美国第一广告语

玛氏公司是美国私人企业中的佼佼者，如今的年销量已达五十多亿美元，尤其是它生产的一种称为朱古力豆的巧克力豆是全球有名的品牌产品。然而，在20世纪50年代，朱古力豆刚开发出时，由于广告宣传不太成功，销售效果一直不太理想。于是，玛氏公司聘请策划能人为朱古力豆作广告宣传，努力扩大产品的销路。

策划人员发现，朱古力豆是当时全美唯一使用糖衣包裹的巧克力豆。这种糖衣又称食用膜，现在已经广为人知，是一层成分复杂却可以食用的外衣（以碳水化合物与胶为基质），有了这层糖衣，巧克力拿在手上不会粘黏，放入口中很快就溶化。掌握了朱古力豆这一与众不同的特点，一部打动消费者的电视广告片就制作出来了：电视画面上有两只手，一只脏手，一只洁净的手。画外音："哪只手里面有朱古力豆？不是这只脏手。因为，朱古力豆只溶在口，不溶在手。"

为了配合电视广告宣传，让朱古力豆更加深入人心，玛氏公司又聘请许多文人墨客以朱古力豆为题材写了许多让人捧腹的笑话。这些笑话在全世界广为流传，使许多人都知道了朱古力豆这种产品。限于篇幅，只举两则为例。

第一则笑话：

一个老人和一个年轻人在同一间办公室工作。老人的办公桌上有一罐花生米，而这个年轻人恰巧最喜欢吃花生米了。

一天，老人因故没有来上班，年轻人没有经得住诱惑，就打开罐子，将里面的花生米吃掉一半。第二天，老人来上班了，年轻人感到自己做了错事，于是主动向老人坦白交代。

"不碍事，反正我也不会吃这些花生米了。"老人回答道，"自从我的牙齿掉光之后，我吃朱古力豆，在糖衣溶化后，就将剩下的花生米吐进罐子里。"

第二则笑话：

从前，一位国王有一个漂亮的独生女。这位公主什么都好，就是有一个麻烦事：

任何东西只要她一摸就会溶化了，就连木头、石块、金属也不例外。

国王为此伤透了脑筋。他决定帮助他的宝贝女儿。他先张榜征求天下神医，但所有医生都爱莫能助。最后他又向巫师术士求助。有一个巫师对他说："只有找到一样东西，能在公主手里不会溶化，公主的病就会痊愈了。"

国王闻言甚为高兴。他张榜告知天下：如果有人找到一样能让公主握在手里而不溶化的东西，这个人就可娶公主为妻，并继承国王的全部财产。

诱惑力实在是太大了。许多人跃跃欲试。第一位揭榜人带来了一把用好钢打造的宝剑。可是公主只碰了一下，它就化了。第二位揭榜人带来了金刚石，因为他知道自然界没有一种物质的硬度可以与金刚石匹敌了。但是，公主摸过之后，它也溶化了。

大家都感到失望了，认为不可能找到公主摸而不化的东西。过了很久，终于来了第三位揭榜人。他走到公主跟前，对她说："请把您的手伸进我的裤子口袋里，摸一摸里面的东西。"

公主将手伸了进去，脸顿时变得通红。她碰到了一个很硬的东西。她将这个东西握在手中。

它没有溶化！

国王大喜。举国欢庆。

这个揭榜人与公主结成了夫妻，过着幸福无比的生活。

那么，公主摸到的是什么呢？

当然是朱古力豆——只溶在口，不溶在手！

这些通俗却不伤大雅的笑话风靡一时，至今还为人津津乐道，使朱古力豆名声大震，销量也随之猛增。围绕产品特点大做宣传是朱古力豆营销成功的秘诀。一直到2004年，朱古力豆的广告语"只溶在口，不溶在手"仍被广告周刊评为2004全美第一广告名句。

# 老婆马上来买单

　　我住的地方，人们喜欢慢节奏的安逸生活。慢到什么程度呢？慢到家家户户，甚至酒楼饭店都不装电话，俨然一个世外桃源。不过，近年来，外面的世界天翻地覆，我们这里也悄然出现了一些变化，我有时发现，没有电话，还真的很不方便。这是我认识那个小个子男人后的体会。我是在一家叫 ABC 的茶餐厅遇到他的。他当时神情非常沮丧，像被霜打了一般耷拉着脑袋。

　　我在他对面坐下。服务员走了过来，收拾了他面前的空盘子，问他是否还有什么别的需要。

　　他抬起头，焦虑地看了看墙上的钟，然后显出不太情愿的样子点了一份煎鸡蛋。

　　接着，服务员又让我点了菜。在服务员离开后，小个子男人看着我，礼貌地询问道："先生，我想请问一下墙上的钟准吗？"

　　我抬头看一看墙上的钟，又看了看自己的手表，说："准，一分不差。"

　　"我想也是，谢谢。呃……"他显得很为难，一副欲言又止的样子。这时，服务员把他点的煎鸡蛋放到了他的面前。他并不急于享用，而是嘟囔道："太糟糕了。"

　　他的话引起了我的好奇。我问他，是什么太糟糕了。

　　他抬起头，似乎是从我的面相上看出我是一个慈善的人，所以信任地与我交谈起来。原来，他在等他的妻子。他们约好的时间是中午一点半。可是，此刻已经是下午五点半了。

　　我是一个已婚的人，我知道女人会迟到，男人也会等，但要让一个男人耐心地等老婆四个小时是绝不可能的，除非是在婚前的热恋时期。而这个男人居然在老婆超过了约定时间四个小时以后还要继续傻傻地等，真是太不可思议了！这绝对是一个超级的妻管严！

　　小个子男人似乎从我的眼神中看出了我的同情，他尴尬地笑了笑，然后作了一番解释。其实，当他的老婆超过了约定时间半个小时以后，他和大多数男人一样，也决定不再等了。他自己给自己点了午饭。他吃好午饭后，妻子还没有来。于是，他准备离开。可是，这时，他想起来钱在老婆身上。所以，他只好继续等待。但是，他知道饭店是不欢迎他这样空坐在这儿的。所以，他又点了一些腊肠和薯条。他吃得很慢，只为了拖延时间等待妻子。哪知，到了三点钟，东西吃光了，妻子还没有出现。无奈，他只好又点了一些别的东西。简单地说，在接下来的时间里，他先后点了牛肉、三文鱼、咖啡、西红柿汤、奶酪、啤酒、柠檬汁、三明治和两杯红茶。

"现在，你瞧，我更走不了了。到了饭店打烊的时候，如果我老婆还不来，他们就会发现我付不起账，然后就把我送到警察局去，事情若传到我的邻居和同事们那里，我就会成为笑柄。"小个子男人哀叹道，然后用双手搓了搓脸，恨恨地说，"简直太丢人，从此以后我没脸再到里昂思茶餐厅来了！"

"里昂思茶餐厅？"我说，"等一等，这儿不是里昂思茶餐厅，这是 ABC 茶餐厅！"

小个子男人跳了起来。"什么？"他失声大叫，"这儿不是里昂思茶餐厅？我来错了地方？这可怎么办呢？"

我真想开心地嘲笑一下这个糊涂的男人，但是看他不安的样子我忍住了。我想我跟他还挺有缘的，而且回去后这个故事也是饭后茶余的一个很好的话题，于是我痛快地提出帮他付账。

"哦，太谢谢你了！把你的地址给我，我一到家马上就把钱给你送过去。"他激动地握住我的手表示感谢，然后如释重负地喊道，"哦，服务员，买单！"

我替他付了账后，他把我的名片装进了口袋，又说了一通千恩万谢的话，然后匆匆离开。

两周后的一天，我去里昂思茶餐厅用餐，我看到前面的餐桌上坐着一个慈眉善目的人，在他的对面坐着一个小个子男人。这个小个子男人背对着我，我听到他正在说话："现在，你瞧，我更走不了了。到了饭店打烊的时候，如果我老婆还不来……"

# 谁能料到

　　阿贝·罗斯滕是个富人，但是他总是乘地铁上班。每次他都与萨姆·斯坦同行。两人是多年的老朋友了，不过他们在车上相互并不怎么说话，他们一般是各人看各人的报纸。

　　一天，一个年轻人上了地铁，坐在靠近阿贝和萨姆的地方。他一边坐的时候，一边问阿贝："打扰一下，请问现在几点钟了？"

　　阿贝抬起头，看了一眼年轻人，然后又低头看报纸，一句话也没说。

　　"打扰一下，请问现在几点钟了？"年轻人又问道，"能告诉我时间吗？我没有手表。"

　　阿贝这次连头都不抬，只顾看自己的报纸。年轻人很尴尬，脸涨得通红。"为什么不肯告诉我时间呢？"他说。

　　阿贝还是一声不吭。一旁的萨姆看不下去了，他看了一下手表，说："九点一刻。"

　　年轻人在下一站下了车。

　　"你怎么呢，阿贝？"萨姆问，"为什么不告诉人家时间？你有手表的呀！"

　　阿贝放下手中的报纸，看着他的老朋友。"我给你讲一个真实的故事，"他说，"听完你就能明白了。"

　　"去年，"他接着讲了起来，"我在大街上遇到了一个年轻人。他走到我的跟前，对我说，'打扰一下，请问去银行怎么走？'

　　"年轻人举止文雅，彬彬有礼，所以我说，'我正好顺路，请跟我走，我会指给你的。'

　　"我们边走边谈。他对我谈了他的生活，他说他喜欢乡村，喜欢花草小鸟。我对他产生了好感。到了银行门口时，我说，'希望还有机会见到你。我家就在银行对面，星期天到我家坐坐，看看我养的花草。'

　　"星期天他到了我家。我给他看了我养的花草，接着我请他在客厅喝咖啡，就在这时我的女儿罗丝来了，她很快和这个年轻人交谈起来。最后他告辞了。

"下一个星期天他又来了。这次他不是来看我的，他要见我的女儿罗丝，请她去乡下看风景。我不能阻止女儿，对吧？她二十多岁了，不是小孩了。

"下一个星期天她又和他出去了。再下一个星期天还是这样。连续六个月，每个星期天都是如此。再后来，他们结婚了。这谁能料到呀！"

萨姆听了哈哈大笑。"这是好事呀，阿贝，多美好的事啊！"

"好事！"阿贝叫道，"好事！你都不知道你在说些什么！那个年轻人没有钱，没有工作，他看上的不是我女儿，而是我，因为他知道我有钱。我的女儿现在也后悔了，她说她的婚姻很不幸福。"

"哦，这的确是一件伤心的事。"萨姆说，但是他突然想起了什么，问："可是，我还是不明白，你刚才为什么不跟那个年轻人讲话，他不过是想知道时间。"

"谁能料到他的真实目的。"阿贝说，"我现在不相信任何人。我还有一个女儿琳娜。如果我跟什么年轻人搭上话，我可能会对他产生好感，可能会请他去我家做客，可能他就会遇到琳娜，可能他们就相爱了，最后可能就成为夫妻了。"

"这有什么不好呢？"萨姆问，"你的女儿将来总有一天会遇到一个年轻人，然后相爱，结为夫妻。"

"可是，"阿贝说，"我决不会让我的女儿嫁给一个连手表都买不起的家伙！"


# 超级老太太


有一个老太太，采购完毕后，回到她停车的地方。然而，她发现车里有四个陌生的男人正打算发动车子离开。她立即扔下怀里的购物袋，从钱包里掏出一把防身用的小手枪，将枪口对准这四个人，声嘶力竭地喝道："我有枪！我知道怎么用它！都给我从车里滚出来！"

没等到老太太喊第二遍，四个男人吓得爬出车子，撒腿就跑。看到他们没影了，老太太这才缓过神来收拾地上的购物袋，然后上了车，发动引擎。可是，她怎么也不能将车子启动。她试了一次又一次，最后才搞明白是怎么一回事。她发现这不是她的车，她的车在前面几步远的地方。她上了自己的车，将车子开进了警察局。

她负疚地向警官说明了情况。谁知警官听了她的讲述后，笑得前俯后仰，直不起腰来。好半天后，他止住笑，指了指办公室的另一头。那儿有四个面色如土的男人正在讲述他们遭遇抢劫的经历，说一个身高两米、体壮如牛的疯老太婆，手持冲锋枪抢劫了他们的汽车。

此事没有立案。

# 领 导 者 慎 言

汽车设计奇才约翰·德罗宁，曾担任通用雪佛兰汽车公司总经理。他上任后不久参加了一个在达拉斯召开的行业会议。在宾馆住下后，公司里派人给他送了一大篮水果。水果很多，种类也不少，德罗宁看到后感到有点铺张，于是便幽默地说："怎么没有香蕉呀？"

从此，全公司的人都传说"总经理约翰·德罗宁先生喜欢吃香蕉"。尽管他多次解释那只不过是一句戏言，但是在他担任总经理期间，他无论走到哪里——乘车、坐飞机、住旅店，甚至是开会的时候——他的面前总是少不了香蕉。

# 决 策 失 误

很久以前，一个人偷了一袋洋葱被人捉住后送到了法官面前。

法官提出了三个惩罚方案让这个人自行选择：一、一次性吃掉所有的洋葱；二、鞭打一百下；三、交纳罚金。

这个人选择了一次性吃掉所有的洋葱。一开始，他信心十足，可是吃下几个洋葱之后，他的眼睛像火烧一样，嘴像火烤一般，鼻涕不停地流淌。

"我一口洋葱也吃不下了，"他说，"还是鞭打我吧。"

可是，在被鞭打了几十下之后，他再也受不了了，在地上翻滚着躲避皮鞭。

"不能再打了，"他哭喊道，"我愿意交罚金。"

后来，这个人成了全城人的笑柄，因为他本来只需要接受一种惩罚的，却将三种惩罚都尝遍了。其实，生活中我们许多人都有过这样的经历，由于我们对自己的能力缺乏足够的了解，导致决策失误，而遭受了多少不必要的苦头。

# 死亡地带

在美国腹地，曾经有这样一个地方，所有的生命都和谐共存。这里有一座繁华的城市，城市的周围是兴旺的农场。走进农场，给人一种步入人间仙境之感。这里树种繁多，葱茏茂密；奇山异石，雄奇美丽；流泉飞瀑，蔚为壮观。树林中百鸟争鸣，时有狐狸、野鹿等野生动物出没，它们有的奔腾嬉戏，有的仰天啼叫，好不畅快、惬意。这里，四季风光迷人，美不胜收。春天，遍地鲜花，莺歌燕舞；夏天，绿树成荫，水流潺潺；秋天，满山红叶，层林叠翠；冬天，山清水秀，腊梅争芳。生活在这里的人们享受着大自然赐予的神奇与妩媚，过着平静安详幸福的日子。

然而，有一天，有一种邪恶的魔力突然笼罩这一地区。紧接着，牛羊大批死亡，树木成片枯萎，碧草少了，蓝天不见了，野生动物也都消失了。人们谈得最多的是家人的病情。许多病仿佛是新出现的，连医生也束手无策。有一种病甚是奇怪，患者口齿不清，步履蹒跚，面部痴呆，手足麻痹，视觉丧失，有时会莫名兴奋，身体弯弓高叫，直至死亡。人们就这样一个接连一个地死去，常有儿童会在游戏的过程中突然倒地而亡。这里，到处都弥漫着死亡的气息。

人们清楚地记得，有那么几天，所有的鸟儿都停止了鸣叫，好像一齐儿失声了。人们看到它们时，它们不是飞翔于天空或栖息在树枝上，而是趴在地上奄奄一息，有些虽拼命地拍打翅膀，但就是飞不起来。

怪事接连发生。母鸡孵蛋，却孵不出小鸡；母猪产仔，一窝产不了几个，而且个个瘦小，活不了几天就死了；果树开花了，却结不出果子……

忽有一日，老鼠铺天盖地而来，它们很快将农田里已经不多的谷类作物全部吃光，农田变为一片废墟。但短短几天之后，老鼠就像约好了似的全都死光了，简直让人莫名其妙。

又不知过了多久，人们突然发现，曾经碧波荡漾的湖泊变成了"船只墓地"，到处是生锈的拖网渔船和搁浅在沙漠上无数的其他船只。鱼量充沛的湖泊变成了大范围的沙漠，船只陷在沙中，充满了超现实的悲哀。

这里究竟发生了什么，是遭到了敌国的入侵，还是遭遇了恐怖分子的袭击，抑或是外星人闯入了？都不是，这一切是这里的人自己造成的结果。

那么，这是美国的什么地方？所幸美国并没有这么一个地方，但是你千万不要把作者以上的描述说成是无聊的杜撰，因为这些灾害的每一种情况都确确实实在地球上的某一地方发生过，只不过发生的地点各有不同。所以说，一个狞笑的幽灵已经悄悄地爬到了我们身上，认识不到这一点，以上悲剧就会变成我们每一个人都不得不面对的严酷现实。


# 城市人的压力


我在大街上走，去上班，步履匆匆，因为我快要迟到了，但是我想不起来是被什么事耽搁了。我注意到我手中拿着一根香蕉，可是我不知道我为什么要拿着这根香蕉，只是隐约觉得这根香蕉对我十分重要，而且肯定与耽搁我的事情有关。然后，在一个拐弯口，我碰到了艾丝尔姨妈。这应该是一件很奇怪的事情，因为我已经有二十多年没有见过她了。

"姨妈，你好。"我对她说，"我们已经有二十多年没有见面了！"

艾丝尔姨妈见到我显然不像我见到她那样感到惊奇。"小心你手中的香蕉！"她说。我大笑，因为我知道这是一根重要的香蕉，我会小心的。她提出与我同行。这让我很为难。我快要迟到了，必须加快步伐，但是艾丝尔姨妈走得实在太慢了。拐了一个弯，一头大象挡在我们前面。如果这头大象出现在别的城市的大街上也许不算一件奇怪的事，可这是曼彻斯特呀！然而，不知为什么，我并没有感到奇怪。我想的是："糟糕，大象挡住了去路，我快要迟到了，艾丝尔姨妈和我在一起，我手里还有一根重要的香蕉……"我十分着急，然后……就醒了。

"只是一个梦。"我长舒一口气，但是心中还是觉得有些不可思议，怎么会梦到大象、香蕉和艾丝尔姨妈的呢？收音机还在播放着节目，它每天早晨六点钟自动开启，起到叫醒我的作用。我抬头看了一眼钟，已经是七点七分了。我必须加快行动。我洗漱时听到了收音机的一则新闻：一头大象从马戏团逃到大街上，给行人制造了许多麻烦。我恍然大悟，或许我是在半睡半醒的状态下听到了这则新闻，然后就梦到了大象。我吃完早饭，准备去上班。我在一家电影公司上班，负责策划、创意、写剧本。我突然想，如果有一部关于大象出现在曼彻斯特大街上的电影，效果肯定会不错。

我拿包的时候，发现包旁边有一张纸条，纸条上是我妻子的笔迹："下班回家时，千万不要再忘掉顺路买一些香蕉回来！"我忽然明白梦中的香蕉为什么是重要的东西，因为我妻子最近实施减肥计划，好几次让我买香蕉回家，而我每次都忘了。我想，我今天肯定会把香蕉买回家的。我刚出门，手机响了。是我母亲来的电话。

"妈妈，你好。"我说，"有事吗？"

"有一个坏消息，"母亲说，"你还记得你的艾丝尔姨妈吗？"

"记得，"我说，"不过，我已经有二十多年没有见过她了。"

"是的，她年纪大了……昨天晚上去世的。她两周前就病得卧床不起了……我对你说过的……"

我边走边想，奇怪的梦终于得到了解释。我匆匆赶路，但是发现我越是想走快，却走得越慢。我看了看手表，又发现了一个奇怪的事，手表的指针往逆时针方向旋转。"这很有意思，"我想，"如果手表是逆时针旋转，这说明我上班就不会迟到了……"然后，我又醒了。

这太奇怪了。我拧了一下自己的胳膊，很疼，确定这一次不是在梦境里，是真的醒了。时间是五点半，收音机还没有自动开启呢。我不会迟到。

我看到了妻子，就问她："你今天还需要买香蕉吗？"

"为什么问我这个问题？"她显得诧异。

"我以为你减肥的呢……"

"减肥?"她说,"我肥吗?"

"哦,不……那么,你听说过大象的事吗?"

"大象?"

"对,一只大象从马戏团逃了出来……"

"我们住在曼彻斯特,没有马戏团,更没有大象了。你怎么呢?是不是工作压力太大?也许你需要请假一天,在家里休息一下。"

"不过,"我说,"我先要给我母亲打一个电话。"

"现在才五点半,你为什么要去打搅母亲呢?"

"嗯……确实不是什么重要的事情……"我说。

"好了,我要去上班去了。在家里好好待着,放松一点,行吗?"

"好的。"

妻子一走,我立即给母亲打了一个电话。

"妈妈。"

"哦,亲爱的,这么早打电话是什么事呀?"

"你还记得艾丝尔姨妈吗?"

"当然……不过,我已经有二十多年没有见过她了……"

"她还好吗?"

"我不知道。你与你的艾丝尔姨妈也是二十多年没有见面了,你怎么突然关心起她了?"

"唔,没什么……再见!"

放下电话,我想,也许妻子说的对,我需要好好休息一天。我拨通了老板的电话。

"是这样的,"我说,"我今天身体不舒服……可能是这几天策划剧本过于劳累了……"

"你病得真不是时候,"老板说,"我们刚刚有了一个很好的创意……我本想今天和你好好谈论谈论的。这是一个动作片,故事情节也非常有意思。我简单说给你听一听:一头大象从马戏团逃进了一个大城市,它吃了一根被恐怖分子注射了具有放射性物质的香蕉后,变得焦虑暴躁……"

"我的艾丝尔姨妈什么时候在这部片中出现？"

"姨妈？什么姨妈？"

我挂断了电话。希望这一切不过是一个城市人生活压力太大的正常症状。

# 海德格博士的试验

一天下午，海德格博士邀请他的四位老朋友来到书房。这四个人，三男一女，都是风烛残年的老人了。但是，他们都曾有过春风得意的时光。米迪先生曾是商界叱咤风云的人物；基利上校则出身名门，年轻时仪表堂堂，是众多女性心仪的对象；加斯科先生也显赫一时，担任过一市之长；而怀彻丽女士曾有过可以征服一切男人的出奇美貌，不说别的，就这三个男人都曾为她疯狂，随时准备割断情敌的喉管。然而，时光流逝，岁月弄人，他们都因这样那样的原因，失去了往日的荣耀，幸好他们年纪大了，心态平和了，想到从前官场上的明争暗斗、情场上的争风吃醋、商场上的尔虞我诈，都能够淡然一笑，权当游戏一场。

"我亲爱的朋友们，"海德格博士招呼他们坐下后说，"我请你们来，是想让你们帮我完成一次试验。"

四位客人默默地听着。他们信任海德格博士，而且这也可以打发他们寂寞的时光。

海德格博士翻开一本书，取出一支夹在书中的玫瑰——严格地说，是一个曾经是玫瑰的东西。

"这支玫瑰，"海德格博士说，"是我的老伴在五十五年前送给我的。现在，如果我要告诉你们，我可以将这支已经经历了半个多世纪之久的玫瑰重新变得新嫩如初芳香流溢，你们会信吗？"

"根本不可能！"怀彻丽女士摇头说道。

"请看好。"海德格博士说着将这支枯萎的玫瑰放进了一个盛着水的玻璃容器里。起初，玫瑰只是表面有些舒展，但是很快变化就明显了，花瓣娇嫩烂漫起来，枝叶也吐盈翠绿，整枝花儿看上去如刚刚盛开般鲜艳耀眼。

"博士，"四位客人问道，"你不会是在给我们变魔术吧？"

"你们听说过'青春泉'吗？"海德格博士说，"三百年前，西班牙的一个探险家曾经试图找到此泉，但未能如愿，这是因为他没有找对地方。此泉在佛罗里达南部。我的一个朋友给我捎来了这一玻璃缸泉水。"

"如果是这样，"基利上校问，"这种泉水对人体会有什么影响呢？"

"这就得你们自己试一试了。"海德格博士说，"我听人说此泉水对人同样有效，但我从未亲身试验，如果你们有兴趣，可以喝一点感觉一下。"

四个客人说，反正都是快入土的人了，就算泉水对身体有害，也没有什么可怕的。他们要求博士给他们一人倒了一杯。

"但是，三位先生最好给我签一个协议，保证我不承担你们因变年轻后相互殴打而导致伤亡的后果。毕竟，你们五十多年前是争得你死我活的情敌呀！"海德格博士看了一眼怀彻丽女士声明道。

四个老人都笑了起来。"我们看没有这个必要，"他们说，"经历了这么多年，我们豁达了，超然了，再也不会做那样的傻事！"

他们饮尽杯中的泉水。果然，喝了泉水后，四位老人就像枯萎的玫瑰一样发生了变化，他们显得英姿勃发，浑身闪射出青春的光泽和充沛的精力。尤其是怀彻丽女士，她容光焕发，神采飞扬，尽管一身素装，也难挡她夺人心魄的美丽。

"再给我们喝一点！"他们兴奋地嚷道，"快，再给我们喝一点！"

"不要着急，不要着急！"海德格博士说，"你们变老的过程有半个多世纪，现在难道连半个小时都不能等吗？"

海德格博士说完又给他们每人倒了一杯泉水。这四个人迫不及待地一口气将泉水喝光。这一次，他们完全成了四个年轻人了，除了手上的拐杖和身上的衣着，一丝老人的迹象都看不到。

"亲爱的怀彻丽，你真是太迷人了！"基利上校含情脉脉地看着怀彻丽女士说。

怀彻丽女士来到一面穿衣镜前，镜子里的映像让她喜出望外，她真的没有想到自己还能如从前一样艳如桃李，风姿绰绰，光艳照人。

"我们又年轻了！我们又年轻了！"他们欢乐地又蹦又跳。

他们大声地相互开起了玩笑，彼此嘲笑对方的衣着，学半个小时前他们走进海德格博士的书房时的那种老态龙钟的样子，感到自己戴着老花眼镜、挂着拐杖实在是非常滑稽的事情。

"亲爱的博士，你这个可爱的老家伙，"怀彻丽女士跳上一张椅子诗朗诵一样地说道，"你能赏光和我跳舞吗？"这四个年轻人随后大声笑了起来，他们想到一个行动迟缓的老头和一个如花似玉的姑娘跳舞会是什么样子！

"对不起，"海德格博士说，"我两眼昏花，举步维艰，怕是无法跟你一起跳舞了。不过，这里有三个小伙子，随便哪一个都是不错的舞伴。"

"我来和你跳，怀彻丽！"基利上校首先喊了起来。

"不行，我才是她最好的舞伴！"加斯科先生大声声明。

"五十年前她曾答应要嫁给我！"米迪也不甘示弱。

三个小伙子都围在怀彻丽女士的身边。一个拉着她的手，一个搂着她的肩，还有一个抚摸着她的秀发。这时，天已经黑了下来，但是三个人都能清楚地看到对方眼神中的狠劲，预示着他们随时准备扑上前，将自己的情敌撕成碎片。事实上，他们已经推搡起来，混乱中椅倒桌翻，连那个盛着青春泉水的玻璃容器也落在了地上。宝贵的泉水随着容器的瓦解全部流了出来。

四个客人怔住了。海德格博士拧亮了灯。他们看到海德格博士小心翼翼地从玻璃碎片中捡起那枝玫瑰花。"哦，我的玫瑰花，"他把玫瑰花放在唇边喃喃地说，"你又得恢复枯萎的模样了！"

确实如此，玫瑰花在他们面前由鲜艳变得凋谢，继而回到了它放入玻璃容器前的状态。

这时，四位客人浑身颤抖起来。难道这是一场梦？生命的过程在短瞬间大起大伏？现在，和海德格博士在一起的又是四个同样老的老人了。

"是的，我的朋友们，"海德格博士说，"这种泉水恢复青青的效果只能持续短暂的时光，你们又成了老人了！不过，谢谢你们，你们让我通过这次实验得出了这样的结论——人在无奈的时候，往往会表现出超然与豁达，一旦有了条件，再清醒的人也会掉入人间的幻景中不能自拔啊！"

# "莫扎特"

那是 2040 年圣诞节的前夕，酒吧里只留下我一个人值班。空荡荡的酒吧大厅里仅有一个顾客。我走到他面前，给他斟满酒，并祝他圣诞快乐。他抬起头，表情有点夸张搞笑，说："你知道我是谁吗？"

"不知道。"我老老实实地答道。

"我给你看一样东西，或许可以帮助你了解我。"他说着从钱包里取出一张照片。这是一张发了黄的照片，似乎已经经历过几个世纪了。照片里是一个年轻男人的侧面，鼻子尖又长，下巴中间有一道深沟，与我眼前的这个人一模一样。照片下方印着几个字："W·A·莫扎特"。

现在轮到我的表情夸张搞笑了。"哦，你就是那个克隆人！"我惊呼道，"你就是《二十年代》报纸上说的那个克隆人！"

"是的，是我。我和这个莫扎特有同样的大脑，同样的心脏，同样的 DNA。他是我的父亲，也是我的母亲，还是我的哥哥。我们完全一样，不同的是我比他晚出生 247 年而已。"

2001 年，国会曾经通过了一项禁令，禁止任何人进行克隆人的试验，但是有一些疯狂的科学家还是在偷偷地进行这项试验。有一个搞软件行业的亿万富翁，是莫扎特的超级崇拜者，也是《安魂曲》的超级崇拜者。他在瑞士建立了一个秘密机构，雇佣了一些顶级的生物学家，告诉他们，他们用莫扎特的 DNA 每克隆出一个小莫扎特，就可以获得一百万美元的奖金。

2003 年，这个机构克隆出四个小莫扎特，但是有两个诞生后不久就夭折了，另外两个活了下来。可是，那个亿万富翁随后不幸生病死了，他的公司倒闭了，克隆机构也跟着倒闭了。两个小莫扎特，一个被人秘密领养，无人知道领养者是谁，另一个被一个同样是莫扎特的超级崇拜者的女科学家领养。

"我就是女科学家领养的小莫扎特。"他说。

当然，他的养母没有对任何人说他是谁。她只告诉他，他是特别的，与众不同的，是一个天才，有一天会成为一个伟大的作曲家。总而言之，她想方设法将他向音乐方面引导。

但是，21世纪毕竟不同于18世纪60年代。也许他是有音乐天赋的，但是他也面临更多现实的诱惑，而这些诱惑恰恰不包括小提琴奏鸣曲。小的时候他喜欢摇滚音乐，长大后他喜欢啤酒和姑娘。尽管他的母亲不遗余力地想促使他成为一个伟大的作曲家，但她越是这样做，他就越远离音乐。终于有一天，他的母亲放弃了努力。他20岁的时候，成了一名工程师，有了一份体面的工作。然而，这个时候，关于他身世的事渐渐地被人们知道了。

一个记者根据了解到的情况写了文章发表在报纸上。于是，他成了大家关注的对象。但是，由于没有足够的证据证明他是莫扎特的克隆人，所以许多人就把他当成了捉弄的对象。他受不了嘲弄，远离故乡，来到日本，在一个佛寺住了下来。在这里，有一天，他听到了《安魂曲》。《安魂曲》是莫扎特最后的作品。然而，直到去世，莫扎特也没能完成这部富于人道主义色彩的作品。《安魂曲》共分八个部分，莫扎特完成了第一部、第二部的合唱和弦乐以及第三、四部的合唱，而其余部分在他死后由他的学生完成。工程师莫扎特不是第一次听《安魂曲》，但是这一次他有了不一样的感受。

"哦，我的上帝，真是太美了！"他说，"我忽然有一种冲动，想重新完成这部《安魂曲》。这是一种不吐不快的欲望。"他知道，只要他完成了《安魂曲》，他就会被看成是伟大的天才，再不会有人把他当成傻瓜一样捉弄。他夜以继日地投入到《安魂曲》的创作之中。

"后来呢？"

"莫扎特去世时只有35岁。可是，四个月前，我过了37岁的生日。17年了，我一直努力续写《安魂曲》，却到现在也没有能够完成。"

"或许还有希望。"

他看了我一眼，摇了摇头："你不会明白的。我有他的基因，但是相同的基因不等于相同的后果。"

说完，他将杯中的酒一饮而尽，离开了酒吧。我后来再也没有见过他。也许他完成了《安魂曲》，不过我从来没有听说过。

# 最离奇的新闻

这是一桩真实的离奇命案。

1994 年 3 月 23 日，纽约警察总局的法医检查了一具尸体，得出结论：此人死于头部枪击。

死者名叫罗纳德·奥普斯，从他留下的遗书中得知，他本来是想从一幢十层高的楼的顶部跳下自杀的，然而，当他跳楼后身子经过第九层楼前时，一颗子弹从窗户里射出，将他当场打死。

警方经过调查发现，死者和开枪的人都不知道一个情况——当时八楼正在施工，工人们在那里刚装了一张安全网，也就是说罗纳德·奥普斯如果不是被枪击而亡，他的自杀计划其实是不能如愿的。

然而，根据法律，一般说来，一个人如果实施有计划的自杀并且最终身亡了，即使自杀过程发生变化未能如自杀者所愿，那么依法也应该认定这个人是自杀。

可是，当警方对九楼射出的子弹进行调查后，案子的性质又有了变化。当时，九楼的一对老夫妻发生了口角，正在吵架，老先生拿出了一把枪恐吓老太太，后来又扣动了扳机，但是子弹没有打中老太太，而是从窗户飞了出去击中了罗纳德·奥普斯。根据法律，一个人如果想杀甲，却错杀了乙，那么仍然应该判这个人对乙犯了凶杀罪。因此，此案应该是一桩凶杀案。

当老先生面临杀人罪的指控时，老先生和老太太都一致表示，他们俩当时都以为枪里面是没有子弹的。老先生解释说，用没有装子弹的枪恐吓老太太，是他许多年以来与老伴争吵时一直有的一种做法。他没有杀害老伴的意图。如果老俩口的话属实，那么这就是一起误杀的案子。

问题的关键就是子弹是在什么样的情况下由什么人装进去的。警方在调查中找到了一名证人，这名证人证明在案发六周之前亲眼看到这对老夫妻的儿子往这把枪里面装了子弹。警方从更深入的调查中得知，因为老太太决定停止给成年的儿子经济支持，这个儿子怀恨在心，起了杀意。他知道他的父亲有用枪恐吓老太太的习惯，所以就给枪装了子弹，希望借父亲之手杀了母亲。既然这个儿子明知给枪装子弹会有什么样的后果，那么即使他没有亲自扣动扳机，他也应该被指控犯了杀人罪。所以，此案就成了老夫妻的儿子对罗纳德·奥普斯犯下了杀人罪。

但是，峰回路转，警方在进一步调查后发现，这对老夫妻的儿子其实就是罗纳德·奥普斯本人。他由于借刀杀人之计一直没有得逞，心生沮丧，于是，在1994年3月23日这一天他决定从十层高的楼顶跳楼自杀，然而却被从九楼窗户射出的子弹打死了。也就是说，罗纳德·奥普斯自己杀了自己，所以此案最后仍被认定为是一桩自杀案件。

这桩命案中的离奇情节和变化，虽是意料之外，实则必然之中，也算是老天自有公道吧。

# 3012 年一对母子的对话

"妈妈，这种动物危险吗？"

"是的，不过它们关在笼子里是不会伤害到我们的。"

"为什么要把它们关在笼子里呢？"

"哦，宝贝，是因为要保护它们。"

"为什么要保护它们呢？"

"因为它们是濒临灭绝的动物。"

"它们为什么会濒临灭绝呢？"

"因为这种动物分好多种类，不同种类之间会发生争斗，而且这种动物也不善自我保护。"

"妈妈？"

"亲爱的？"

"这种动物叫什么？"

"人。"

# 爱情推理

这天，太阳和煦，一位面目秀丽的女孩提着一个蓝色小箱子，走进了车站书店。看样子，她是来买书的，她随意地把手中的一束花儿放在柜台上，从书架上选了一本杂志，然后取出钱包付款。这时，她的那束花顺着柜台面的斜坡滚动了起来，眼看就要掉到地上了，就在那一刻，一个年轻的男子赶忙伸手将花儿接住，然后递给了她，她感激地微微一笑，收拾好自己的东西，走了。

这男子叫杰克，是位公司职员，这次是去度假的。他上了火车，在车厢里，又意外地看到了刚才那个女孩，她的旁边有一个空座位，于是杰克走上前去，笑吟吟地问："这个座位有人吗？"女孩抬起头，说："没有，你坐吧。"

杰克就坐了下来，他想跟她说些什么，但又找不到话题，一时便默然了，稍稍镇定后，他开始观察起来：行李架上放着她的蓝色小手提箱，手提箱上是一束花儿，箱子上还印有她的名字缩写：ZY。杰克心想：这一定是一个稀少的名字，因为以 26 个字母最后这两个起头的名和姓都很少。

一会儿，火车启动了，驶离了月台，杰克和女孩聊了起来，杰克问她是不是去度假的，女孩说，她不是去度假，她只是去父母那儿住几天。

两人正说着，服务员推着食品车走了过来，杰克提出请女孩喝一杯咖啡，女孩笑着接受了，她说，从四点到现在，她一口水都没喝呢。

两人聊了一会儿，火车就在一个站台停靠了，她站起身，从行李架上取下了她的东西，接着，她就下了车，走了。

火车重新启动时，杰克才意识到自己傻极了，他既没有问她的名字，也不知道她住在哪儿，是干什么工作的。偌大一个城市，茫茫人海，他就是大海捞针般地找上几年，也未必能碰到她的。

杰克知道，自己已经对那女孩一见钟情了，他一定要再次见到她！怎么办呢？他想到了她的名字缩写 ZY，以这两个字母打头的名字不会很多，或许这是能找到她的突破口。

　　杰克外出几天后回到了城里，他马上找来了这个城市的电话簿，以 Y 开头的姓倒是有几页，但是以 Z 起头的名却一个也没有，就这样，这个线索断了，接着，杰克又开始回想当时的情况，试图寻找新的蛛丝马迹。

　　他想起了那束花，对了，商店一般都是在九点才开门，而那趟火车的发车时间是八点五十……可是，杰克记得在车站西侧有一个花店，它每天开门营业的时间都比较早，如果是顺路买花的话，那么她应该是从车站西侧方向来的。

　　既然从这个方向来，那么，这条路上设有站点的公交车有几条线呢？杰克查了起来，发现了三条线路，但是，每条线路都有若干站点，每个站点附近都住有很多人。

　　还有什么线索呢？车站书店？对了，她买过一本杂志，是什么杂志呢？杰克不知道，但是，他记得她是从哪个书架上取下它的。杰克当机立断，特意再次去了那家书店，看那排书架上贴的标签：建筑工程、摄影艺术、教师月刊……莫非她是一个教师？不，不可能，她离开这个城市时没有选择利用双休日。杰克继续看其他标签：电子科学、护理杂志……难道她是一名护士？

　　杰克猛然想起，她在火车上说过，她从四点开始一口水都没有喝，这是不是说她四点钟下了夜班？这和护士的工作性质非常吻合！杰克立时怦然心动，他细细查看了那三条公交线上的站点，发现其中一条线经过一个医院，它叫瑞尔医院。

　　杰克立即去了这家医院，他站在医院的车道上，四处张望，想找到问询处的位置。这时，一件意想不到的事情发生了：一辆救护车突然驶入，因为开得急，杰克又躲避不及，他被撞倒了……

　　不知道过了多少时候，杰克睁开了眼睛，发现自己躺在一张床上，他望了望身边，身边有一个护士，杰克问："我这是在哪儿？"

　　护士告诉杰克："医院里呀！"

　　杰克撑起了身子，问："你们这儿有一个名字缩写 ZY 的护士吗？"

　　"就是我呀，有什么事吗？"

　　杰克一听大失所望，眼前这个护士，哪里是以前遇见的那个女孩呀，面貌、身材、肤色、话音，一个天，一个地；一个春天，一个冬季，哪能比呀！杰克无奈地叹了口气，说："以 Z 起头的名和以 Y 起头的姓都非常罕见，一个医院不可能有两个以 ZY 缩写的名字……"

那个护士笑了，她说，是的，她的确是全医院唯一的名字可缩写成 ZY 的人。

杰克心里那个沮丧呀，仿佛一瞬间全世界都失去了光彩。该怎么办呢？突然，他心中灵光一现，他把那个护士叫了过来，问了一个问题：你有没有把一只蓝色手提箱借给别人？

"是的，"护士答道，"我有一只蓝色的小手提箱，不久前曾借给我的一个同事，她的名字叫瓦娜丽·华生。"

天哪，杰克心头"怦怦"直跳，他终于知道怎么回事了，他在书店里、火车上碰到的那人，就是瓦娜丽·华生…… 杰克向护士诉说了一切，在护士的帮助下，她终于来到了病房，坐到了杰克的床边。她看着杰克，嘴角露着笑意，风情万种，她问："你是怎么找到我的？"

杰克笑着答道："我曾经梦想当警察……"


# 你只是一个配角


这是意大利的一个平凡无奇的小镇，远离罗马、佛罗伦萨，没有优美的风景，也没有历史悠久的古迹，除掉一块大石头略显特殊一点，其他没有什么好看的。

伽珂玛在这个小镇上土生土长，他喜欢自己的小镇，喜欢这里宁静、平淡的气氛，但他是开汽车修理铺的，因为镇小，就没有什么生意了：如果没有来往汽车，这个小镇上的汽车只有四辆，一辆是镇长的，一辆是镇长的儿子的，一辆是牧师的，还有一辆是酒吧老板的。伽珂玛不在乎生意好坏，因为他喜欢过平淡的生活，用钱不多，平时最大的爱好就是摆弄他的摩托车。每天，他去酒吧喝一杯咖啡，开始一天的生活，然后守着自己的铺子，因为除掉那四个固定的顾客，几乎没有别的顾客，所以他大部分时间都是在铺子里摆弄自己的摩托车。

这辆摩托车可不是普通的车，它的价格比一般的汽车还要贵。伽珂玛当然没有钱买这么贵的车，这是他五年前在路边捡到的，当时，它看上去像一堆废铁，没有人愿意多看它第二眼，但是，伽珂玛是一个机械行家，一眼就知道了它的价值，于是就把它带回自己的修理铺，经过一番摆弄，换了一些配件，喷上红色的油漆，这辆摩托车就如同新的一样了。

从此以后，伽珂玛把这辆摩托车视为自己心爱的宠物，每天都要将它拆下来擦拭和维护。他是一个不喜欢张扬的人，从不向别人炫耀这一辆高级摩托车，只是到了晚上，当大多数人都已经上床睡觉时，他才骑着他的"宠物"呼啸着穿越小镇的大街小巷，有时候他还在环绕小镇的山岗上飞速出没。

然而，有一件事情让伽珂玛平静的生活发生了变化。

那天，他正在铺子里摆弄自己的摩托车，忽听外面有汽车驶来的声音，他感到奇怪，他对四个老主顾的车子非常熟悉，只要一听声音，就知道是哪一辆，而这辆汽车的声音完全不一样。

这是一辆黑色的加长型阿尔法，漂亮，迷人，不过，更漂亮、更迷人的是从车里走出来的一个女子，她身段匀称，红发披肩。

伽珂玛第一次看到红发女人，何况还是一个大美人，他被她的魅力迷住了！

美女走了过来，说："我的车出了一点问题。"说这话时，伽珂玛没有听到，因为他的眼睛忙得不可开交，走神了，于是美女不得不又说了一遍，伽珂玛这才应声说道："呃，好的，好的，你的车出了什么问题？"

"我不知道，如果我知道，我找你干吗？"

伽珂玛没有吱声，这个女人对他说，她要去找个地方喝一杯咖啡，希望伽珂玛在她喝咖啡的时候能把车给修好，说完，她就转身朝酒吧的方向走去，看样子她很熟悉这个小镇的情况。

伽珂玛把这辆车从头到尾检查了一遍，没有发现任何毛病，于是，他走进了酒吧，找到正在一边喝咖啡一边抽烟的美女，告诉她车子没有毛病。

美女笑着瞟了伽珂玛一眼，说："我想也是。"

伽珂玛一听就奇怪了，就问她，既然车子没有毛病，找他干吗？

这个时候，美女怪异地笑了，说："我对你的所有情况都知道……我只是想让你用自己的摩托车带我去一个地方。"

"什么地方？"

"海边。"

"干什么？"

"这不重要，你只要告诉我——愿意还是不愿意？"

伽珂玛不明白眼前这个美女到底想干什么，一个漂亮的女子竟然要一个陌生的男人带她到海边去，这正常吗？这里面除了诡计、阴谋、陷阱，难道还会有别的吗？

伽珂玛没有吭声，于是美女在一个火柴盒上写了一个电话号码，交到伽珂玛手里："这是我的电话号码，如果你决定了，给我打电话。"说完，她站起身，走出了酒吧。

伽珂玛在酒吧里呆立了一会儿，当他回到铺子里时，美女和她的车都不见了。

那天晚上，伽珂玛躺在床上，把美女留给他的火柴盒看了又看，火柴盒上的那个电话号码在他的脑海里浮现了几十遍，但他最终还是没有给美女打电话。

第二天早晨，他像往常一样进了咖啡店，喝了咖啡，然后回到铺子里，他仍然没有给美女打电话。

中午的时候，伽珂玛听到铺子外面响起了汽车开来的声音，那声音竟然和昨天那辆阿尔法一模一样，他一点也不惊奇，他知道那美女又来了，可走到门口一看，伽珂玛惊奇万分：开车的并不是美女，甚至根本不是一个女的，而是一个肥头大耳的胖子。这个胖子的头发几乎掉光了，他嘴里叼着一根雪茄，不等伽珂玛招呼，就径直走进了铺子，胖子像主人一样在伽珂玛的办公桌前坐了下来，问道："我的太太昨天来过了？"

伽珂玛没有吭声，因为他不知道眼前这人到底为何而来，他该怎样回答才是恰当的。

"她请你做一件事？"

伽珂玛还是没有吭声，胖子有些不耐烦了，粗着喉咙说："她请你用摩托车带她去某个地方，是吗？"

伽珂玛依然保持沉默，胖子更加不耐烦了，他从口袋里掏出一只钱包，从钱包里抽出一叠钞票，然后把钞票往办公桌上一放。伽珂玛看了一眼钞票，心中猜想这些钱大概会比他一年的收入还要多。

又沉默了一会儿，伽珂玛开口了："好吧，先生，如果你给我这么多的报酬，我很乐意用我的摩托车将你的太太带到她想去的地方。"

胖子听了大笑，然后摇头说道："不，不，我亲爱的朋友，你理解错了。我给你钱，是希望你不要理会我太太的任何请求，并保证从今往后不要再见她！"

　　伽珂玛没有吭声，胖子也不再说话，过了一会儿，胖子站起了身，瞪了伽珂玛一眼，说："好好想想吧。"胖子说完，留下钱后走出了铺子。

　　伽珂玛坐下，把美女留给他的火柴盒从口袋里掏出来，对着火柴盒上的电话号码看了又看；他又把胖子留在桌上的钱堆在一起，看了又看，于是他作出了抉择……

　　四十年后，还是在这个意大利的小镇上——平凡无奇，远离罗马、佛罗伦萨，没有优美的风景，也没有历史悠久的古迹，除掉一块大石头略显特殊一点，其他没有什么好看的，但这里有一个修车铺，修车的是一个佝偻着身子的老头，每当有人开着漂亮的摩托车经过他的铺子时，他就会对开车的人说起他年轻时的故事：很多年前，他放弃了挣一大笔钱的机会，用他的摩托车带着一个神秘的美女，横穿意大利，来到一个海滨城市。他对这个美女一无所知，但他梦想着会和她演绎一段美妙而浪漫的爱情故事。摩托车开到了一幢豪华的别墅前，在那里，美女下了车，扑进了一个陌生人的怀里，这人是一个肥头大耳的胖子，头发几乎掉光了，嘴里叼着一根雪茄。他们相拥在一起，亲密地吻着，好长时间两人才松开了手，美女对胖子说："你打赌输了！"胖子答道："可是我知道了我的美人的魅力了！"

　　讲到这里，修车的老头就会十分感慨地说出一句话来："你或许会认为自己是生活中的主角，但是在别人的生活中你只不过是一个配角。"


# 家庭作业


　　"家庭作业做了吗？"

　　"没有，妈妈。"

　　"别和狗玩了，到你的房间做作业去！"

　　贾森不情愿地将手从袜子上松开，可可咬着袜子默默地站在一边，它知道它只有等一会儿才能继续和小主人玩拔河的游戏。

"儿童难道就不能有玩的时间吗？"

"你今天已经玩得够多的了。去，现在是你做作业的时间。"

"听妈妈的话，"爸爸也插言道，"我可是不止一次跟你强调过做作业的重要性。"

"是的，你让我觉得不做该死的作业我就会死似的。"

"嗨，年轻人，可不要说粗话哟！"爸爸放下手中的晚报，看着一脸讥讽表情的儿子。贾森仍坐在地上和可可在一起，等着爸爸对他大声斥责。他决心与爸爸反抗到底，但是一想到爸爸粗大的手掌和抽皮带子时的敏捷动作他心里还是害怕了。"我们对你已经非常仁慈了！今年，你的成绩大幅度下降！这一切要改变了！从今天起，吃完晚饭，你就要乖乖地去做作业，不要让我们再提醒你了。"

贾森捏起拳头，在地毯上猛击了一下，然后站了起来。他知道，再不听爸爸的话就要吃苦头了，但是他必须表明自己的立场。"我不知道做作业到底有什么用！"他愤愤地说。

"做作业的用途是：你会有一个好的前程！"

"真搞不懂你们这些孩子怎么了。"妈妈埋怨道，"一点儿也不让大人们省心。"

"你们小的时候也好不到哪里去。"贾森不假思索地回敬了一句。

"你这个孩子越来越不像话了！"爸爸明显生气了，站离沙发，手放在皮带上。"我们小的时候，没有你们这么好的条件，也不会和爸爸妈妈顶撞。"

"可是，我们现在有的问题你们那时不会有。"贾森一面说一面识相地往自己房间退去。"我们现在的压力比你们那时大多了。"

贾森进了他的房间，可可也摇着尾巴跟着走了进去。

爸爸和妈妈对视了一下，无奈地摇了摇头。他们的儿子越来越懒了，而他们拿他一点办法也没有。不管他们如何强调做作业的重要性，也总是无法激起他的学习兴趣。他们实在搞不懂儿子为何变得如此不思上进。

"也许我们不应该逼他。"妈妈不无担忧地说，"你知道，逼迫孩子有时会事与愿违的。"

"但是，他也应该学会明白生活是不易的。"爸爸坚定地说，"天上不会掉馅饼，有付出才会有回报。"

"但愿我们的教育方法没有出错。"

"这个孩子习惯了一切都是现成的，"爸爸说，"现在是纠正他这种想法的时候了。"

"我也是这样想的。"妈妈说，但是她还是显出了不安和忧虑。

贾森走进房间后，怒气未消，他抓起床上的枕头使劲地朝墙上扔去，然后才找出了他的作业。

"他们不明白，"他对可可说，"现在的孩子压力太大了！"

然而，他别无选择，只得暂时将烦恼放到一边，开始做作业了。他把一张光盘插进学习机，然后将连接在学习机上的一个插头插进他后脑勺上的插口里。和所有孩子一样，他一出生后就在脑后移植了这个插口。

贾森总是讨厌往他的脑中下载家庭作业。他感到这是他一天中最难熬的两分钟。

# 月亮有几个

小公主病了，御医也无能为力。皇帝说，只要小公主能好起来，他愿意做任何事情。小公主说，她想要月亮，只要她得到了月亮，她的病就会好的。

皇帝唤来丞相，要求他想方设法为小公主弄来月亮。丞相说："陛下有旨，微臣应该尽力去办，就算是要上刀山下火海，也万死不辞。可是，微臣实在没有办法弄来月亮。据微臣所知，月亮很大，甚至比公主的寝宫还大一点，而且离地球有六万公里之遥，其表面为铜，温度甚高，如火烧般炙烫，无人能够触摸。"

皇帝又叫来大臣中最有学问的科学家并提出同样的问题。科学家说"陛下有旨，微臣应该尽力去办，就算是不吃饭不睡觉，也义不容辞。可是，微臣实在没有办法弄来月亮。据微臣所知，月亮很大，甚至比陛下的国家还大一点，而且离地球有五十万公里之遥，是一个由石棉构成的球体，它被固定在空中，无人能够撼动。"

皇帝把能想到的有本事的人都问遍了，但没有一人能摘下月亮。皇帝甚为苦恼，叫来弄臣，消烦解闷。弄臣了解了事情的来龙去脉之后，说："不知圣上有无注意到，天下谋臣智士口中所说的月亮各不相同，所以为什么不去问问公主，她所说的月亮是什么样子呢？"

获得皇帝的同意后，弄臣走进公主的寝宫。小公主用虚弱的声音问弄臣是不是给她带来了月亮。弄臣答道，月亮会弄到的，但首先需要知道公主所说的月亮有多大。

小公主说："大概和我的指甲盖一般大小吧，因为我只要用一根手指伸到月亮前面，就能把它挡住了。"弄臣又问小公主，月亮离她有多远。小公主说，月亮离她大概和窗前那棵树的树梢一样远，因为月亮总挂在树梢头。

弄臣最后问道："月亮是由什么做成的？"小公主不假思索地答道："当然是银子做的了。"

弄臣找到一个工匠，请他做了一条项链，项链上有一个指甲盖一般大小的圆"月亮"。他把项链挂在小公主的脖子上，小公主立即开心起来，病也好了一大半，第二天她就下了床，蹦蹦跳跳地去花园玩了。

皇帝大悦，不过他很快又犯愁了。他知道，到了晚上，月亮还会出现，到时公主看到了，就知道她项链上的"月亮"不是真正的月亮了。

皇帝唤来丞相，要求他想方设法让小公主晚上看不到月亮。丞相说，如果蒙上公主的眼睛，公主就看不到月亮了。皇帝白了他一眼，说，如果蒙上公主的眼睛，她就什么也看不到了，岂不难过死了！

皇帝又叫来大臣中最有学问的科学家并提出同样的问题。科学家说，如果到了晚上就在公主住处附近放烟火，把天空照亮得如同白昼，公主就看不到月亮了。皇帝闻言怒道，整夜放烟火，还让不让公主睡觉！

皇帝把能想到的有本事的人都问遍了，但没有人能想到一个既不伤害公主又让公主看不到月亮的办法。眼看天快要黑了，皇帝甚为苦恼，叫来弄臣，消烦解闷。弄臣了解了事情的来龙去脉之后，说："月亮既然挂在公主的脖子上，怎么还会出现在天上呢？这确实是一个问题，我们为何不再去问一问公主，看她有什么解释？"皇帝没有来得及拦住弄臣。弄臣走进公主的寝宫。小公主正趴在窗口看天上的月亮。弄臣问她："月亮既然挂在公主的脖子上，怎么还会出现在天上呢？"

公主看了他一眼，笑道："这是一个多蠢的问题呀！难道你不知道，我掉了一颗牙，还会在原来的地方长出一颗新牙？！"

弄臣也笑道："是的，鹿角脱落了，还会长出新角！"公主说："不错，花园里的花朵被摘下了，还会长出新的花朵。"弄臣说："一天过去了，还会有新的一天。""所以，月亮也是一样。"公主说。

弄臣开心地找皇帝报喜去了。路上，他酝酿出一句话，想什么时候说给皇帝听："很多时候我们是自己把自己吓倒了，事情往往没有我们想得那么糟，因为你心中的月亮和别人的月亮未必是一回事。"

# 信不信由你

鳄鱼不能够将自己的舌头伸出来。

蜗牛能连续睡三年时间不醒。

北极熊都是左撇子。

从1987年起，美国航空公司在供应给头等舱的每份色拉中免去了一个橄榄，仅这一项一年就节省了40，000美元。

鸵鸟的眼睛比大脑还大。

在中国，会讲英语的人比美国还多。

唐老鸭的动画片在芬兰被禁止播放，原因是唐老鸭没有穿裤子。

在巴拉圭，决斗迄今仍被认为是合法的，但前提是决斗的双方必须是注册过的献血者。

大象是世界上唯一不能跳跃的动物。

1865年二月是人类已知的唯一一个没有出现过满月的月份。

如果中国人排成一列纵队不停地从你面前走过，那么由于出生率的缘故你永远也不会看到这支队伍的尽头。

如果一个人不停地放屁，持续六年零九个月，那么所产生的气体总合将相当于一个原子弹的能量。

如果你将一条金鱼常年养在一个黑暗无光的屋子里，它最终将会变成白色的。

如果你连续喊叫八年七个月零六天，那么你所产生的声能可以将一杯咖啡烧沸。

剪刀是意大利文艺复兴时期的伟大画家达·芬奇发明的。

我们的眼睛从我们出生之日起就一直保持同样的大小，但是鼻子和耳朵到我们老的时候还会长大。

左撇子的人平均寿命比正常人少九年。

蚂蚁喝醉了酒总是往右边倒。

死刑电椅是由一个牙医发明的。

雄螳螂长着头的时候是不能交配的，只有它的头被雌螳螂咬断后才能开始交配。

人体中最强壮的肌肉部位是舌头。

女人眨眼睛的次数是男人的双倍。

这个世界上至少有九百万人与你同一天生日。


# 与死神的约会


在波斯（现伊朗），人们相信死神经常会化做女人的模样，高高的个子，头上裹着黑色的头巾。她喜欢出现在各个城市的集市上，物色她要约会的人。当然，没有哪个人愿意与她约会，因为那意味着死亡。

一天下午，巴格达的一个富商想举办一个宴会，于是就吩咐他的仆人拉库西去集市上买菜。拉库西精明、干练，深受富商宠信。他总能以最低的价格买到最好的东西。当他在与菜贩讨价还价的时候，忽视发现一个头裹黑色头巾的高个子女人在另一个菜摊边盯着他看。当他们四目相对时，这个女人用手指指着他，要跟他说话。

不好，死神！拉库西丢下手中的篮子，双手捂耳，避免听到死神的话，然后拼命地逃离集市。拉库西一口气逃回到主人家，然后跪在主人的脚边。"主人，刚才我在集市上看到了死神。她指着我，向我做了一个威胁的手势。可是，我不想死，我要想法避免这一场灾祸。"拉库西用颤抖的声音说，然后他飞速运转大脑想出一个趋吉避祸的方法。"主人，求求你，将你最快的马借给我吧，这样我可以远离此地，逃到撒马拉，投奔我的一个亲戚。我必须赶紧走，否则被她缠住就迟了。"

"好吧，"富商是一个慈善的人，答应了拉库西的请求。"骑上我的快马赶紧走吧，安拉会保佑你平安到达撒马拉的。"

拉库西马不停蹄地疾速朝撒马拉逃去。与此同时,好心的富商来到集市,他想找到死神,问清楚她为什么要威胁他的仆人。他在人群中看到了头裹黑色头巾的高个子死神。"我很好奇,你为什么要威胁我的仆人呢?"他问。

"我并没有威胁他,"死神笑道,"我的手势只是表示惊讶。我没有想到这个时间还会在巴格达碰到他,因为今天晚上我就要在撒马拉和他有一个约会呢。"

这世上有许多高明的人,能够未雨绸缪,预先筹划,从而化险为夷,转危为安。这样的人在很多地方总是高人一筹的,你无法否认他们有什么不好,然而,不幸的是,这样的人往往就是败在或者说死在这高人一筹上。


# 生死抉择


很久之前,一场激烈的战斗之后,惨败的一方中有两名战士侥幸逃出战场。这两人,一老一少,是一对翁婿。他们逃进深山老林,在一块碑一样的石块下面歇了下来。做岳父的伤势严重,命在旦夕;女婿情况稍好一些,但身上也负伤好几处,必须尽早医治。

"我活不过两天了,雷本,"岳父说,"你现在独自离开,或许还有生的可能,但是如果让我拖累你,我们就都不能活命了。"

从理智上说,雷本认为岳父的话是对的。但从情感上来说,他不能丢下岳父不管,那将是大逆不道。经过了艰难的思想斗争之后,他听从了岳父的话,毕竟他和新婚不久的妻子还有很长的幸福人生路要走呢,尽管这意味着要让岳父抛尸荒野。

回家的路困难重重。先是乌云密布妨碍了他根据太阳的位置调整正确的方向,然后是伤口疼痛加剧,他的体力渐渐不支。他的脑子里一团乱麻,不知道自己走了多远,走了多久,走过了哪些地方,只凭着求生的本能,盲目地往前走。终于,他耗尽了最后一点气力,倒在一棵树下等死。救援者发现了他,并把他送到最近的农户家,而这碰巧正是他自己的家。他受到了爱妻的悉心照料。他活了过来。可是,面对爱妻的询问，他能说什么呢？他抛下岳父，在那种情况下应该是一个正确的选择。然而，正确的事情有时也很难说出口。他若对妻子讲出实情，妻子回应他的一定是绝望的惨叫，而他则一辈子在妻子面前也抬不起头，还会遭到世人的谴责。于是，他说，他在自己也负伤的情况下一直搀扶着重伤的岳父走了三天三夜；当岳父死后，他用虚弱无力的双手掩埋了死者，尽了他能做的最后一份孝心。

雷本的事迹传遍乡里，大家都夸他既勇敢又孝顺，这使他越发羞愧难当。隐瞒实情给原本正当的行为蒙上了一层罪过。他想来想去，觉得自己简直就是一个杀人犯。这种难言之隐像一条锁链捆绑住他的精神，又像一条毒蛇咬噬他的心。从此，他变得郁郁不乐，脾气暴躁。这让他在后来的 18 年中噩运连连：常与邻居发生争吵招来官司，疏于料理生计导致农场破产家道败落。他只有带着妻儿背井离乡，深入大森林，去重新拓垦一片荒野。

数天后的一个下午，一家人停了下来。他们发现了一片适合拓垦的林中平地。妻子做饭，雷本和儿子打算出发打猎。儿子答应不离营地附近，想自己独自猎杀一只野鹿。雷本看着儿子的背影，为儿子的成长感到一阵欢欣，然后他去了另一个方向碰碰运气。

他走进了浓密的森林里，忽然有了一种想法，如果能在这里发现岳父的遗骨并将它们埋进黄土，或许他心里会稍微得到一丝安宁。他恍恍惚惚地在林子里不知走了多久，连一只野兽也没有发现。突然，一簇矮树丛里面有个东西在动，雷本立刻本能地举枪射击。

当妻子在那簇矮树丛里找到雷本的时候，雷本正用枪托支撑着自己的身子，他的面前是一块被叶蔓缠绕的碑一样的石块和一堆人的遗骨，还有……

"是的，"雷本没有任何表情地对妻子说道，"那是我们的儿子，他现在和他的外祖父在一起。"

她一声惨叫。从故事一开始，理智与情感都无法指向一个完美的结局，这一声惨叫注定不可避免。

# 迟到先生

迟到先生，顾名思义，就是一个总是姗姗来迟的人。就拿他的出生来说，他母亲的预产期是 8 月 23 日，到了 8 月 22 日他母亲感到腹痛，就去了医院卧床等待他的降临，可等到 8 月 29 日仍没有动静，医生检查后重新宣布，他两天后肯定会出生，结果又过了七天他才来到人世。

这件事情一直被迟到先生津津乐道，并且从此以后似乎是为了留住这种荣耀，他做任何事情都是慢吞吞的。一个人迟到一次并不难，难的是一辈子从来都没有准时过。据说，最寡廉鲜耻的盗贼在百分之九十九的时间里也都是诚实的；恶魔希特勒一周当中也有几天时间是可爱可敬的；最漂亮的女人一天当中也有不雅的时候；最圣洁的人一生也会做错几件事情。可是，不容易的是，迟到先生就做到了一辈子持之以恒地不守时。他出生迟，断奶迟，学说话迟，从第一天上幼儿园起就天天迟到，无论赴多么重要的约会他都始终如一地保持着迟到的习惯。大学毕业那年，他参加毕业典礼又迟到了。还好，系主任对此习以为常，并不觉得奇怪。待演讲、唱歌结束了，清洁工开始打扫卫生时，他才在私底下接过了毕业文凭。

他迟到的习惯对他人生的发展丝毫没有负面影响，因为他有一个开公司的父亲。他毕业后在父亲的企业中当上了一个部门经理。知子莫如父，他的父亲给他安排了一个秘书，并悄悄叮嘱秘书，在有特别重要的业务约会时要在时间上做一些手脚。比如，应该 1 点钟与客户共进午餐，秘书就说是 12 点半。这样，就算是迟到先生 12 点 55 分才溜达进餐厅，也不会误事。

瓶子再丑配个盖子不发愁，一个迟到的人也是能找到如意娇娘的。再说，他还有一个头脑冷静的父亲。婚礼那天，他的父亲预先告知新娘，新郎可能会迟到一些时间。所以，当预言成真的时候，新娘尽管面带愠色，却也不至于当场发飙或者愤而啼哭。

迟到先生一生很顺，还当上了董事长，当然是在他的父亲去世之后。或许是压力太大，他当了没太长时间，医生就说他得了严重的心脏病，估计最多只能活两年。可是，这次体检后才三天，迟到先生就与世长辞了。这是他这辈子第一次提前做的一件事情，让熟悉他的人好生吃惊。

送葬队伍是一个浩浩荡荡的车队，让路人觉得逝者是一个很了不起的人。路上，装载他灵柩的车子忽然爆了胎。大家商量了一下，灵车留下换备用轮胎，其他车子先去墓地。大家到达后，三三两两地聚在墓地周围，等待迟到先生的灵车。这一回，迟到先生又迟到了 23 分钟。我们只得承认，他的每一次迟到都是老天安排，与他本人无关。


# 老者的礼物


我 18 岁的时候，离开了美国纽约的家，到英国的利兹大学读书。在这里有我生命中一段既激动又痛苦的经历。说激动，是不言而喻的，因为进利兹大学是我梦寐以求的事情，但是就在我入校不久，我突然接到父亲去世的消息——我不能接受这个事实——在英国这个人生地不熟的地方，我还未曾能够适应周围的一切，就要独自一人默默承受失去亲人的痛苦。

有一天，在超市，我打算买一束鲜花装饰我的宿舍，这时我发现一位老者一手拎着一袋苹果，一手拄着一根拐杖，步履蹒跚，行动不便。我赶紧奔过去，扶住他并替他拎着苹果。

"谢谢你，姑娘。"他说，"不要替我担心。我不碍事。"他对我笑笑——我有一种温暖的感觉——他不只是用嘴在笑，而且明亮的蓝眼睛里也漾着笑。

"我能陪您走一段吗？"我问，"免得让这些苹果过早地变成苹果酱。"

他听了哈哈一笑，说："这可就要让你费事了。"

一路上，伯恩斯先生的身子几乎全部要靠那根拐杖支撑。到了他的家，我帮他放好东西，并帮他准备了英国特有的"下午茶"。他没有十分强烈地拒绝我。我把他的不太强烈的拒绝看作是对我帮助他的答谢。

我问他以后是否还能再来看望他。他笑着说："我从来不拒绝好心姑娘的帮助。"

第二天，我还是在前一天的时间来到他家，帮他做了一些家务。虽然他没有请求我照顾他，但他也没有拒绝我的帮助。他那根拐杖足以说明他的确是需要帮助的。他询问了我的一些情况，如我的学业、我的家庭等等。我告诉他，我的父亲刚刚去世，但我没有说出更多的事情。他让我看了桌上的两张镶在镜框里的照片。这是两个女人，一个显然比另一个年长，但却长得非常相仿。

"这是玛丽，"他指着年长女人的相片说，"我的老伴，去世已经 6 年了。那是艾丽丝，我们的女儿，是一名护士。她比她母亲去世得还早，对玛丽打击真大啊！"

我流下了眼泪。我为玛丽流泪，为艾丽丝流泪，为老而无助的伯恩斯先生流泪，也为我的父亲流泪，在他生命的最后时刻，我竟未能亲口与他道别。

我一周看望伯恩斯先生二次，时间总是在每周的同一天和同一个时刻。我每次来，他都是端坐在椅子上，一旁的墙上靠着他的拐杖。他对我的到来似乎总是非常兴奋，尽管我对自己说，我来是为了照顾这个孤寡老人，但我还是因为自己有一个人愿意听我倾诉自己的想法和感受而感到高兴。

我给他准备好下午茶，我们的交谈就开始了。我告诉伯恩斯先生，在我父亲去世前两周，我曾因一件小事与父亲发生了争吵，而我再也没有机会当面向他老人家道歉了。

虽然伯恩斯先生也不时插上几句话，但是大部分时间都是他让我在说话。他听得多专注啊！他仿佛不只是在听我说话，更是在阅读我，海绵一样吸进我诉说的每一点内容，并用他的经历及时佐证我的话。

大约一个月以后，在一个"非看望日"，我打算去伯恩斯先生家。我没有预先打电话通知，因为我认为我们的关系中似乎不需要那样的礼节。进了他的家，我发现他在花园里干着活儿，手脚麻利，动作轻快，腰肢伸屈自如。我惊讶万分。这么一个利索的人为什么要用拐杖？

"哦，姑娘，你来了。这次让我给你沏一杯茶。你看起来累了。"

"可是，"我结结巴巴地说，"我想……"

"我知道你想什么，姑娘。你第一次在超市看到我……那天，我扭伤了脚踝。"

"可是……你是什么时候康复的？"

他的眼睛眨眨，看上去既快活又怀着歉意。"我想，我们见面的第二天我的脚就已经好了。"

"可是，为什么呢？"我纳闷地问。他显然不会为了骗取我为他做下午茶而故意装出无助的样子。

"第二天，你又到了我家，从你的话中，我知道了你的苦闷。面对你父亲的死以及其他的一些事情，你感到孤独和沮丧。我想，这个小姑娘需要一个老东西的肩膀依靠一下。但是我发现，你在告诉自己，你来看望我，是为了照顾我，而不是为了你自己。如果你知道我其实非常健康，你还会再来找我吗？我想，你需要对人诉说，对一个年长的、甚至比你父亲还年长的人诉说，对一个知道如何倾听的人诉说。"

"那这根拐杖？"

"哦，这的确是一根好拐杖，一般的情况下，我用它郊游和爬山。也许什么时候你愿意与我一起去。"

我们一起去爬了山。伯恩斯先生，一个我打算帮助的人，帮助了我。他用他的慈爱和耐心作为礼物，并用他的时间精心将礼物包装好，送给了一个渴望得到这份礼物的年轻姑娘。


# 天上掉下的馅饼


一辆红色的豪华轿车，行驶在英国的乡间小道上，显得特别扎眼。当豪华车与帕尔的车迎面相遇时，帕尔不自觉地表示出谦卑，将自己的低档车靠到边上，给对方让路。

豪华车开得很慢，以至帕尔可以清楚地看到开车人的面庞。这张脸长得真的不怎么样，但是很有特点，大嘴，小耳朵，黑色的短发，鼻梁上架着一副墨镜。

帕尔觉得好像在哪儿见过这张脸。他嘴里这么一念叨，坐在副驾驶位置上的他的妹妹想起来了，她从包里拿出了一张报纸："是在今天的报纸上！"

帕尔扭头看到了报纸上的照片。照片是一张人头像，此人长得真的不怎么样，但是很有特点，大嘴，小耳朵，黑色的短发，鼻梁上架着一副墨镜。天啊，这是警方登的通缉令！通缉令上说，这个人是一个英国人，但常将自己装扮成美国人，说一口流利的美国英语。此人是一个江洋大盗，作案多起，因此警方悬赏500英镑，奖给向警方提供有用线索的人。

帕尔和他的妹妹立即兴奋起来。真是天上掉下了馅饼！他们刚好有一个生意要做，正缺少500英镑的启动资金呢。他们决定暂不报案，秘密跟踪，要让抓捕大盗的行动十拿九稳。那辆车开得很慢，他们很容易就记下了车牌号。不一会儿，大盗的车子停了下来。帕尔也掩蔽地将车子停在一个草垛后面。大盗从车里走了出来，先是四处张望了一下，然后朝一幢被绿树环抱的白色农家屋走去。

帕尔知道，白色农家屋的主人是迪克·莱特富特先生。莱特富特先生是十里八乡最富裕的人，他的女儿远嫁希腊，所以这家人每年都要在这个时候去希腊住一段日子。在希腊期间，他们家只留下一个园丁照料花园。

"莱特富特先生一家此刻就在希腊，"帕尔对妹妹说，"这个大盗看来早就踩好点了，他以为他现在可以肆意妄为了。你留在车子里等我的电话，我下车盯着他。"

莱特富特先生家的花园旁边是一间园丁住的小屋，小屋的门是开着的，大盗把头探了进去。帕尔见机会难得，迅速行动起来，他跑过去一脚把大盗踹进了小屋。这间小屋没有窗户，只有一扇门，门锁挂在搭扣上，所以帕尔将门锁住后，那个大盗就无处可逃了。

帕尔不想跟那个大盗多说废话，锁了门后就回到自己的车上。在他身后，那个大盗在屋里面拼命踢门，但是一扇结实的门，踢不坏的，踢累了他自然就不踢了。

帕尔回到了车子里，就和他的妹妹分头忙开了。帕尔负责向警方报案，他的妹妹从报纸上找到了报社的电话向新闻媒体公布消息，有了媒体的监督，警方就不会赖账，这样500英镑就确保能收进囊中了。可是，警方接到报案后，竟说那个江洋大盗当天上午就已经被逮住并被验明正身了。警方希望帕尔立即放掉被关的人，否则会被指控为非法拘禁。"但是，他到莱特富特先生家干什么？"帕尔还不死心，"我想他就是报上通缉的人，即使不是，也是另外一个江洋大盗！"

过了一会儿，警车和报社的车子一块儿赶到了。当他们到达莱特富特先生家门前，莱特富特先生家的园丁正在门外站着，他看到了他们，就像看到了救星一样。"我的屋子里关着一个人，"他说，"是谁将他关在里面的？我听他的声音非常凶狠，所以我不敢开门，但是我又怕他把我刚煮熟的鸡吃了。"

警察打开了门，那个大嘴小耳朵黑色短发鼻梁上架着一副墨镜的人从里面走了出来，这个人一见到警察就暴跳如雷地发起火来："这是什么国家？我不过是想问一下路！我喊门了，没人答应我，我见这个小屋的门是开着的，就把头探进去看有没有人，不想就有人一脚把我踹了进去，还把门锁上了！真是岂有此理！如果我抓到那个狗娘养的，我一定要把他打得满地找牙！警察先生，这是我的护照，我叫郝伍德·金，美国纽约人。"

报社的记者的脸上立刻洋溢起兴奋的表情，就好像他们领到了 500 英镑的赏金。因为这个郝伍德·金不是别人，正是美国纽约鼎鼎大名的银行家！这当然是一个不可多得的好新闻。

帕尔和他的妹妹算是惹上大麻烦了！郝伍德·金让这对兄妹写下了姓名和地址，以便以后找他们算账。兄妹俩沮丧地回到家里，坐在壁炉前，哪里也不敢去。他们担心银行家起诉他们，也担心这件事情一旦通过报纸传出去之后，他们会成为大家的笑柄！

怕什么来什么。当晚，一个人敲响了他们家的门，带来了郝伍德·金的一封信。"完了，完了！"帕尔哭丧着脸说，"银行家找我们的麻烦来了！这下，钱没有得到，我们还要贴上钱给自己找律师呢！"

帕尔的妹妹抢过信，拆了开来，取出信后将信封扔进壁炉。"帕尔先生，"信中说，"今天，你将我关进了那间小屋，对此我表示万分感谢！同时，我也对今天说过的粗话，向你表示歉意！"

这是怎么回事？两人面面相觑，目瞪口呆。帕尔让妹妹快点读下去。"我的家族从英国移民美国已经有 100 多年了。"信中这样写道，"我此次来英国是为了寻找家族的故居。我久觅不得，然而你帮我找到了它。还记得今天下午我要求你们写下你们的姓名和地址吗？你当时写在了园丁屋子里一本旧书落出的一张纸头上。回到宾馆，我发现，那张纸头是一封信，写于 90 多年前，是我的祖先写给大卫·莱特富特先生的。从这封信我知道，我被你关的地方正是我们家在英国的故居！为了表示我的感谢之情，随信奉上 500 英镑的支票，请你务必收下！"

"支票！"妹妹乐道，"哦，这真是生活啊！我们志在必得时，却竹篮打水一场空；

我们灰心丧气时，却从天上掉下了馅饼！"

"可是，我倒霉的妹妹呀，"帕尔忽然想起来了，"这个天上掉的馅饼已经被你烧掉了！你刚才不是把信封扔进壁炉里烧了么？支票还在里面呢！"

他的妹妹沮丧极了，正在自责中，电话响了，电话是郝伍德·金打来的："帕尔先生，收到我的信了吗？对不起，我忘了把500英镑的支票放进信封了。明天我一定亲自交给您。我还想说一句，虽然我长得与你们报纸的江洋大盗有点儿像，但我的支票可是干净的。"


# 梦想的副作用


劳里·沃特斯是一名卡车司机，然而他一生的梦想却是在天空翱翔。中学毕业的时候，他首先想到的就是报名参加空军，可不幸的是他的视力差了一点，达不到要求。他只能羡慕地看着别的同学被空军录取。每天，他躺在自家院子的藤椅上，仰望天空，一旦有飞机经过，他心里就一阵酸楚。他太渴望飞行了。

一日，劳里忽然有了一个奇想。他去了空军基地的一个附属商店。在那里，他买了一罐氦气和45只气象气球。这些气球比起晚会上用的那种彩色气球要牢固耐用得多，充气后直径可达到4英尺（1英尺约合0.3米）。劳里回到家后，用结实的带子将院子里的藤椅牢牢地与气球系在一起。然后他把藤椅绑在他的吉普车的保险杠上，给气球充了气，接着他整理了一个行李，里面装了三明治和饮料。他还随身携带了一杆气枪，准备着陆时好击破几只气球。

一切准备就绪，他坐到藤椅上，切断了绑在吉普车上的绳子。他原计划在附近的陆地上空慢悠悠地转一圈，好勉强遂了自己多年的心愿，而不曾想事情的发展远非他预料的那样。

绳子被割断后，气球不是往天空徐徐飘行，而是像出了膛的炮弹一般飞了出去！这一飞，不是他起初料想的几百英尺的高度，而是达到了一万多英尺的高度！在这样的高度，他不敢贸然击破任何一只气球，因为他担心失去平衡，而将自己从藤椅上摔了下去。所以，他只好保持不动，任由气球载着他飞行。就这样，他持续在天上飘了整整 14 个小时，却不知道该如何下来。

最后，劳里飘到了洛杉矶国际机场的上空。泛美航空公司的一名飞机驾驶员发现了他，并通过无线电向机场控制塔汇报，说在一万一千英尺的高空有一个人抱着一支枪坐在一张藤椅上。

洛杉矶国际机场靠近大海，到了晚上风向发生变化，劳里开始往大海方向飘去。

海军接到报告，立即派了一架直升飞机前去营救他。但是直升飞机要靠近他并不容易，因为每一次靠近的尝试，飞机螺旋桨引起的风总是会将劳里自制的这个"奇妙装置"推得更远。最后，直升飞机飞到了劳里的上方，然后放下一根救援绳，才将劳里安全地带到地面。

劳里一到地面，立即就被逮捕了。当他被锁上手铐时，一个电视台的记者问他为什么要这样做。"飞行是我的理想，现在我已经实现了。"他答道。"可是，你要为此锒铛入狱呀？"记者说。劳里想了想，无奈地答道："就像用药不当会对人体产生副作用一样，我想，这就是我此次行为的副作用。"

附录

# 邓笛与外国文学编译现象

陈小丽

我们在阅读国内的畅销期刊时，常会看到一些编译文章，编译者的名字中"邓笛"是最常见的之一。邓笛编译的文章主要是小故事，并通过这些小故事反映大人生和大智慧。他发表的编译文章如此之多，以致我们几乎可以将他与外国文学编译联系在一起，犹如一枚硬币的两面，谈论外国文学编译，就会自然地谈到编译者邓笛。大众传播媒介如报刊、网络以及非纯文学杂志等出于版面需求，推波助澜般地争相转载邓笛编译的文章，从而使邓笛编译成为20世纪末以来中国译坛的一个不容忽视的现象。笔者有幸熟识邓笛教授，知道他如园丁一样在外国文学的园地里精心耕作，苦心经营，坚持着自己那些或许有点不合时宜且总显出几分寂寞的文学理想和翻译理念。笔者认为，对邓笛编译现象做些评述工作，将有助于理解外国文学编译的特征，也有助于评估外国文学编译者们的文学地位和作用。

笔者发现，邓笛的外国文学编译之所以会受大众欢迎，是这些编译文章契合了接受主体在特定的文化交汇点上独特要求。一方面，它们满足了新时期接受主体的精神需求；另一方面，接受主体的精神需求又反转过来促成了编译主体的外国文学编译活动的继续和深化。

那么，在改革开放的风云际会之时，为什么这些带有明显的主观随意性的编译文章反而切合了读者的审美需求，并形成了一股颇有势头的文学现象，以至于我们对此用"外国文学编译"这样的专门术语来概括它呢？而那些更为准确把握原文的翻译作品并没有为读者所认同，甚至很难在报刊上发表呢？质言之，邓笛的编译文中有哪些独特的精神特质满足了这样的一种审美需求的呢？

## 一、西方文学的东方化

邓笛的外国文学编译的特点是，在保持西方文学的基本韵味的同时，也契合当代历史条件下的接受主体的审美心理需求。在翻译过程中，拘泥于西方文本，用直译的方式直接登陆中国文化语境，肯定无法找到其契合点；如果拘泥于中国接受主体的审美需求，完全改变西方文学的本来面貌，肯定无法实现接受主体新的审美心理的培育，只有既遵循了西方文学的文本世界，又把其纳入到中国文化语境，才能寻找到其契合点，恰恰是在这一点上，外国文学编译符合了这一现实的客观需求。最大限度地保持编译者既有的中国文化立场，用中国文化立场来理解和整合西方文学，就实现了西方文学的东方化过程。依据原文文本使编译者只能在原文的基点上展开自己的东方化过程，他无法更改其文学叙事所规范的既定事实，这就保证了外国文学编译保留了西方文学的基本特质，使外国文学编译确保自我独立的文学品格，又不至于成为悖离西方文学的信马由缰式的杜撰，这也是外国文学编译给接受主体以新的审美冲击力的重要前提条件，是接受主体对西方文学爱不释手的重要缘由。外国文学编译尽管是用中国话语建构起来的独立文本世界，但这一独立文本世界是不同于中国原创文学的一个"新天地"；另一方面，外国文学编译显然并不是直接照搬西方文本，而是经过自我文化心理结构的整合，也就是说，外国文学编译已经在编译者的翻译过程中，融入了自己的理解，纳入到了自我所认同的中国文化中。尽管从翻译的角度来看，这些编译文章可能误漏百出，但它们的中介作用是无法否认的，因为它们为那些不具有西方文化背景的接受主体打开了一片审美的"新天地"。编译者之所以没有直接进行翻译，而是选择以编译的方式对原文进行再加工，无非就是经过编译之后的译文，其文本更易为接受主体所接纳。外国文学编译后的文本带着乡土气息，符合本土的欣赏习惯，去除了洋化的别扭因素，根据中国人的审美需求毫不犹豫地在形式与内容不能兼得的情况下进行取舍。它们是嫁接杂交后的新物种，掺杂了新鲜血液，有着基因变异后的强大生命力，不时会散发出东方艺术的魅力。这些译文所具有的结合了当代文化的"非西非中"和"亦西亦中"的文化品格，使它们在当代这个特定历史坐标上获得了独立的中介价值。

外国文学编译打开的这个"新天地"既是一个不同于中国原创文学的"新天地"，又是一个没有与中国文化绝缘的"新天地"。在这个"新天地"里，邓笛及其他编译者们还整合进了许多属于自我民族文化传统的东西，这整合后的文本世界，在西化程度较深的接受主体那里，则会感到它和西方文学的本体世界相去甚远，甚至能够觉察出这些编译文章中存在的无意误译和有意增删等问题。这自然而然就会遭到具有西方文化背景的接受主体的否定。但是,有趣的是,邓笛本人就是英语专业人士,有着丰厚的英文功底,按理说,这种背景会使其既有的文化心理结构发生裂变,其翻译也就应该会出现程度不同的西化倾向,但是邓笛的编译文在接受主体那里并没有产生既有文化心理结构的落差,显然,邓笛明白:当接受主体完全离开自己已有的理解所达到的限度时,其接受就无法进行下去。因此,邓笛在翻译方式上面临着抉择:一方面,坚持编译会使认同西方文化的接受主体对编译者这种非驴非马式的翻译无法容忍,认为他甚至不是在进行翻译,而是自我言说;另一方面,坚持传统观念的翻译会使得那些对西方文化一无所知、类似"白板"的接受主体对其循规蹈矩的翻译感到无法接受,使其无法在接受主体既有文化心理结构中寻找到位置,从而出现隔膜。显然,邓笛把他的译文读者定位于不了解西方文化的接受主体,而不是具有西方文化背景的接受主体。

## 二、民间文学的时尚化

阅读邓笛编译的文章,我们会发现,他在编译中使用了大量的时尚语言,比如"买单(埋单)"、"拍拖"、"写真",还有如带有新的意思的"恐龙"、"青蛙"、"大虾"、"菜鸟"、"粉丝"、"发烧友"等,使其翻译和时代的审美趣味保持了最大限度的协调,也就成为其翻译为社会所接纳的又一重要前提。事实上,也正是这些与原文看似存在差距的表达,才使外国文学编译获得了当下的存在价值和意义。

比如,邓笛编译的文章《野猫的裁决》,讲了这么一个故事:有一只鹧鸪,在一处山林的草丛里安了一个窝。有一天,它离开窝,去一个很远的地方觅食。它不在的时候,一只兔子发现了这个窝,就住了进去。可是,过了几天,鹧鸪回来了,与兔子就谁该拥有这个窝的问题发生了争执。在它们争执不下的时候,一只体型硕大的野猫走了过来。野猫伪装公正,骗取鹧鸪和兔子的信任,最后吃掉了它们。

笔者找来原文与邓笛的译文对照研究了一下,发现原文是19世纪美国一位作者写的一则民间故事,文字浅显,如果用符合纯正理论的规范去翻译,并不太难,但结果恐怕只能是一个难以引人注意的普通的民间故事。然而,邓笛的这篇译文被包括《读者》在内的众多报刊转载,这是因为邓笛在翻译时使用了时尚词语,比如把 nest 译成"无主之窝",把 habitation 译成"实际居住",让人不禁想到了媒体在报道中日钓鱼岛之争以及美国在这个问题上的一些表现时所用到的一些词语。这样的处理赋予了这则老故事新的生命力。

邓笛的编译有意识地贴近时代，接近时尚，这种意识有助于催生新的形式，形成新的理念，推动思维的进化。邓笛还让自己的编译语言与网络接轨，努力进入网民的语境，这种做法毫无疑问地会拓宽思路，贴近现实，增强创造性。另一方面，邓笛丢掉自己英语专业人士的身份，使自己贴近他的读者群，而不是贴近原作者的时代和文化背景。他的编译文不但在内容上而且在外在形式上都能够契合他的读者群的文化心理结构的需要。实际上，由于社会文化、语言、民族心理等方面的原因，翻译原本就绝非只是一种对应符码的转换，而是要在保持深层结构的语义基本对等及功能相似的前提下，重组原语信息的表层形式。其中在重组的过程中，甚至一些基本信念被替换、被颠覆，文学发生了"范式的变化"。西方语言区别于汉语的言文不一，它是言文一致的拉丁语系，这就使文学语言和现实生活中人们所使用的语言是和谐一致的。但是，在汉语言中，汉语由于是一种象形文字，其文字本身具有表达意义的作用，这就使书面语言得以离开口语而存活。而编译则使西方文学的话语被整合为地道的当代汉语书面语，并以此实现了对中国传统阅读心理习惯的迎合，从而完成了登陆中国读者文化心理的艰难过程。这就使人们在一定程度上接纳了西方文学，并且觉得西方文学和我们的文学与文法有着同一的价值取向，继而使人们放弃了对于西方文学的排斥性文化心理，具有了一种可以"平等"对话的基础。当然这里的"平等"是不可能真正的平等对话，但对话本身却表明了对话主体容许对话对象的存在。

### 三、主流文学的感悟化

邓笛在编译外国文学作品中的中国文化本位，使他能够最大限度地契合接受主体的文化心理的实际状况，成为他们由此走出自我的一个重要中介。

邓笛编译与传统外国文学翻译最大的差别是，文学翻译要求译者要进入西方文化的现实语境中忘掉自我，而邓笛的编译却要求自己能够从其独特的文化立场出发，由个体文化情怀引发社会文化情怀，进而促成外国文学编译的独特魅力。

当今的中国，经济飞速发展，人民的生活水平有了极大的提高，但同时也出现了一些矛盾和不合理现象，如贫富悬殊、贪污腐败、部分职工下岗、社会治安等问题。中国知识分子素来有忧国忧民，具有视国家兴亡天下苍生为己任的高贵品德，而邓笛这样的外国文学编译者是知识分子的一部分，编译而不是传统的翻译就成了他们应对当下社会问题的一种策略性抉择，同时也契合了探寻解决这些社会问题的当下国人的潜在心理需要。

笔者在将邓笛发表的文学编译文章与原文对照阅读时发现，许多译文较之原文都平添出一些感悟，比如："就好比，人中奇才，因为不循常规，所以被视为异类；因为与众不同，所以被说三道四；因为有了非议，所以被排斥在外""一个人只要有决心并且持之以恒去做某件事情，即使这件事情看上去难以完成，也一定能有所收获""……语重心长地对我说，心无定力，人如浮萍，随波逐流，终将无成"。这些锦上添花的语言让"文学编译"后的文本有了心灵鸡汤的味道，帮助接受主体直面人生，解惑与思考。诗的比兴、借物抒情、主旨的突出与延伸、咏叹的多视角、一滴水折射世界是邓笛编译时常用的手法。

由此可以看出，邓笛在解读西方文学时，从为国人排忧解难的实际出发，希冀对中国的现实有所推进。但是，这些无疑是违背原文的增译，可是恰恰是这些增译，却既迎合了主流文化的规范需求，也契合了接受主体的独特的文化心理结构，并成为他的编译文得以受到大众欢迎的又一重要原因。

传统的文学翻译仍然是当今介绍外国文学作品的主流，邓笛式的非主流的文学编译恰恰为它提供了重要的补充和修正，互为参照。特别是文学编译对于文学翻译主体意义的强调和文学翻译独立品格的坚持，始终会作为一种潜能伴随文学翻译发展的进程，或隐或显地发挥着影响。

#### 四、贵族文学的平民化

邓笛的外国文学编译作品在国内广受欢迎的现象昭示着当下中国社会和全球文化审美的复杂性。当代社会是多元文化的时代，用黑格尔的说法，世界历史正进入一个没有英雄，起码是没有君主的"散文"而非"史诗"的年代。这种现象只有放在当代审美文化的语境中去考察，我们才能廓清假象，真正认识其原因。

所谓当代审美文化，按照姚文放的解释是指"在现代商品社会应运而生的、以大众传播媒介为载体的、以现代都市大众为主要对象的文化形态"。这种文化系统的哲学基础是实用主义、技术主义、实证主义、折衷主义等，这些思潮的一个共同倾向就是从本体论走向功能论，表现在文化上就是从本位主义走向消费主义，表现在日常生活中就是崇实、尚用、拜物的心态。

首先，商品经济的最大意义在于它把文化变成了商品，而商品化了的当代审美文化也在这一过程中实现了文化的多元性、娱乐性、感官性。恰恰是在这点上，当代审美文化完全颠覆了传统审美文化的超越性品格。人类审美发展到今天可分为前审美时代、审美时代和后审美时代。在前审美时代，人类审美处于未分化状态，审美与日常劳动、宗教、祭祀、巫术及人类的生存活动融为一体，这一时期的审美更多地带有一定的功利性质。到了审美时代，直接以康德"审美无利害"理论作为唯一标准，把审美活动从其他日常活动中分离出去，美学研究单纯以经典的、高雅的艺术作品作参照系，并以超功利的眼光看待艺术。这一时期的审美特点还表现为分化和分层；艺术从劳动中分化出来；文化分为各类层次、各种等级，譬如西方文艺复兴第一次把人分为"有教养"和"无教养"、中国魏晋南北朝时期的人物品评等等。而到了后审美时代，对于审美时代的分层文化、等级文化和审美现象进行了拒绝和批判。更多提倡的是大众文化、泛文化，自康德以来以"审美超功利"和"审美距离说"作为支点构筑起来的经典美学在当代审美文化面前也因此出现了"合法性危机"。当代审美文化的一个显著的共同特点就是贴近现实的世俗生活，呈现出多元化、娱乐化和感官化的趋向，表现出崇实、尚用、拜物的特征。邓笛的编译文之所以广受欢迎，就在于原作在编译者的改造下更多地具备了这些特点。

　　其次，当代哲学思潮体现出重实在的现实价值而轻终极价值的理论品格。它带来的深刻变革就是普遍的游戏心态的生成，当代审美文化完全蜕变为享乐、休闲、游戏的手段和工具，并不承担任何精神升华的义务。与急功近利和游戏心态相对应，一部分坚持追求终极意义的人们在当代生活中产生了丧失精神家园的漂泊感，而这种漂泊的无家和无根的感受则在当代审美文化中演化为人们对感官、娱乐的生活方式的追求。诚如利奥塔德形容的那样，折衷主义成为当代审美文化的特征；人们听强节拍的通俗音乐，看西部影片，午餐吃麦克唐纳的食物，晚餐吃当地菜肴，在东京洒上巴黎香水，在香港穿"过时"服装——这种眼花缭乱的流行时尚结束了任何统一的标准。个体的即时盛兴成为唯一可信的内容。这个时候，邓笛式的编译因其松弛、灵活、自由、零散、轻松，而符合了当代审美文化所喜爱的品质。邓笛的编译既可以体现当代审美文化放任洒脱的游戏精神，也可以体现当代审美文化胸无大志的零敲碎打。无论人们是在肯定的意义上还是在否定的意义上都不能不承认这一点。

第三，当代社会心理是养育当代审美文化的母体、土壤。而审美心理在某种意义上说，已脱胎于社会心理。商品经济时代事实上已经根本地改变了我们所生活的世界，如今我们已经处在文化转型的特定时期。由于新的时代"轴心"正在形成之中，旧的价值体系则已被消解，于是现在的人类正处于一种中间的空无状态。这种中间状态孕育出了这个时代的特殊社会心理：普遍的虚无感、失落感，浮躁的心态以及由虚无感衍生的焦虑症、自恋癖等。"虚无在我们所生活的时代是一种普遍的社会心理，只不过这种社会心理有时候显得极为隐蔽不易察觉罢了。总的来说，虚无的最为本质的表现就在于恒定的价值立场的缺席，它所带来的最为明显的后果就是对于时尚的追逐和盲从、从众心态以及对娱乐性和感官性生活的无原则认同。"从邓笛编译文的本体特征来看，它们的简短性非常契合当下急功近利的"兑现"心态。在这个焦虑喧嚣的时代，自恋和急于表白的心态使译者渴望把个人的情感欲望搬到笔下，无疑编译比起翻译更能表达他们的处世方式和生活情调，求得自我存在的肯定。潘知常认为这是一种典型的"犬儒精神"在作怪。"所谓犬儒主义，是指以高姿态来掩饰自己的虚无的自恋狂。在价值虚无的社会，以抗拒虚无的方式来掩饰自己的一无所有，发展到自己也认为自己真是在抗拒虚无，以至达到一种自恋狂的境地。"

如果说传统翻译的反商品性、反技术性使得翻译文学贵族化、经典化，那么商品性、技术性的介入固然一方面使包括文学编译在内的当代审美庸俗化，但另一方面也使审美通俗化、平民化。邓笛式的编译作为当代审美文化的一个重要注释，即商品形式正找到了一个有效的形式和方法进入文化领域，使得兼有文化和经济两种特性的文化形态更容易进入普通大众，以更大程度地发挥其文化作用。

五、尾语

通过上述讨论，笔者认为，对待邓笛式的外国文学编译现象，我们要心态放松，更多地持包容甚至是宽容的态度。其实，这种高台教化的叛逆，不只限于翻译界。超女现象、于丹和易中天的成就等等，都是走出象牙塔，亲近民众，改俯视为平视的结果。我们完全可以把"文学编译"当成是一种个性，就像李宇春的亲民、非主流文学的挑战、湖南卫视之于中央台、"百家讲坛"的通俗等等，这些不都已经为大众所接受了吗？

# 编译文学：也应该得到承认的文学

邓　笛

## 一、编译文学的缘起与界定

长期以来，一直有人忽视文学翻译中的再创造这一事实，也看不到文学翻译作品相对独立的艺术价值。其理据是：翻译文学如果获得承认，从国别上论就不再是非外国文学，从层次上论又低于民族创作文学，这就使翻译文学边缘化了，使其在外国文学史和民族文学史中都失去了地位，在外俨然成了"弃儿"。谢天振先生在他的专著《译介学》中，从译介学的角度对文学翻译进行了研究，认为翻译文学与外国文学不是一回事，译本对原作的忠实永远只是相对的，而不忠实才是绝对的。他还从文学翻译的再创造性质、从翻译文学作品的国籍判断依据等方面着手分析，令人信服地指出翻译文学是民族文学的一个组成部分。这种观点也代表了学界主流的观点，即在民族文学体系中给予翻译文学以恰当的地位。同时，谢天振先生在书中排斥那种"借题发挥"的翻译，认为它们是一些"似创作非创作、似译作非译作"的"复杂的混合体"，仅是"属于文学翻译早期历史上的一种特例"，并把是否"以介绍原作为目的"当作区分译作是"翻译文学"还是"复杂的混合体"的标准。本文认为这一观点有待商榷，并进而论证出，这些"复杂的混合体"实际上是一种独特的文学翻译，它在历史上曾积极地促进民族文学和文化的发展，在民族文学体系中理应有其独特的地位。如果我们把这种"复杂的混合体"认定是有过多"借题发挥"成分的译作，并把它们排除在"翻译文学"之外，那么它们到底是什么呢？总不能又是一个"弃儿"吧？笔者认为，既然它们不是原创文学，谢先生又不肯承认它们是翻译文学，我们不妨就把它们称为"编译文学"吧。

"编译"二字，大家并不陌生，读书、看报、听广播、看电视，常常见到或听到这两个字。但人们对编译的认识至今仍然模糊不清。权威的《现代汉语词典》，对"编译"

的解释仅五个字——编辑和翻译。王以铸先生在《中国大百科全书》中给编译下的定义是：把一种或若干种外国作品、文章或资料根据读者的需要加以改编的一种工作，是翻译和编写二者的结合。20世纪八九十年代以来，人们对编译给予愈来愈多的关注，关于编译的新的理解、新的阐释、新的定义不断出现。综合以上定义以及谢天振先生在《译介学》中对"复杂的混合体"的种种描写，我们似可将编译定义为：编译是从读者的特殊诉求出发，摄取原作中译者认为最有价值的内容进行边翻译边加工整理或发挥的创造性活动。由此"编译文学"就可顺理成章地定义为：以民族语言为媒介、对外国文学作品进行边翻译边故意添加原作所没有的文学想象和对原作重新编创的文学样态与文学作品。

### 二、编译文学的特征与独立性的体现

上文提到，谢天振先生主张用是否"以传达、介绍原作为其出发点"来判断一个译作是不是一个"复杂的混合体"。这种以目的论作为结果判断的方法是行不通的。

首先，一个"复杂的混合体"，只要它还能被称为是"混合体"，就多多少少也会传达和介绍原作的内容。谢天振先生提到的最典型的"复杂的混合体"制造者是林纾，并特别提到了他翻译的《冰雪姻缘》。那么，林纾和他的译作有没有传达和介绍原作的内容呢？对于林纾的译文，郑振铎先生曾经说了这样一段文字："到了林先生，介绍了不少的西洋文学作品进来，且以为史各特的文学不下于太史公，于是大家才知道欧美亦有所谓文学，亦有所谓可与我国的太史公相比肩的作家。"我们从郑振铎的这番评价中可以看出，林纾的译文至少在广义上起到了介绍外国文学的作用。就他翻译的《冰雪姻缘》来说，林纾的翻译虽有明显增删，但却也在传达和介绍原作的内容上下了功夫，甚至对一些细微之处也不敢掉以轻心，"惟其伏线之微，故虽一小物，一小事，译者亦无敢弃掷而删节之，防后来之笔旋绕到此，无复叫应。"所以说，尽管《冰雪姻缘》是一个"复杂的混合体"，但却不能说译文没有原作的内容。林纾译文的变异之处，在于他特别注意将翻译中异国的艺术情调与中国艺术的审美习惯暗合，并力图把它完美地表现出来。对于原著作者的写作风格，他实际上是有明确认识的。他极为欣赏迭更司（狄更斯）的作品，以为他的作品与中国文章的讲求韵味有相通之处。他赞叹其小说的艺术技巧："迭更司先生临文如善弈之著子，闲闲一置，殆千旋万绕。"正是由于他能领略了作者的神韵，他才有了把握译著的自信，这种自信影响到他对原著的删改，删

掉他认为不符合脉络气韵的"多余"之处，留下符合中国读者欣赏需求的地方，甚至加强渲染"借题发挥"，把"意译"推到了极致。因此，这种"复杂的混合体"起着两方面的作用，一是多多少少传播和介绍了原作，二是给予读者某种独特的审美体验。比如，郭沫若则向我们展示了其阅读的切身体会："我最初读的 Haggard（哈葛德）的《迦茵小传》，这怕是我所读过的西洋小说的第一种。这在世界文学史上并没有什么地位，但经林琴南的那种简洁的古文译出来，却增了不少的光彩，后来我虽然也读过 Tempest（《暴风雨》）、Hamlet（《哈姆雷特》）、Romeo and Juliet（《罗密欧与朱丽叶》）等莎氏的原作，但总觉得没有小时候所读的那种童话式的译述来得亲切了。"郭沫若这一话语，印证了"复杂的混合体"在传播西方文学的过程中所起到的独特作用。不仅如此，它还说明了，"复杂的混合体"对读者文化心理结构产生独特影响，形成别样的文学积淀。类似的体验，也许不仅为郭沫若所具有，比如钱钟书也有过：林译小说"只成为我生命里累积的前尘旧蜕的一部分了"。不管是"亲切"也好，还是"前尘旧蜕"也罢，都说明了这样的一个基本的事实，"复杂的混合体"也是读者得以进入西方文学审美天地的重要中介。

其次，即使是一个"以传达、介绍原作为其出发点"的译者，也难免不弄出一个"复杂的混合体"来。我们都承认翻译"信、达、雅"的首倡者严复是翻译家，但细究严译名著，我们会发现严复的译文也是译中有评，译中有述，译中有编，译中有写，译中有删除，也有增加。比如，他的《群己权界论》是他对英国政治哲学家穆勒（今译密尔）的《论自由》（On Liberty）的翻译。但是，在这部并不被视为"复杂的混合体"的译作中，"严复推销的究竟是谁的政治哲学？密尔是自由主义中功利主义派的代表，其学说的核心是个人主义，坚信社会的最终价值只能是个人的幸福和个性的自由发展，所有社会行为的最终目标都是为了保留一切人的行为完全独立的自由，政府唯有通过最大限度增进个人利益，才能达到最大多数人的利益。也就是说，密尔的理论是在充分肯定个人优先原则和绝对地位的基础上才去考虑对个人利益和自由进行适当限制。在严复的翻译中，他却特意避开'自由'一词，而把标题改为《群己权界论》。严复是通过译作来表达对自由主义的理解的，他始终把群体放在第一位，个人作为群体的组成部分，只有当其自由和权利有利于群体的自由和利益时，个人的自由和权利才能得到充分的尊重。个人与群体的关系成了严复对自由主义进行解读和翻译的思想框架。"而实际上什么是密尔为代表的西方人标榜的"自由"？金盛认为，"西方人所谓的'自由'主要是一个涉及个人权利的概念，所以，自由的本质当数权利的分配，而非地位的重新分配，但严复仍把它诠释成主要是人与人之间的关系，即平等。同时，严复把政治上的平等和自由看作是'无法'。经过这两重的意义更动，严复的'自由'便与西方原初的'自由'在意义上产生了差距。"严复在译作中对自由主义的解释已经不是密尔的，而是他自己的政治思想。联系到他一贯主张的"君主立宪"、"开明专制"以及"策勉国人努力富强之术"，我们可以看出他挂的是密尔的名实际上推销的却是自己的政治思想。这种在内容上有意识地背离原作者基本立场的翻译不是"复杂的混合体"，又是什么？由此，笔者联想到翻译理论中占据相当地位的"再创作"，从另一角度看来，"再创作"表现出的不也正是一定程度的"复杂的混合体"么？我们借以界定"复杂的混合体"的种种特性，在所谓的翻译文学中竟也大量存在。此外，翻译赖以立身的原文及作者观念也让译作不得不成为一个"复杂的混合体"。法国哲学家德里达认为，词语和所指代的事物之间"存在着空间概念上的差异，也存在着时间概念上的延异"。因此，文本的生命力和意义需要放在历史语境中才能被认识，而且意义始终处于一种动态的、不断发展的过程中，"呈不确定性的解构主义意义观"。巴尔特在宣布"作者已死"后将目光转向了读者的阅读活动。德·曼（De Man）则主张文学文本及其意义不再是可以独立于读者阅读行为的纯自然客体。换句话说，解构主义者认为，阅读在某种意义上也就是写作，就是创造意义，读者对原文本的阅读构成了一种互文性。同理，在翻译活动中，译者这一特殊的读者将源语文本译成译语文本的过程也是延续了一种互文性。由此，译者参与意义创造的事实也在这种延续性的互文活动中体现了出来。

所以，严格地讲，大凡译作都是"复杂的混合体"。翻译文学译者有时会对原作的内容和形式不能兼顾，保存了内容，却破坏了形式，照顾了形式，却又损伤了内容；有时因为对原作的语言内涵或文化背景缺乏足够的了解而造成一种译作对原作的客观背离；有时由于受到译者个人的世界观、文学观念、个人阅历和所处的客观环境的限制而有意或无意地没有很好地传达和介绍原作；有时为了迎合本民族读者的文化心态和接受习惯，也会故意不用正确手段进行翻译。当然，编译文学，正如谢天振先生所言，更是一个毫无疑问的"复杂的混合体"，但是由于它来源于原作，基于翻译，所以它多少也能"传达、介绍原作"的一些内容。这两者如果有所不同，就在于"混合体"

的各成分所占的比例。有些"混合体"是原作的内容多一些，有些则是译者"借题发挥"的成分多了一些。笔者猜想后者才是谢天振先生所说的"复杂的混合体"。因此，一个译作是不是一个"复杂的混合体"，不是看译者是否"以传达、介绍原作为其出发点"，而是看译作本身"借题发挥"的成分是多还是少。

此外，这些"借题发挥"的、"似创作非创作、似译作非译作"的"复杂的混合体"也不只是属于文学翻译早期历史上的一种特例。事实上，这种"复杂的混合体"在中国文学翻译史上始终作为一种潜能伴随着文学翻译发展的进程。比如，继林纾之后，有一个名叫傅东华的译者在1940年翻译了玛格丽特·米切尔的《飘》(Gone with the Wind)，他的译本也是一个"复杂的混合体"，不仅人名地名与原文不一致，内容也随意删改和发挥，但译文精美，影响了一代又一代的中国读者。再如，在当下我国的许多报刊上也常常可以读到这样的编译文学作品，有的报刊甚至在编译者署名之后省去了"编译"二字。有的译者将这样的编译比喻作"嫁接"。既然是"嫁接"，那指的当然是主体与客体的"合二为一"了。在翻译过程中，他们对原文大幅度地改动。在这种翻译活动的编码和解码过程中，除了语言代码转变外，这一活动的主体人为地掺入了大量的变码。以人民日报社主办的国际新闻报纸《环球时报》为例，有一个叫"漫画与文摘"的版面，上面登载的翻译文学作品大多也属于"复杂的混合体"。阅读这些作品，我们会发现许多在国内流行的时尚语言，如"买单（埋单）"、"拍拖"、"写真"，还有如带有新的意思的"恐龙"、"青蛙"、"大虾"、"菜鸟"、"粉丝"、"发烧友"等。有一篇题为《99一族》，讲的是国王寻找99一族的故事。文章最后说，"原本生活中那么多值得高兴和满足的事情，因为忽然出现了凑足100的可能性，一切都被打破了，他竭力去追求那个并无实质意义的'1'，不惜付出失去快乐的代价，这就是99一族。"这篇文章被众多报刊转载，甚至还在央视十套《子午书简》中播出过。但后来笔者找来原文一看，虽然译文的故事情节与原文是一致的，但原文中根本没有提到"99一族"这个词，也没有译文中最后那句意味深长的话。类似这种"借题发挥"的现象在该报的这个版面中还有很多，最常见的是译文较之原文凭添出一些感悟，比如"……生活中的困难就像那扑面而来的海浪，面对它时，不必惊慌，更不要力图逃避，而应该迎上前去，像拥抱海浪一样勇敢地与困难周旋"、"因此，遵从你内心深处的智慧，也许就是最好的生活方式"、"使托斯卡尼尼成功的，不仅是天赋，也不光是好运气，还有他的敬业精神"。

诚然，在文学翻译的早期历史上，由于信息交通阻塞、文化交流层低次等局限，编译文学往往是文学翻译的主要形式。以中英文学关系为例，1238 年英王第一次听说东方中国，之后英国作家偶尔会提及中国，甚至译介中国的典籍名剧等。1897 年，英国《原人诗》的片段首译成中文。之后，中国对西洋之事译介渐多。而编译始终是一个现实存在。如 1925 年 3 月以"昌明国粹、融化新知"为己任的《学衡》杂志第 39 期新增"译诗"栏，发表了华兹华斯《露西》组诗第二首的八篇译文，标题为《威至威斯佳人处僻地诗》，译者有贺麟、张荫麟、陈铨、顾谦吉、杨葆昌等。译诗皆采用五言古诗的形式，而且融进了原诗所没有的空谷、僻地、兰菊、草木等中国诗歌常见的意象，其意蕴格调都大类汉魏古诗。

　　每一个时期的接受主体都有独特的文化期待，而这种"借题发挥"的、"似创作非创作、似译作非译作"的"复杂的混合体"从学理上讲，应当属于特殊的文学翻译，进而成为编译文学；从接受美学上讲，这类翻译往往更能满足接受主体的精神需求和审美趣味，契合接受主体在特定的文化中的独特要求，从而广受欢迎，而接受主体的精神需求又反转过来促成这种"复杂的混合体"继续存在和深化。因此，这种"复杂的混合体"不但过去有，现在有，将来也还会继续存在。确立了"编译文学"的地位，我们就可以用欣赏而不是指责的眼光看待那些从翻译上来说不甚忠实但从文学上来说却光彩夺目的"复杂的混合体"了。比如，著名作家乔纳森·斯威夫特的代表作《格列佛游记》是一部严肃的政治讽刺小说，但是却有人将原作变成了一部轻松活泼的儿童文学作品，小孩儿对于它所渲染的大人国、小人国的故事十分喜爱。耐人寻味的是，这个"连译带编"的"复杂的混合体"却获得了世界范围的文学名声。再如，李定夷译英人史达渥的小说《红粉劫》，增写了一章，"第二十六章以悼亡歌作结，余音袅袅，绕梁三周，从容自然，不现一毫枯意。此原著所无，读者当不以蛇足为病。著长篇小说，一起一结，最难着手。此种笔法，足为来者则效也"。有评论家赞曰："愚以为译者宜参以己见，当笔则笔，当削则削耳。"还有，梁启超译凡尔纳的《十五小豪杰》、苏曼殊译雨果的《惨世界》，为了政治宣传和思想启蒙的需要，改变了原作的主题、结构和人物，尤其是后者（也是谢天振先生点名提到的一个"复杂的混合体"），不光加入了原作中不存在的人物（包括一个男主角叫"难得"，字"明白"，暗含"难得明白"，以及一个财主，姓"范"名"桶"，意即"饭桶"），而且只是部分地按照原文，大量编排了新的情节，比如写"难得"要刺杀法国总统。以上这些曾被评论界定性为胡译乱译或是译者读不懂原文而产生的败笔。其实，苏曼殊的翻译水平甚高，他译的拜伦的《哀希腊》就相当准确，足可以归入谢天振先生所说的"翻译文学"中去。不过，他的《惨世界》就不要放进"翻译文学"了，免得让人说三道四，但是假如放入"编译文学"中去，我们或许就能以认真的目光审视它，看出译者编译的背后是他对当时的社会革命理想的认同和支持，看出他宣扬当时的"红色恐怖主义"的意图，看出他为契合当时历史条件下接受主体审美心理需求而付出的努力，看出这是他的一个成就，即让当时的人们放弃了对西方文学的排斥性文化心理，看出"编译文学"不但不会搞乱翻译理论而且会为主流的"翻译文学"提供重要的补充甚至修正，看出"编译文学"其实是一种兼有文化和经济两种特性的文化形态，它更容易为普通大众所接受，更容易发挥积极进步的文化作用。

如此说来，我们就可以看出编译文学与翻译文学的一些区别。翻译文学具有外国文学性，又有民族文学性的二重性。编译文学也具有这种"二重性"，同时，它又基于翻译，其更深层的属性即其"翻译性"和原创的"文学性"。翻译文学和编译文学都是文学作品，都需要表达某种艺术意境，但前者表达的是原作的艺术意境，后者表达的是译者自己创造的艺术意境。翻译文学和编译文学都需要译者有创造力，但是翻译文学的译者在创作时并不是随心所欲的，而是要受到原作的许多因素的限制，需要有把原作人物的感情、思想、行为等重新表现出来的能力，是译者以自己的艺术创造去接近和再现原作的一种主观努力；而编译文学译者多了许多随心所欲，他要借助原作的某个方面进行发挥，通过改编原作的内容来表达自己的思想、感情和生活体验。翻译文学和编译文学各有其特点，也各有其不可替代的独立价值。

三、"编译文学"提法尚存的问题和值得深入开掘的问题

然而，"编译文学"的提法只是一种尝试，还存在值得深入开掘的问题。比如，由于翻译文学和编译文学都或多或少地传达、介绍了原作，又都存在着对原作的创造性叛逆，所以要精准地区别它们并不容易。假如我们用头发的疏密来象征传达原作或叛逆原作的程度，那么，翻译文学会掉一些"原作的头发"，而编译文学则该是那种失去更多"原作头发"的秃头，但是当我们说某人是个"秃头"时，是否那个人的头上真的连一根头发也没有呢？显然不是的。那么究竟一个人的头上有多少根头发才算不秃呢？

这个界线不是泾渭分明的。虽然"秃"与"不秃"是个不争的事实，却很难找到一个无懈可击的不争的标准对它们进行判断。区分翻译文学和编译文学的困难也在于此。

笔者提出重新思考"编译文学"的地位，并不是为了通往某种虚无主义的诡辩，更不是要颠覆原文与译文要努力等值的翻译根本，而是要强调"编译文学"是完全可以独立存在并在文学之林中占有一席。实际上，不管你承认不承认，"编译文学"都一直没有离开过我们的视线，它与翻译文学犹如一对"双胞胎"，伴随出世，形影不离，有的时候编译文学甚至还领潮流之先，让翻译文学黯然失色。翻译文学和编译文学有着互为参照的作用，缺一不可，犹如一花两枝各自发展。一枝是向原文靠拢，一枝是向创作发展。笔者认同淡化这类文学的"国籍的模糊性、双重性甚至游移性"，积极地把它和"翻译文学"一样纳入民族文学史中来研究，从而构建完整的民族文学史与民族文学的真实生态。

# 后记

这本书收录了我公开发表过并被《读者》《格言》《青年文摘》《意林》《微型小说选刊》或《小小说选刊》转载过的编译文章120篇。由于这些编译文章大多是译自网络，而网络上所标注的作者往往不一定准确，有些其实只是推荐者或转载人。为谨慎起见，我没有在这些编译文章中标注出原作者。如有能提供这些原作者线索者可与我联系，以便共同协商相关版权问题。